Gunnar's Daughter

Sigrid Undset

诺贝尔文学奖获奖者小说丛书

贡纳的女儿

[挪威]温塞特 著 | 杨巍 译

江苏凤凰文艺出版社
JIANGSU PHOENIX LITERATURE AND ART PUBLISHING, LTD

图书在版编目（CIP）数据

贡纳的女儿 /（挪）温塞特著；杨巍等译. — 南京：江苏凤凰文艺出版社，2017.3（2022.8 重印）
（诺贝尔文学奖获奖者小说丛书）
ISBN 978-7-5399-9577-9

Ⅰ. ①贡… Ⅱ. ①温… ②杨… Ⅲ. ①中篇小说－小说集－挪威－现代②短篇小说－小说集－挪威－现代 Ⅳ. ①I533.45

中国版本图书馆 CIP 数据核字(2016)第 187562 号

书　　名	贡纳的女儿
著　　者	（挪）温塞特
译　　者	杨　巍　等
责任编辑	孙金荣
出版发行	凤凰出版传媒股份有限公司 江苏凤凰文艺出版社
出版社地址	南京市中央路 165 号，邮编：210009
出版社网址	http://www.jswenyi.com
经　　销	凤凰出版传媒股份有限公司
印　　刷	三河市燕春印务有限公司
开　　本	880 毫米×1230 毫米　1/32
印　　张	10
字　　数	210 千字
版　　次	2017 年 3 月第 1 版　2022 年 8 月第 2 次印刷
标准书号	ISBN 978-7-5399-9577-9
定　　价	49.00 元

目　录

史密斯·泰勒弗森小姐

1

“嗯，您尽管吃，别客气！哦，亲爱的，莫非这咖啡泡浓了？看来我得失陪一下，亲自去冲才好呢，可我又实在想留下来和您聊天，斯托雷克夫人。好不容易来一回客人，难得着呢。哎，那个赛丽安娜，您是知道的，这些山上长大的姑娘，拿她们真没办法，一件东西也学不会。您情况如何呢？兰迪·霍格斯特她来找您了吗？您觉得您以后会喜欢她吗？我猜她还是老样子，依旧惹人厌。”

牧师的妻子神情愉快，柔声说道：“还行，不一样了。史密斯小姐，你知道吗，她以后的品行不会那么不端正了，我真这么觉得。当然喽，和卡丽这样的人打过交道后，取悦我就不是那么费劲的事了。另外，她和孩子们相处得也不错，这一点对我们有孩子的人家来说有多重要，你是能想象得到的。况且我丈夫也非常喜欢她。你不是不知道，他们霍格斯特家族里的人，是多么优秀，我先生对他们评价甚高。”

“是的，确实。有天晚上，我们去拉尔斯·霍格斯特家族参加祷告会，他们这个家族的人的谈吐是多么优雅呀！后来我就同拜昂先生讲，我说，您应该去参加祷告会，可他对那些事情提不起兴趣，真是憾事！您也知道，他似乎对精神事物压根就没有追求。这不让人纳闷么？在这人烟稀少的地方，他生活当然不容易，不管天气怎样，他都要走好长一段路，到布洛山煤矿去，还得和那些难以对付、缠人又贪婪的煤矿工人打交道。除了您和牧师以外，他连一个斯文人也见不到呢。斯托雷克夫人，能见到您真好！只是牧师没时间进来坐一坐，真是遗憾呀！霍格斯特聚会之后，由于你们的到来，那个晚上我们过得非常愉快。为什么这么说呢，因为你们走了之后，我和拜昂先生那股兴奋劲还持续了好长一段时间哩。斯托雷克夫人，再来一块蛋糕吧。怕只怕我苏打放多了点，没有那么好吃了。不是我自夸，我觉得这种贝尔林克兰萨尔[①]糕点还不至于太难吃，是不是呀？您真好！我想您肯定还不知道我在里面加了松花蛋吧。这些蛋腌得可好了，一直到六月我才腌制好一些。每逢礼拜日，拜昂先生必吃一个。其他时候他也经常吃呢，比如他从布洛山回来，不过这些蛋也确实好吃。可是您也清楚，蛋壳太容易碎了，而且放在热水里煮蛋又容易裂开。当然，煮蛋这事还得我来干。对待这类事又有啥法子呢？难道水冷那会就把蛋放进去吗？也是，我确实想过试一试那样的法子……”

“随便谁，但凡遇到拜昂先生这样的处境，都需要一些精神上的慰藉，您难道不这样觉得吗？在我看来，这样的人应该很容易信奉上帝，但拜昂先生却不是这样。他失去了妻子，非常难受。哎！自她过世两年来，我认为，他无一日不在思念她。我这样说可不是因为他提起过什么，而是我经常看到他凝视着她的照片。有时我们晚上一起坐在这儿，他就凝视着照片，我真是为他感到难过。不错，正如您所看到的那样，我在照片周围添了一些短桦

① 贝尔林克兰萨尔：挪威一种经放的干蛋糕。

树枝。我总想添点东西。去年冬天，我在照片上绕了几根云杉，可就是那样也未曾引起他的注意。”

“这也没什么，有些人就是奇怪些。史密斯小姐，你说的是，他们对精神上的东西似乎没有什么需求，这样说真是太对了。亲爱的，自我们上次来这以后，我丈夫就已经注意到这点了，你想必也猜到了。我们先前住在下面的舍勒菲尤尔，那里的人很热衷宗教活动。但是住在这上面的人，农民也好，矿工也好，在我看来，似乎都对宗教事务不甚关心，而且态度非常冷淡。他们除了忙衣食住行这些俗事以外，就没有其他的追求了，我还真是头一遭碰到这样的现象。对此，我那可怜的丈夫常常深感沮丧。这样的现象让人看了真觉得可惜。我知道他劝过拜昂先生好几次。”

“嗯。不过，拜昂先生他不是一个不信教的人，我觉得他信教，而且是骨子里很信的那种。不知怎地，他就是古怪得很，不爱说话，也从不和任何人聊他自己的事。有时，我也尽力让他聊聊他妻子什么的，可他就是不聊。我原以为这样他会好受些，因为我确信他无一日不在思念着他的亡妻。他有没有跟他的孩子聊起过她，我就不知道了。前几天我问莱拉：‘你爸爸和你聊起过你妈妈没有啊？’我问她了，可她不愿回答。莱拉也古怪着呢。”

“兴许像她爸吧？”

“我可拿不准，说不定更像她妈呢。当然，拜昂先生不爱说话，是挺怪的，但是莱拉嘛，就有点……拜昂先生真的是个性情中人，为人和善。您知道吗，我真心觉得他有颗很柔软的心。只要想想他和他妻子在一起时的光景就知道！比库[1]恰好快要出生的时候，我到这来做事。他出生后，他妈就病得厉害，大部分时候都

---

[1] 比库：拜昂先生的小儿子。

在卧床，也真可怜，因此不能期望她脾气能好到哪里去。我知道即便我尽我最大的努力，我也没法让她高兴，而且我认为她那会对她丈夫很凶。他真可怜啊，为了她，他觉得做什么都不够。我的天哪，那时她只要有一点不如意，他都会当作天大的事来办！可她呢，却把这一切视为理所当然。我常常这样想，她真的让人匪夷所思，对拜昂先生，这个为她做了一切的男人，可以说近乎残忍。”

“她老家在北方吧，不是吗？”

“是的，老家在芬马克郡。她在克里斯丁亚那[①]的一个办事处工作过几年。这也是她不喜欢住到地势高的这里的原因。我想说的是，一个女人如果结婚了，那她就得嫁夫随夫，丈夫在哪工作，她就得心甘情愿地跟他住在哪。即便她觉得随行的孩子太多了，我也认为这不是使自己丈夫不愉快的理由。”

在她转过身往餐具柜拿瓶越橘酒和几个酒杯的当儿，她错过了斯托雷克夫人的微笑，那微笑里饱含着同情。每当老处女们就婚姻生活以及所有与此相关的话题发表言论时，已婚女士总是报以那种微笑。

“不，我就是不明白。我常常觉得这里太闷了！太枯燥乏味了！简直让人忍受不了！尤其像现在这样的天气——啊，只消听一听，你就会觉得房子都会被吹跑。可怜的拜昂先生还得在这样的鬼天气里外出呢！斯托雷克夫人，您和牧师先生能上这来，真是勇敢得很。我最近情绪一直挺低落的，见到您我好高兴。我得说我又想找人絮絮叨叨了。有时候我也禁不住想离开这儿，另外找户人家做事。但我认为我做不到，我已经习惯这个地方了，而

---

① 克里斯丁亚那：挪威首都奥斯陆的旧称。

且可怜的拜昂先生再找个人上这儿做事也不容易。你也无从知晓新找的那个人能不能和他以及孩子们相处得好,也不知晓这个人能不能把房子照看好。不,我没法让自己干这样的事情——走过去告知他我不干了。为什么呢?因为我觉得这样做不厚道。在这里我仿佛觉得有份职责等待我去履行。”

“哦,莱拉来了!”斯托雷克夫人说道。

一位八岁的小女孩,穿着一双柏克森靴子,“嗵嗵”走了进来。她梳着一支黄色的笔直发辫,脸方方正正,但脸色却不好看。

“亲爱的莱拉,请礼貌地向斯托雷克夫人问好。”

莱拉不情愿地动了动,握了握手,然后从盘子里拿了几个贝尔林克兰萨尔糕点,接着猛地坐在扶手椅上。

“史密斯小姐,我可以喝杯咖啡吗?”

“上楼去拿。不过亲爱的,你先把鞋子换了。鞋子一定浸湿了。噗,莱拉,你怎么闻起来像从牛棚里出来似的?”

“烦不烦啊!在外面玩,我的靴子哪有不湿的理呀。”

“得了,亲爱的,你上去吧。把围裙系上。赶紧跑上去,叫赛丽安娜过来把火生好。有火烤才舒服呢。斯托雷克夫人,您不这样觉得吗?等拜昂先生回来,他也感觉舒服点。”

“是呀,这里真是太冷了!”莱拉闷闷不乐地说着,迈着大步子走出了房间。

“她这小孩刁钻着呢,”史密斯·泰勒弗森小姐说道,“我总是尽力把她最好的一面挖掘出来,您知道的——”

莱拉下来时,已经换了一双蓝色的名牌拖鞋,系了一条蓝色的围裙。史密斯·泰勒弗森小姐又拿出一个杯子,往里面倒了些越橘酒。

“莱拉,给你。亲爱的,你冷吗?你可以喝点酒,权当喝着玩儿。让我摸摸你的长筒袜，袜子湿了吗？”

“哎，莱拉，你说什么呢？”牧师的妻子发话了，“你还不走运呀，图利克和露丝只有平安夜才有机会喝上酒呢。”

“这酒又不是她的，是爸爸的。”莱拉嘟囔着，斯托雷克夫人没注意到。

“史密斯·泰勒弗森小姐对你们这些小孩总是这么好。”

“是的，不过她是拿工钱才这么做的。”

瘦小的史密斯·泰勒弗森小姐腾地站了起来，生面团似的脸本来毫无生气，这下突然涨得通红。

“噢，你这不知好歹的家伙！”她一把从莱拉手中夺过酒杯，顺势扇了莱拉一记耳光，“赶紧回你自己的房里待着去。真不害臊。我一定会把你干的好事告诉你爸爸。”

“我也会告诉他你打了我。”

莱拉不见了踪影。史密斯·泰勒弗森小姐一屁股坐进了沙发，脸依旧通红通红的。屋里安静得让人难受。

“这样不懂事的小孩，我真是闻所未闻。”斯托雷克夫人说道。

“是呀。现在您也瞧见了，她是怎样一副德行……我得忍受些啥了——”史密斯·泰勒弗森小姐说着便嚎啕大哭起来，“她一直都是这样的，我尽我所能地对她好。哦，斯托雷克夫人，亲爱的，如果一个人要外出干活，并且在一堆不认识的人里谋生，就能体会到生活并不是那么称心如意。拜昂夫人在世时情况也是一样。只要你是拿工钱干活的，她就总会给你安排干不完的活，哪怕你干活干得再卖力，她却连一个谢字也没有。晚上要照看比库，孩子们的衣服破了要缝补，要教莱拉认字，要裁窗帘布和做内衣里裤，件件事都要留心留神，最伤神的是，烧饭做菜没完没了。真的，我觉得要做这么多事，一个月拿二十克朗真不为过。”

“是的，我的的确确佩服你，而且佩服你不下一次了，”斯托雷克夫人热情地说道，“但是，我亲爱的史密斯小姐，现在从各方面看，你都比以前舒坦多了。你几乎可以把这房子当作你自己所拥有的那样来进行管理，并且拜昂先生又是这么看重你所做的一切。你可不许那个孩子这样子使你难堪。”

“是不能，不过我也不怪她，您知道的。可是，我确实觉得，这里常常孤寂得很，闷不可耐。再说了，我有的是熟人推荐，要找个更好的下一家也不是难事。我这人天性活泼，不爱拒绝别人，而且我常常渴望有生气的地方，比如屋子里有年轻人啦，等等。我还记得我那会在佩特森家里干活时的情景。好多次我都后悔我离开了他们，况且他们又是那么想要我继续干下去——他们确实求我留下过。尽管如此，我还是觉得呆在这是我的职责，对这些孩子们而言，我差不多担当的是一个母亲的角色。但是你也看到了，我即便做了这么多，莱拉还是一点也不关心我。真伤我的心呀！哎，她不仅非常调皮，而且无礼得很，还把小拜昂也带坏了。要不是为了拜昂先生和小比库，斯托雷克夫人，我真不想呆了……我真不忍心离开比库，他那么听话，那么乖巧。他醒来后就想钻进我的被窝。你真该在早晨的时候看看他，看他伸展他那肉肉的小胳膊。就算这小孩是她自己亲生的，她对他的爱也无法超过我对他的爱。就算是我亲生的，我对他的爱也不能再多一分了。还有，我问他：‘比库，你是谁呀？’他就会用胳膊绕着我的脖子，回答说：‘我是阿斯塔[1]的傻瓜笨蛋。’是的，你真得上楼看看他再走。要是他能把感冒甩掉才好呢。可是他好像身体底子太弱，而气候又是这样恶劣。打他一出生，他就归我管，您知道的，从第

① 阿斯塔：史密斯·泰勒弗森小姐的名字。

一晚开始，我就照料他。”

“是的，你在这个家里，责任重大。”牧师的妻子说道。

“我就是这么觉着的。我也确实觉得我现在把这房子管理得井井有条了。我不是信口开河，这房子同我来之前相比，可大不一样了。”她不无得意地环视了一下这间大屋，屋子里的镶板没有上漆。“拜昂夫人似乎不知道想办法把屋子收拾得舒服、装扮得漂亮些。哎，过去真是糟糕啊！墙上除了挂有一些苏里塔尔玛山脉的照片，以及拜昂先生高中时的合照，就别无其他了。对了，您看过那张合照么？您可得看看。拜昂先生那时候活脱脱一个美少年啊，可不嘛！家里没有鲜花，没有桌垫，也没有扶手椅套。这些都是我做的，我还为自己的房间绣了椅套被罩哩。您看，这架子上面的饰物，桌上的这两只花瓶，这些蓝颜色的杯子，每一件都是我一手添置的。东一点西一点，我搜集了好多东西，然后把它们放置在这里。一来，这是我专门坐的地方，我同拜昂先生这么讲过；二来，因为比库在我房里睡觉，我要是把这些东西放到房里去，那不管是什么东西都准会被弄翻的。我也种了一些插枝，还让拜昂先生在赫勒森牧师死时所举行的拍卖会上，买了几条毯子，以及两把高档的绿椅子。我周身要是没有一件舒适的物件的话，我还真过不下去。我觉得一件舒适的物件是如此重要……

“不行，现在撒手不干，把一切交给一个陌生人，不合适。您懂的，在这里管理家务可不是容易的事。为什么这么讲呢，单单拿装瓶子、腌菜这样的事来说，就已经不容易了。您知道吗，我去年做了二十七瓶腌肉丸子——瓶子都是带螺旋盖的，还做了十瓶鱼布丁——鳟鱼布丁，别不信哈，它们，它们可好吃哩！另外，如果要想腌菜样式丰富的话，所有这些活儿都不能省：盐腌啦，烟熏啦，贮藏啦，还有制作果酱和泡菜啦。我还泡了二十罐大黄[①]，样子可好了，非常鲜嫩。另外我还在糖水里浸泡了一些越橘，又酸又甜。

“您知道吗，这个礼拜，我在桑德斯通发现了最好吃的小牛肉，我可高兴了。我当然腌了一些。上个礼拜我们吃的油酥糕里还加进了一些牛胰脏，这个礼拜一吃了一些牛肝，这个礼拜天我们将吃烤牛肉。昨晚为了做甲鱼汤，我忙了一宿。今晚拜昂先生回家就可以吃上了。我多么希望您和牧师能够过来啊！我做的马德拉调味汁、根菜丁、香煎丸子可棒了！拜昂先生可喜欢吃了！他还喜欢吃嫩嫩的小肉丸、小鱼丸呢！在这个家里，我总会花心思做上一些。真的，我盼着能让拜昂先生吃上。

“对了，我从克里斯丁亚那那儿买了些菜豆，您要不要？一千颗菜豆我只要花一克朗十欧尔就能买到，我打算买五千颗，它们可是好东西呢……”

“我的天啊，牧师怎么还没到啊！聊天的时候，时间过得真是飞快。”

外面狂风大作，对面山谷的斜坡上，乌云滚滚，不一会儿，这地毯式的乌云就裹着湿气，将树林边的小农场遮蔽掉了，连那高处的凉亭也见不着了。工程师的家坐落在悬崖上。更远处的大峡谷里是一条窄窄的深蓝色沟壑。黄昏时分，金色的阳光一泻千里。裸石、欧石楠、灌木丛，以及房子旁的池塘都沐浴在暮光中，亮闪闪的。往高原更开阔处去，有两块面积不大的山田，旁边还有绿色的草地，建有一幢瑞士风格的黄色的别墅。再往前去，靠近矿场的地方，几栋黑色的楼房靠在一起。周围长有只有在高地

---

① 大黄：挪威一种蔬菜。

上才能见到的低矮灌木，灌木的面积挺大，叶子稀落，颜色灰黄黄的。山上遍地矗立着发电的电缆塔，体积不大，东一个西一个，消失在旷野里。

史密斯·泰勒弗森小姐站在台阶上，向牧师及其妻子挥手告别，一直目送他们走下山坡，直到看不见为止。刚喝完酒，她的两颊红润。她自说自话，然后笑了起来，眼睛也透着欢乐。

“她长得其实也没有那么难看啦，”斯托雷克夫人对她的丈夫说道，“而且她还非常能干。可怜的人啊，我真希望她和拜昂先生之间能发生些什么。”

她和比库一起住在楼上的小阁楼里，她进屋时，比库睡着了。她用手背摸了摸小孩的脸颊，好烫啊！她碰他时他翻了个身，但没有醒来。

史密斯·泰勒弗森小姐拉下窗帘，点亮旁边桌子上的灯，脱下宽松的上衣，在穿衣镜前坐下，瞥了一眼床上的小孩。史密斯·泰勒弗森小姐有些梳妆的细节动作，连比库也不允许观看。他睡得正香。她于是将头顶上三处用发卡夹着的头发放了下来，认认真真梳理后，又用发卡把它们夹上去，然后在梳妆台前又仔仔细细把它们放下来。发色浅黄。她顺着梳子的发齿一缕一缕地整理发梢，然后又拿起发卡，在头上各处尝试，有时候把发卡放得靠前一点，有时候放得靠后一点，直到她找到各个发卡的最佳位置，把头发夹好为止。看着镜子里的自己，她笑了，对夹的头发甚为满意。

她扯了扯穿的睡衣，这边扯下来一点，那边拉上去一点，然后又笑了笑。她的胳膊、肩膀以及胸部有些松弛，盛期不再，但身上的皮肤却依旧显得年轻，白皙而柔净。只是她五官平平，脸色憔悴，略显浮肿。另外，她浅棕色的眼睛虽小却很温和，下面还垂着眼袋。她的鼻子又宽又扁，上嘴唇长长的，下面露出一排参差不齐的牙，使她看起来活像一只友好的小猴子。最难看的是她的脖子：从耳朵开始，一直到脖子的整个一边，全是些腺体组织，不是毫无光泽的白色疤痕，就是红肿的伤痕。

因为这个原因，阿斯塔·史密斯·泰勒弗森有整整一抽屉用于装饰脖子的佩饰。现在，她正穿着一件明艳的红色丝绸衬衫，衬衫上满是黑色的网格，然后她选了一条宽的黑丝巾别在喉咙处，在有疤的一侧系了个大大的漂亮的蝴蝶结，那些疤印几乎被盖住了。把那枚金边胸针[1]在胸前别好后，她不无满意地笑了。

她走了过去，又瞧了瞧孩子。可怜的小娃！他既然睡得这么香，病情应该不会加重，睡上一觉，烧肯定能够退下去。

穿过拜昂先生的卧室，她来到育儿房。小拜昂正在吃晚餐，莱拉的餐盘动都没有动。这个小女孩正跪在一把椅子上，用彩笔在画簿上描画呢。

“小拜昂，吃完了吗？可以收盘子了吗？哦，我们真了不起，吃得累坏了！”她为他拍手鼓掌，“好啦，莱拉，你现在把你的东西收好，然后把晚饭吃了。这样你才能去睡觉。”

“你答应过我，说爸爸进门后我可以和他一起吃晚餐的。”

“我说这话的前提是你要表现得好。你难道以为自己表现得还不错吗？首先，今天早上你把你的裙子弄破了，害得我要熬半个晚上才能缝补好；其次你极不礼貌，表现相当糟糕——”

“爸爸不回来，我就不去睡觉。”莱拉说。

“我知道你怎么想的，你认为反正我拿了工钱，所以你想撕什么就可以撕什么。你觉得按照现在的情况，我做得还不够多，因

---

① 金边胸针：当地服饰别的一种银色胸针。

此我得整晚地熬夜，替你缝补你撕坏了的东西。”史密斯·泰勒弗森小姐的脸又红了，在给小拜昂脱毛衣时，她的手狠狠地用了力，“莱拉，等你长大了，到了自己养活自己的时候，你就晓得了。”

“噗，我长大了我就会嫁人哩。”

“哦，是的，一定有人向你求婚咧。这么好的姑娘，还这么善良！”

莱拉跑到窗户边去听动静。

“爸爸回来了！”她冲出房间，跑下楼梯。

史密斯·泰勒弗森给小拜昂擦洗完，替他换了睡衣，但并没有像往常那样同他开玩笑。小男孩也很困了，来不及向上帝做祷告就睡着了。

她下楼时，工程师正背对着火炉，站着暖身子。莱拉在沙发上，忙着玩她的玩具。

“史密斯·泰勒弗森小姐，晚上好！晚餐准备好了吗？我饿极了。天气真是恶劣，不是吗？”

“我想您也许先把衣服换了。您房间的火我已经给您点好了。过一会儿就可以吃晚餐了。”

“我懒得去换衣服，”拜昂先生说道，“咱们先吃点东西，成不成？”

“莱拉，你出去告诉赛丽安娜吧，好吗？不过拜昂先生您这么做，我确实觉得有些不妥，一不小心人就受寒了。可怜的小比库就患了感冒，我都不明白他怎么就感冒了。可怜的娃呀，今天早上咳得可凶了，听得人心惊肉跳的。他吃完晚饭我就赶紧安顿他睡觉了，我想，这样他到第二天早上就好了。行，我们开饭吧！”赛丽安娜端了甲鱼汤进来。

拜昂懒洋洋地在桌子旁边坐下。莱拉走了过来，在他旁边坐了下来。

“哦，赛丽安娜，可以麻烦你把莱拉的晚餐从育儿房端下来吗？拜昂先生，我就是没法子让莱拉去睡觉。她说她不睡觉，一定要与您一起吃晚饭。”

“这么说来，你在等爸爸喽，是吗？”拜昂一边问，一边用手轻抚她的头发。莱拉像小猫一样蹭他的手。“我希望我不在家时你能乖乖的。”

莱拉没有吱声，史密斯·泰勒弗森小姐也没有回答。

“你又闯哪门子祸啦？”

停了一会，史密斯·泰勒弗森小姐才说话：“第一呢，莱拉把她最好的裙子弄破了。不用说，她在奥夫杰尔爬篱笆时弄破的。”

“你不应该让孩子每天都穿去教堂时才穿的衣服，你难道不知道，他们玩的时候要方便行动才好呀。”

“说的是，可她在未经允许的情况下就穿上了，不然我也不会说什么。”

“你难道就不知道把衣服锁起来么？”

“她闯的祸还不只这些呢。第二呢……好了，暂时不说这些了。您才回家，我不应该拿这些事烦您。拜昂先生，您今天外出怎么样？在布洛山过得怎么样呢？”

“哦，还是老样子。”

“斯托雷克夫人今天上这儿来了。牧师过来看望一位工人。那位工人伤得可不轻。他真是可怜，处境真是糟糕呢。”

“伊文森他是自作自受。他们那些人用炸药时太粗心了，以为炸药像烟草一样好使。结果是公司倒大霉。”

“我觉得在这样的天，斯托雷克夫人能够上这儿来，真是勇气可嘉。可您恰巧不在家,我觉得太遗憾了。他们为人真是不错,在这里见到他们真是让人开心。"

她继续滔滔不绝地说,但拜昂却只顾喝着甲鱼汤,吃着布丁,一言不发。史密斯·泰勒弗森小姐挑出一些布丁,放在另外两个盘子里。

"这留给小拜昂和比库明天吃。我答应过他们,要给他们留一些的。比库,这个小淘气鬼呀,一听说我要做布丁,他就东倒西歪地下楼来要吃葡萄干布丁,身上还穿着睡衣呢,真是没想到。瞧这家伙干的好事!"

莱拉道了晚安。拜昂捧着一杯咖啡走到沙发桌前,拿起一本书,端起他的烟斗,然后坐下。很快,史密斯·泰勒弗森小姐进来了,在扶手椅里坐下,慢慢地向他靠近,也慢慢向台灯靠近。

"要就着灯缝这些黑色布料的衣服,真是不方便。"

"等到明天早上再缝好了。"他回答道,放下读得正起劲的书。

"说得轻巧呀!"她轻声笑道,"这么多长袜子短袜子要缝补,还要洗这洗那,您不在家时我可没闲一下,我可以这么肯定地说。可这天气也真是的!我要去厨房才能把袜子和孩子们的衣服烘干,但洗的衣服有好多呀。拜昂先生,接下来的天气怎么样呢?您一向都是提前知道的,而且也挺准的。我不明白您是怎么做到的。"

"恐怕天气还是老样子吧。"他说道,头也没抬。

"哦,天啦,我也这么想的。我知道我打扰到您了,我现在不说话了。一个人要是没有谁跟她说道说道,整天一个人呆着,就会变得唠唠叨叨的。斯托雷克夫人说她也这样。您知道吗?我和佩特森一家子呆在一起的时候,我可以一天都不张嘴。他们经常问我是不是哪不舒服,可我从来就没注意到这一点。您要知道，当时我为身边的事忙个不停。不过，我再也不会打搅您了。”

“不知怎地，我感觉累了，我想现在上楼去。”他合上书，站了起来。

“是的，没错。我想您是累了。那么，晚安，拜昂先生，祝酣睡。”

“你也一样。”

“噢，顺便问一句，您觉得今晚放了香菜的甲鱼汤如何？我以前没放过，不过我想兴许放点会不错呢。我是觉得挺不错的。”

“是的，不错。晚安。”

拜昂躺了几小时，没有睡着。那个女人在他房里点的炉火太大了，他不得不把窗户打开，然后又爬起来把它关上，因为外面起风了。大风刮得很猛，那势头像是要把窗户的铰链吹断似的。而且那皂石炉子里的火一直亮着光。

这该死的房子！修成这个样子，稍微发出一点声音都能听得到。史密斯·泰勒弗森爬了起来，去照看小男孩比库。他也许是睡觉时正说着梦话，又或许是刚刚醒了。

拜昂又躺了下去，望着黑漆漆的夜，凝神发呆。她对孩子们确实不错，而且心地好，又能干，是个值得尊敬的人。要是能在一起——那真是好的没法说。

可是，他又不是真正地喜欢她。她这个话匣子，既矫情，年纪又大。她那没完没了的唠叨简直能把他逼疯。她曾跟他在肢体方面有过碰撞摩擦，这是她向他表示暧昧的方式。但他一想到她的脖子，就感到不寒而栗。可是，她又确确实实对他有某种魔力。

他时不时地希望自己能结束此种处境。这样的话，就会干干净净，不至于藕断丝连，他也好享受安宁。

"啪——啪——啪"。她正在那轻轻挪着脚步,或许光着脚,或许穿着长筒袜。她就在他的门旁边。

天哪!他不由一惊,在床头坐了起来,瑟瑟发抖。她正笨手笨脚地找钥匙呢,现在她就快把门打开了。

光透了进来,很扎眼。史密斯·泰勒弗森小姐正站在门口。

"啊,拜昂先生,拜昂先生!请过来一趟吧。恐怕比库真的出事了。请过来看看他!哦,天哪!我们该怎么办呢?"她抽泣道,神情恍惚。

"我这就——"她把门关上了。

莫名其妙地,拜昂感到难为情,为自己感到羞耻。于是他起床,点灯,穿上最必要的衣服。

小孩正发着高烧。他呼吸很困难,胸膛那里呼哧哧地起伏着。虽然他的眼睛半睁着,可周围发生什么,他一点也没有知觉。

史密斯·泰勒弗森小姐坐在床边上,弯下身子,靠着小男孩。

"亲爱的比库,我们亲爱的比库,你是怎么啦?真的这么糟糕吗?看一看我啊,比库,我是阿斯塔呀。我们能为小比库做点什么呢?"

"没事的,没事的,泰勒弗森小姐。或许没有什么大事呢。小孩子发烧是常事,你又不是不知道。我猜想他只是受了风寒而已。来,我们把他抱起来,这样他呼吸能轻松一点儿。"拜昂用块毯子把小男孩裹住,然后抱了起来。

"好了,比库。爸爸在这了。你难道连爸爸也不认识了吗?你瞧瞧!是不是感觉不舒服呢,比库?生病不是好事吧,儿子?"

比库呜咽着,从牙齿缝里冒出些话。因为有点害怕,他发出了一两声尖叫,然后伸手要去抱泰勒弗森小姐。她跑了过去,一把抱住比库,然后亲他。小男孩当时还躺在爸爸的怀里。

“在呢，在呢，比库，我在这呢！阿斯塔在这呢。不，谁也不能把你带走。我们会照顾好你，让你好起来的。拜昂先生，你看我们这如何是好呢？我们得打电话叫医生呀！我们赶紧请他来吧，求您了！”

“我们再等等看，好吗？如果只是受了寒呢？我们不能叫医生上这儿来，现在深更半夜了，还荒山野岭的。”

她顿时坐到了椅子上，然后啜泣起来。

“哦，上帝啊，帮帮我们吧，帮帮我们吧，上帝！”

比库艰难地喘着气，突然直不起身子。他喘气的样子，让人觉得害怕。史密斯·泰勒弗森小姐高声尖叫起来。

“他快死掉了！拜昂先生，想想您的孩子吧。您必须叫医生！您必须叫啊！万一是肺炎或者白喉呢！给医生打电话，快！我不能——如果失去比库，我会发疯的。”

“泰勒弗森小姐，别这样！别这样过度激动！”孩子依旧在他怀里，他弯下身子，将手臂放在她的腰上，扶她起来。但他又把手缩了回去：她没有穿胸衣，裙子里面只穿了件睡衣。

“好的，为安全起见，我这就打电话。现在务必请你平静下来。”听了这话，她腾地站了起来，紧紧抓住他的手臂。

吹着风，跑在黑漆漆的马路上，他一路咒骂。走到办公室要花六七分钟。他把家里的电话搬到这里来，是因为当时工人礼拜天和假日都要用电话。

他回来时，史密斯·泰勒弗森小姐不在她自己的房间里。她把小孩放在她自己的床上，下面给他垫着枕头。拜昂先生坐在床边上。

比库看起来真的情况不妙。倘若他真的要是失去比库了呢……有那么一会，他努力去想象这种情况。孤独感压倒了一切，他思念着他的亡妻。这种思念极其强烈，分外磨人。有时候这种思念让人变得糊涂，并且莫名其妙，只觉得自己强烈地渴望着一位女人，任何一位女人。曾经在黑暗中，在空荡的办公室里，在向住在山谷下面十里开外的居民求助时，他就感受到过这种恐惧。就在这时，他突然想到比库也许就要死去了。这种因为疾病带来的无助感，让他记起了妻子博格希尔德临死前的日子。

这房间看起来是那么舒适，安静而又温馨。在这个时候，即使是卧室里的空气，也让他觉得舒缓而安心。

史密斯·泰勒弗森小姐回来时，手中拿着一个瓶子。

“医生怎么说？”

“他不在家，接电话的是他妻子。他会尽快赶过来。现在，我为我打了电话而感到高兴。”

“哦，那希望他能赶快过来吧。我想或许在水里放点越橘果汁，比库喝了能解解渴。”她把水和果汁在杯子里混合好，努力让比库喝下去，可是大部分果汁都顺着比库的下巴流走了，流得睡衣和枕头上都是。

史密斯·泰勒弗森小姐又是擦拭，又是翻转枕头，开始哭了起来，哭得极为安静。

“哦，我的天啦，这是要闹哪样啊？”

床头边有一把椅子，她绝望地坐了下去，来来回回地摇晃自己，轻声哭泣。

拜昂站了起来，走到她跟前，将手放在她的肩上。

“别这样，我亲爱的史密斯·泰勒弗森小姐！严不严重，我们现在还不知道呢。你得振作起来。我的情况更糟糕呢，别忘了，我是孩子的父亲。”

她无助地抬起头来，褐色的眼睛下面垂着明显的眼袋，泪水盈盈，却泛着柔情。

“我是如此地爱他啊，拜昂先生。啊，我是如此地爱他！”

拜昂先生忽地抚摸起她的脸颊来。他继续抚摸着，好像不由自主似的，轻抚着，细拍着，突然一下子把手拿开了，原来他靠近到那些疤痕了。

夜越深，比库的病情愈加严重起来，他烧得越来越厉害。快到第二天早上的时候，他一阵猛咳。已经上床睡觉了的拜昂，这一辈子都没听过咳嗽有咳成这样的，没顾得上冷，就惊恐地跑了过来。这孩子每咳嗽一下，都仿佛是把他的命给咳了出来。但此时的泰勒弗森小姐却相当镇静，临慌不乱。她记起以前听说过，诸如此类情况发生时，热水壶能派上用场。见自己有机会帮上实实在在的忙，她心里觉得踏实。

接近中午，医生才赶了过来，还好及时救了孩子一命。因为患的是白喉，做手术是必须的。接下来，比库同史密斯·泰勒弗森小姐以及赛丽安娜隔离开来，莱拉和小拜昂被送到奥夫杰尔，他们的父亲则入住到办公室大楼里。

2

比库好了，房子也已经消毒完毕，整个家又回到日常的轨道，这时工程师突然收到一封来信。写信人是他的远房表妹，信上说她想到他家来度假。

来信的正是汉森夫人，她没生孩子，结婚才一年就成了寡妇。之后的这么多年，她一直在一家工厂里做会计。

汉森夫人就是大家称之为“好人”的那一类人，这一点全写在她那张方方正正的脸上。她一头金色的卷发，皮肤白里透红，淡蓝色的眼睛细细长长，睫毛淡淡的，总是笑个不停。她嘴巴大大的，牙齿也长得很标致，起码有四十八颗，笑起来时洁白无瑕、惊艳夺目。她笑的时候能笑上一阵，很开怀的那种：哈哈哈哈，发出的a清晰而响亮。她身材高挑，腰板挺得很直，仿佛是站军姿的士兵，走起路来步子迈得大大的，坚而有力。她的一举一动都在宣告她是一个活菩萨。

一天傍晚，她脚上踩着一双棕色的柏克森靴子，健步走到阳台前的石阶处。她上面穿一件浅色衬衫，软领上系着领带，下面配一条百褶裙。她背上背一个帆布包，里面的夹克和运动衫垂了下来，手里握着一根笨重的篱笆桩。她就站在那，反复喊，反复叫，直到史密斯·泰勒弗森小姐出现在石阶上。

“晚上好！我是汉森夫人。我表哥在家吗？我想你就是管家吧，是吗？你好！啊，我终于到这了。”她牙齿毕现，伸出手来。

“您好，汉森夫人。”史密斯·泰勒弗森小姐走下台阶，把手迎了过去。客人先紧紧地握住它，然后又把手抽掉。

“我想你没料到我今晚会过来吧，希望没有给你添麻烦。”

“哦，一点也不麻烦。只是，您的房间还没收拾。我们原以为您今晚会去宾馆住。拜昂先生已经安排人明天一大早把您接到这来。”

“我的天哪，这可不行啊，那个可怕又肮脏的鬼地方。在那吃一顿饭我就受够了。啊，我早就料到那里有股臭虫味。要说这世上还有我怕的东西，那就数臭虫了。所以我想我还是直接上这里来的好。”

“您不会是一路走过来的吧？哎呀，您一定累着了。”

“哦，还好，一般情况下，我走个十二英里是不在话下的。但是，你知道的，为了在天黑之前赶到这里，我只好能走多快就走多快。另外，我也无法确切知道要走多远才能到。我仅仅花了——”她看了看表，“仅仅三个半小时。当然喽，我是有点累了。”

“是的，是的，我们现在马上就去收拾您的房间。在这样的荒山野岭，您独自一个人走路，真是勇敢呐！”

“勇敢？究竟有什么好怕的呢？我知道他们会说森林里有熊呢。如果一只熊出来散步，你又恰好经过它散步的地方呢？这种设想，在我看来离奇得很。流浪汉呢？胡说八道，流浪汉全是些懦夫。另外，我也不怕狗，怕狗才荒谬呢。我随身带着这个呢，你瞧……”她于是用木棍重重敲了下地板，“呦，比库来了啊！快过来，快过来跟卡丽姑姑问好哦。咦，他怎么了？受惊了吗？真丢脸，比库！我希望你不是胆小鬼。”

可是比库还是呆在泰勒弗森小姐的后面，狐疑地伸出头偷看。

“比库，去，去向夫人问好。可怜的比库，”阿斯塔一边说道，一边轻抚着他的头发，“他不习惯生人。”

“对一个住在山上的男孩而言，他看起来太苍白了。噢，当然了，他刚患过一场病。顺便问一句，这里已经消毒了，是不是？我表哥写信说——”

“哦，当然消毒了。”泰勒弗森小姐大声笑道，“您的行李呢？”她接过帆布包，要把它放到楼上去，“您是否有请人把行李送到这儿来呢，还是我应该打电话过去呢？”

“行李！”汉森夫人大笑道，“你手里拿的就是！所有的行李都在里头了。哎哟喂，我亲爱的泰勒弗森小姐，你以为我会托多少行李过来啊，我在这就住三个礼拜而已。”

史密斯·泰勒弗森小姐受不了她。赛丽安娜对她的到来也感到恼火。她一来，就没玩完了地要将热水提到楼上去，从早到晚没有个停歇。此外，她还要求每天的早餐必须有粥。莱拉也受不了卡丽姑姑，每天早上她总是要就粥的问题进行一番评论，说粥是怎样地可口，怎样地有益健康，孩子们喝粥多么地有必要，促使孩子喝粥又是多么地有必要。不管他们什么时候起床或是去睡觉，她都要走进来，谈清洁和海绵擦拭身子的好处。她睡在拜昂的卧室里，拜昂去办公楼睡。

一天早上，汉森夫人和拜昂坐在桌子边吃早餐，泰勒弗森小姐正用帆布包给他们装午餐。按照汉森夫人的说法，他们打算去瓦得夫杰尔参观老煤矿，然后步行到矿顶上看风景，再到霍克乔尼那儿溜达一小会。这个早上六点半，她冲了个热水澡，浑身是劲，状态特别好。房子下面流淌着一条小溪，溪里面有个池塘，她又在池塘里洗了个澡。现在她大口地喝着咖啡，吃着硬面包与乳清干酪。衣服上到处都是散落的面包屑。

“泰勒弗森小姐，我们回家的时候，你将会为我们准备好奶油粥吧，是不是？会往里面加很多黄油，对不对？如果我在山上住，我就能一大勺一大勺地吃黄油，是不是？如果粥因此不好搅拌的话，你只管骂三个秃驴[①]就是。你知晓么？哈哈！”

史密斯·泰勒弗森小姐并没有笑。关于奶油粥以及做法，汉森夫人唯一知道的大概就是这个老笑话了。虽然她对家务管理知之甚少，却喜欢狗拿耗子多管闲事，瞎提建议，让人不堪忍受。她对野生黄莓一直喋喋不休：这儿竟然找不到野生黄莓，真是奇

① 三个秃驴：挪威流传的关于奶油粥的笑话。

怪呢！仿佛整个山上的野山黄莓因为七月的坏天气开不了花，都是史密斯·泰勒弗森小姐铸成的错似的，这样的评论真是够糟糕的。

汉森夫人将剩下的硬面包塞进嘴里，把咖啡喝了个精光，然后指着帆布包说道："他们准备好了吗，泰勒弗森小姐？我们出发吧，好吗，托罗尔夫[①]？"

"孩子们一会就好，"泰勒弗森小姐说，"莱拉和拜昂多么想站在台阶上和他们爸爸道别啊。"

汉森夫人看了看手表。

"八点过一刻啦！让他们早上赖这么久的床，我真觉得不是件好事。托罗尔夫，如果我是你，我就坚决要求他们八点整必须下楼来吃早餐。最好让孩子们形成早起和守时的习惯。"

"莱拉不是正放着假嘛！"泰勒弗森小姐说，"再说其他的孩子还这么小呢——"

"就是因为他们现在年纪还小，才需要在这些事上接受管教，要不然，他们以后就不会长记性。"汉森夫人又坐了下来，给自己倒了一杯咖啡，"泰勒弗森小姐，你要知道，我的确觉得你对孩子的管教太不严格了。我常常想我应该向你提出来，太迁就孩子对孩子没什么好处。这会毁了孩子，使他们变得弱不禁风。瞧，比库就是个例子。山区的空气这么好，在这里居住的孩子，竟然是这样一副体质，真是想也想不到呀。"

"但是，汉森夫人，您别忘了，他最近刚生过一场大病呀。再说了，他生来体质就不太好。"

"我要表达的就是这个意思。这个孩子需要锻炼，需要有条

---

① 托罗尔夫：拜昂先生的名字。

不紊地进行锻炼。他应该每天到户外跑跑，而不是在厨房里溜达，或者在通风的过道里闲逛。这些比起外面新鲜干净的空气，坏处大了去了。穿很多衣服，当然是好，但是倘若他在外面淋雨了或把脚弄湿了，该怎么办呢？相信大自然能够照料好他，不会加害于他。这样的地方，空气好，又没有细菌，没人会患感冒。每天早上他都应该在小溪的池子里泡一泡，然后在身上裹条厚毯子，用力地擦身子。完了之后，喝一大碗热粥，然后你就会看到他逐渐长成一个又棒又壮的小伙子了。”

史密斯·泰勒弗森小姐哼了一声，说道：“别人怎么带孩子，我不瞎掺和，但带他们，——这是拜昂先生托付给我做的事情——我也是按照常识来做的。我不会因为一些新潮的主意而去冒把比库的命丢掉的危险，汉森夫人。”

“但是你必须得记住，泰勒弗森小姐，”汉森夫人略带讥哂地说道，“正如你所说的，这些孩子不是你的，因此你应该允许他们家里的成员时不时地对他们的教导提建议。你十分清楚，对一个没有孩子的人而言，年纪大了的时候才开始照看起孩子，这不是容易的事，而且我认为所有上了年纪的未婚女士都会犯这样的错误：过度担心孩子，总让他们裹着棉衣。我的表姐玛格达就是这样的人。托罗尔夫，你还记得吗？”

“没错，汉森夫人。”阿斯塔·史密斯·泰勒弗森小姐挺直身子，“说起孩子，我想我和您处境一样吧。您也是没有孩子的人，关于带孩子的事懂多少，我没法知道。不过看起来也并不见得多，请原谅我这么坦诚地说。算一算，我现在照顾孩子也有两年多了。比库从他出生那晚起就一直是我带着的，他出牙也好，最近患白喉也好，都是我带他，我一个人熬夜照看他。我真的可以这么说，为了这孩子，我可以拼命。拜昂先生，您说是不是？我只会做我认为对比库最好的事情，我想您是知道这一点的。”

“是的，是的，当然是的。卡伦，你要知道，泰勒弗森小姐为这孩子尽了她最大的努力。”

“嗯，那是自然。我只是说说我的想法。你没必要因为这而把自己弄得心烦意躁，泰勒弗森小姐。”

“把比库放到池子里去浸泡！”史密斯·泰勒弗森小姐对此嗤之以鼻。当他们两位出门后，她追在汉森夫人后头说道：“我还认为强迫莱拉喝她讨厌的粥是不对的。”

孩子们从阳台外面进来喝粥，一副无可奈何的表情。“亲爱的，放下，放下，”她说道，然后把他们的盘子端走，“我敢说，面包、黄油、乳清干酪对你们一样地好。她真是一派胡言！”

阳光明媚，汉森夫人和拜昂走在荒野上，她没有再提带孩子的事。她一个劲地说自己四处云游的经历，如龙通黑门山、努尔马卡、哈当厄高原、海姆瑟达尔山脉，以及吕瑟峡湾。

离开瓦得夫杰尔煤矿后，他们在矿顶“一览众山小”，花了三个小时。拜昂出汗了，气喘吁吁。过去一年间，他体重增加了，人也不习惯走路了。可是卡伦却精神饱满，穿着那双棕色的柏克森靴子，正爬一个不陡的长坡，阔步走在前头。

在最高的石冢的下面，他们找到了一块阴凉的地方。拜昂在一片长满熊果的地上四仰八叉地躺了下来，卡伦掏出酒精灯，把两个啤酒瓶里的水倒进水壶里，然后从包里取出食物。

“一旦来这儿了，你就会为来到这里而感到高兴，真是一点也不假。”拜昂一边感慨，一边欣赏景致，“这样的天气，山色真是不错。”

“啊，简直无与伦比！”汉森夫人欣喜地喊道。

整个高地都沐浴在阳光下，金灿灿的。小峰的石坡上布满了灰黄的苔藓。牧场青青，溪岸边栽植着一排排明艳的青刚柳，沉静的小潭熠熠发光，周围也有柳树环绕。埃尔索附近有一处废弃的煤矿，隐藏在一块凹地里，杳无人迹。煤矿对面有一块水域，越过水域，又低又黑的悬崖下面有一处沼泽地，只有那儿才能发现零星的赤褐色的点在蠕动。放牧时分，清晰又柔和的铃声，声声入耳。在这无边的荒野里，天空蔚蓝，缀满朵朵小白云。

“啊，我爱群山！”卡伦说，“你知道的，托罗尔夫，我愿意在这里度过我的余生。”

“这里的夏天倒是挺不错的，可是从秋天开始，越过冬天，一直到晚春，是怎样的一副光景你就不知道了。咳。”他耸了耸肩，往灌木丛更里面钻去。

“托罗尔夫，你怎么能这么说呢？这里一年四季空气都好得不得了呢。我还记得我上次复活节来这时——”

拜昂没忍住，还是笑了，但是却没有发话。卡伦于是又重复地说：“哦，群山，群山，我爱你们！”

“托罗尔夫，”她突然说道，“你家那位女管家，还真会巩固自己的地位啊，难道不是么？”

他吃了一惊。

“你说这话什么意思？”

“在我看来，她有点颐指气使，仿佛房子是她的房子，孩子是她的孩子。”

“如果她必须在孩子中树立权威的话，她就一定得这么做。你也知道，他们必须服从她的管教。”他沉默了片刻，接着说道，“她和他们相处得不错，这是毫无疑问的。比库患白喉那会，她无微不至地照顾他。我帮不上忙，只好搬去办公室。万一把流感扩散出去了,我可担不起这个责任。矿区里住着好些孩子,如果这里爆发传染病,那可不是闹着玩的。”

“如果是那样的话,你也无从知道她照顾得有多好。她是不太可能低估自己的作为的。”

“哦,不,我知道。赛丽安娜全知道,她说能像她那样熬得住的,找不到第二个人了。她非常爱比库。起初,我们意识到比库情况非常糟糕的时候,她都快疯掉了,反应特别强烈。”

“这些老处女动不动就神经兮兮的,”汉森夫人笑着评论道,“我怀疑她是不是生活已经没有盼头了,托罗尔夫!”

拜昂没有作答。

“你得小心喽!”她继续嘻嘻哈哈地说,“老兄,你可危险啦。鳏夫和女管家——呵呵!”

他躺着,猛吸一口石楠花,突然说道:“听起来可怕,却说得在理。你要知道,一个人不容易啊,真心不容易!”

她狠狠地瞥了他一眼。

“我只知道一点。在博格希尔德死后,我再也无法爱上别的人。我的心里从来,从来就没有对她不忠过,我将来也不会不忠于她,这一点我可以打包票。但是你也要明白一点,”他继续低声说道,“我是一个正当盛年的男人,一个健康而强壮的男人,有——凡是一个男人应有的激情与本能我都有……

“真的,真的不容易。到现在,我鳏居已经两年了,卡伦。在此期间,我一直独自住在荒野上,唯一陪伴我的就是这么一位女性,每天都见到她,和她一起吃饭,晚上睡觉时和她就隔一扇门。”

“当然,你不要以为我不理解你,托罗尔夫。”汉森夫人急切地说道,向他靠了过去,热情而又吐露心事的样子。她这样做既表达她对这个话题感兴趣,而且又隐藏着一种亲密的意味。有那么一会,他后悔他说了这样的话。

“可怜的人,我真是太理解这种感受了。我常常想起你,想知道你在这里是怎么度过的。我自己清楚一个人过日子是什么滋味。当然喽,这对女人又不一样了。一个人结了婚,就晓得一二了,晓得其中的悲苦和空虚了。哦,我晓得!”

拜昂躺着,凝望整个区域,接着又不由自主地继续说道:“不,我爱博格希尔德。一个人要是结了婚,看事情就不一样了。我结婚之前也不是痴情的人,我也从来不自诩自己是这样的人,但是现在……去年冬天,这里有一位从瑞典来的荡妇,一位矿工的老婆,她说我真痴情,但我不相信这种说法。哎,多好的人啊,想起她我心里真是难受得很。

“但是,博格希尔德,一切都已经结束了,这让我感到非常害怕。结束了,没有挽回的可能了,而且我知道这种感觉我再也不会有了。老实说,没有女人,我不太会过日子。”

“因此你的意思是,反正是女人就行,这一位和其他的女人也就没啥区别了。是的,我懂。而且她既善良,又会管理家务。你只要向她求婚就可以了,这是明摆着的事。可怜的人啊,只要她想结婚,那就再自然不过了。说的就是这么一回事吧?”

“确实,持这种观点没什么不对劲的。问题出就出在她能把我给逼疯。她总是诡秘地发笑,我到哪儿她就跟到哪儿,还絮絮叨叨的,没完没了。我真是被她弄得抓狂。”

“真遗憾,她长得不怎么样。”汉森夫人说道。

“我一想起那些疤痕——”他打了个寒战。

“你知道不,我总觉得女人最可怕的是脸上长胡子。你难道没注意到吗?真的,真是那样的,她长得不好看。老处女脸上长胡子已毫无吸引力可言,我不知道还有什么比这更缺乏吸引力的。”

“当我想象和她结了婚，共处一室，而且她还爱得死去活来的，真是！”他说道，突然发出一阵粗鲁的笑声。

“也是，她年纪一大把了，最后终于能结婚了，总要爱一回嘛。”卡伦同意道，也大笑起来。

“哦呵！不过，我确信她非常适合结婚。如果我们之间真发生了什么，我一定得娶她才成。

“听我说，该死的是我们之间还真有点事，尤其是最近以来，我不知道怎么回事，时不时地会将手放在她身上，有时不当真，有时却当真。或许她将那视为我向她示爱的开始吧，天知道呢。”

“我认为现在还没有什么能将你套住，实际上也没有。但是你说过不让自己被套住的话或者做过不让自己被套住的事吗？”

“没有，”他斩钉截铁地回答，“当然没有。”

“我会告诉你我是怎样想的，托罗尔夫。你应当再婚，越快越好。当然，你也可以娶她。她有许多优点。不过嘛，她没有什么兴趣爱好，至少我还没有发现。她感兴趣的无非是管家、带孩子以及做饭，尤其爱做饭。因此她充其量不过是你的女管家罢了，你说是不是呢？所以我觉得你应该尝试找一位好女人，她既受过良好的教育，又能做你的知己；你可以向她倾诉你的秘密，也可以同她分享你的兴趣；在晚会上她可以为你演奏，有时候还能同你一起去户外旅行，等等。当然，这是一位善解人意的人儿，她不想看到你唉声叹气，憔悴无神，也不奢望你做一个多么好的情人。她健康而聪明，并且行为端正。她尊重你的忧伤和回忆，既是你的佳友，又是孩子的良母。”

“卡伦，要找到这样一位人谈何容易啊。”他笑了笑，有些倦意，“哎，可怜的老阿斯塔，和她在一起我是知道分寸的。”

“托罗尔夫，你现在要当心了呀。我想你应当把手头的事情安排安排，这样月末你去克里斯丁亚那时才能在那呆上几天，顺便清醒一下头脑，会会老朋友，等等。我确信你过去认识了不少不错的女人。我也将尽力帮你，安排我认为最适合你的人同你相亲。”

但事实证明，拜昂没有必要去克里斯丁亚那找新娘子。与汉森夫人推心置腹地聊天之后，后来又多次这样聊过，因此等到她要离开的时候，万事都定妥了。从克里斯丁亚那回来时，拜昂原先戴婚戒的手指旁边添了一枚新的婚戒。他把订婚的消息告诉了孩子们以及史密斯·泰勒弗森小姐。婚礼将于圣诞节举行，史密斯·泰勒弗森小姐将一直呆到元旦，届时新婚夫妇将会回家，由新任妻子接管家务的管理事宜。

3

拜昂很为史密斯·泰勒弗森小姐感到难过。她每天都要仔细浏览《晚邮报》上登的招聘广告，写求职申请，然后邮寄出去，可从来都是杳无音讯。而且她听到他结婚的消息后的反应，也让他很触动。本来他的订婚以及她的即将离职，对她来说，都是一个打击，但她却坦然接受了。比起以前，她更加卖力地装瓶子、做腌菜以及制作果酱，还说：“要是家里储备丰富，您妻子进门后就会更开心些。要不然，那位可怜的女士会觉得万事开头难。您知道的。”

拜昂第一次从克里斯丁亚那回来时，他分外激动。他热切地盼望自己鳏夫的生活能够到头，况且未婚妻也让他非常心动。她是多么地了解他，知道怎样抚慰他失去亡妻的内心。谈到拜昂与博格希尔德彼此的爱情时，她是那样款款动情。拜昂与卡伦之间当然没有那样的爱，他们喜欢彼此的方式大不相同。他们会成为对方的朋友和伴侣。“托罗尔夫，我是你最好的朋友，是你可以倾诉衷肠的人，我是一位坚定、可信而又忠诚的朋友。”她又谈到要把她的钢琴搬过来，承诺以后要办一些欢乐融融的音乐晚会和牌友会，还要去山里散步。此外，就小孩的抚养问题，她发表了一套最益于他们身心、最利于他们道德的高见。虽然拜昂心里没有承认，但他很介怀这件事：虽然有了新的爱情以及新的婚姻，卡伦还老是强调自己对亡故的汉森先生忠贞不贰的情感。

订婚后的日子里，拜昂感到非常幸福，对史密斯·泰勒弗森小姐特别和蔼，比起平时同她的交谈也更加畅快自由。尽管明知在克里斯丁亚那有未婚妻，而且婚期将近，他还一次两次地触碰她，他既不知道是怎么回事，也不知道为什么会这样。

当然，他表面上安慰自己说这只是个玩笑，可心里又暗暗地觉得害怕和不安。受到原罪冲动的驱使，他似乎对圣诞节就要进入幸福的乐土并不感到满意。相反，拜昂不知道他接下来的三个月应该如何度过。他设想他把卡伦连同她的钢琴、书籍、兴趣等等带到这儿来时，一切将会是多么美好，可他越这么设想，就越觉得那几个月会很无聊。

接着，秋天的狂风吹遍了群山，他不能再打猎了，只能呆在室内。他尽可能多地呆在办公室，早早上床睡觉，可这总不是件好事。他还发现这段时间里自己没法避免和她呆在一起，而且待的时间比起平时都要多。他心想，史密斯·泰勒弗森小姐是一个危险物，既诱人又险恶。

九月末，天气突然转好，晴朗而无风。这个时节还这样暖和，真是不同寻常。

工程师的房子周围有一块地，围了篱笆，是个花园。房子旁只长有一些石楠花和矮桦树，点缀在一块块裸岩间，再往下一点，山坡开始向山谷倾斜的方向，那儿有几株枞树。溪岸旁边，青草蔓蔓，山花怒放，银灰色的青刚柳婀娜多姿。在小池的上面，有一个类似洞穴的地方，里面放有几条长凳以及一张桌子，史密斯·泰勒弗森小姐以前在那种过几株大黄。

这个星期天，是九月里的最后一天，天气却仿佛仲夏一般。泰勒弗森小姐和拜昂在洞穴里喝咖啡，就他们两人。孩子们去了奥夫杰尔，去那里观看挤牛奶。

“现在这里真是不错，”泰勒弗森小姐一边说，一边俯视对面赤褐色的沼泽地和下面湖蓝色的山谷，“上个礼拜我哪想到天气有这般好啊——”

“是的，今天傍晚真是怡人。”工程师说道。

“哦，我将会多么想念这个地方，多么渴望再次回到这儿。”她叹气道。

“嗯，但愿你能够找到一个比较有活力的地方。我想你在这里肯定经常感到很压抑。”

“有点儿孤单吧，时不时地。”她沉默了一会，声音变得颤颤巍巍起来，“可是您知道，这已经有家的意味了，再去别的地方找这样一个去处不容易。”她又停顿了一下，“我想在乡下找一户农庄干活，最好家里没有女主人。这样的话，我或许可以邀请孩子们来看看我。拜昂先生，您得准许他们来。要是再也见不到他们，那似乎太奇怪了。”

她的眼睛湿润了，她抬起双眼去看他。这个时候，拜昂才恍然大悟，发现她为孩子们做的一切比起一位拿工资的女管家所应该做的要多得多，对她来说，离开孩子们想必非常痛苦。他放下盛威士忌的酒杯，走到她跟前，拿起她的手。

“我当然会准许。我知道你为我可怜的孩子们所做的一切，我怎么感激也不为过。”

她不由自主地紧紧抓住他的手。

“想到不得不离开他们，我真的害怕——”突然她失声痛哭起来，弓着腰走到石桌边，哭得很凶。

“别，我亲爱的泰勒弗森小姐——”他突然想到一个主意，并对此感到很开心，于是在她旁边的凳子上坐了下来，努力将她的头抬起来。

“你可以一直把这个地方当作一个家，泰勒弗森小姐。放假的时候，你一定要上这儿来看看我们，这是顺理成章的事。”

“哦，不！”她在桌子上安静地哭着，“哦，不——”

她这样躺着的时候，红色丝绸罩衫和黑色围巾的间缝里闪现一道白色的肌肤。拜昂没法移开自己的眼睛，于是往她身上靠得越来越近，他的手有一两次就快靠近到她。他发问道：“为什么不呢？亲爱的，为什么不呢？你为什么就不能过来看看我呢？”

此刻，她抬起头，茫然不知所措。他吻她的时候，她从来没有想到抵抗。她靠着他，身子往下坠，躺在他的怀里，只觉得柔柔的，重重的，又热热的，任凭他想怎样就怎样。当拜昂清醒过来放开她后，她依旧半躺在长凳上，呆呆地望着他。

他全身都在颤抖。天啦，这次，真的好险，简直是一触即发。

阿斯塔张开手臂去抱他。

“那么，您终究是爱我的，对吗？”

“愿上帝帮助我们，我想我们俩都疯了。”他小声说道，完全吓坏了。

她慢慢地站了起来，突然恸哭道："我非常爱您，比她爱您多得多，而且我也爱孩子们——想想孩子们吧——"

"嘘，看在上帝的份上——"他依旧像先前那样因为惊恐而低声说话，"不要那样尖叫。你完全清楚——"然后他突然转身，走开了——几乎是跑着——回到房子里。

吃晚饭时，他们没有说一句话。拜昂非常不自在。少有的几次他们的目光相遇了，她看他的眼神是那样无助、那样可怜，近乎请求——吁！

晚饭之后，他径直上了楼，生怕这个晚上和她再讨论这件事，然后整晚都听她哭。她上楼后，他躺着听动静，听得很认真。她正在哭吗？

第二天吃早饭的时候，他告诉她要去布洛山呆上一周。她只是点了点头。

吃完饭后，他不得不讲话："史密斯·泰勒弗森小姐，我可以和你聊一下吗？"他们面对面站着，旁无他人。大大的客厅空荡荡的，只有油嵌板在闪闪发着光。拜昂的眼睛低了下去。

"对了，泰勒弗森小姐，你会理解的……当然，你的工资算到元旦节那天。要是你能现在离开，马上离开，那是最好的，尽快做准备吧。"

"嗯，我相当理解，拜昂先生。您从布洛山回来后我就走。"

"好的，"他松了口气叹道，"那是最明智的做法。我相信你自己也想到这一点了。"

"现在我向你道别，史密斯·泰勒弗森小姐。"他向她走过去，握住她的手，"祝你好运，希望你能在新的地方干得开心。谢谢你为我以及孩子们所做的一切——非常谢谢！非常谢谢！"

"同样谢谢您，"她抬起泪水盈盈的双眼，凝视着他的眼睛。

她的脸虽已苍老，却闪耀着一种奇怪的光泽。“现在离开我感到很高兴，因为我可以明白其中的苦衷。现在知道您喜欢我，我可以无悔地离开了。”

他低下头，沉默不语。她走到门口突然又转过身来，用那种古怪而呻吟的声音喊道：“就说一遍——告诉我您爱我，就一遍！在我离开之前，您可不可以吻我——就这一次？”

他感到既窘迫又尴尬，难过地回答道：“亲爱的史密斯·泰勒弗森小姐，请——请清醒清醒吧。我知道我的行为有失端正，但是我从来就没有爱过——你必须明白这一点。我本应该克制住我自己，但我没有做到，我承认。但是，上帝啊，像我们这样，两个人凑在一块，又别无他人，居住在这荒野里，确实不容易啊。你当然能领会我说的意思，再说，你也不再是个小姑娘了。”

她看起来并不像领会了的样子，只是呆望着，茫然而绝望。他因为感到羞愧，不禁变得生气和粗鲁起来。

“你可别告诉我说你不懂我的意思。在我看来，你很清楚你能从我这里获得你想要的东西。我承认我的行为有失端正，”他压低了声音补充说道，然后像发火似的说，“但是你得承认你做得也不对。”

史密斯·泰勒弗森小姐大哭起来。她什么都没有说，只是抽抽搭搭地哭着。等他要靠近她的时候，她破门而出，走了。

拜昂从布洛山回来的时候，史密斯·泰勒弗森小姐以及她所有的行李都不见了。

4

一个月以来，阿斯塔·史密斯·泰勒弗森都住在一家廉价的旅馆里，继续找工作。最后她决定去一位信教的寡妇家里，这位寡妇正打算找一位信奉基督的教徒，既做她的伴侣，又做她的帮手。确实，这是她唯一能够找到工作的地方了，如果再等下去，她就得动用她的积蓄了。

可这份工并不是史密斯·泰勒弗森小姐想找的那种。工资一个月才十八克朗，而且没有请女仆。好就好在请了位洗衣的女工。此外，木头和煤会定期运到家里来，虽然量少了点，但泰勒弗森小姐不要自己把它们搬到楼上去。因为两栋楼房之间只有一个楼梯平台，所以一周最多只要打扫一次外面的楼梯。房子总共三间，院子也挺安静的，没有孩子，而且邻里街坊也不错。就她们两个人，总的说来，这个地方挺舒适安闲的。

这位信教的女士，她死去的丈夫名叫约翰森，是个有钱的马具商。史密斯·泰勒弗森小姐心想她蛮可怜，是个和善的主。可是这里太安静了，除了一些上了年纪的妇女，再也没有别的人来这里了。约翰森夫人曾经告诉阿斯塔说，会有许许多多的牧师和神职人员在这里进进出出，可史密斯·泰勒弗森小姐却一个也没有见着。此外，约翰森夫人参加过许多的基督教友会、缝纫俱乐部、布道活动，以及义卖市场等等。她对神职人员怀有特别的感情：所了解的人是神职人员，所谈论的话题是神职人员，交谈的对象还是神职人员。她的一个外甥女，已故的约翰森姐姐的女儿，嫁的就是一个神职人员，但是她们住在北边，距离这里太远了，因此他们只是一个交谈的话题而已。

与约翰森夫人坐在客厅里做缝纫的时候，阿斯塔可以聊聊斯托夫人一家。她确实聊过他们，回想起他们以及他们之前的老牧师赫勒森，还有霍格斯特举行的祈祷会，以及山上和山谷里发生的一切，她便觉得快乐。这里的客厅很舒服，银色的经文写在黑底卡片上，客人一进来，就会看到一些宗教画和牧师的肖像画。客厅面朝博格斯塔大道。这条街人来人往，熙熙攘攘，好不热闹。她的房间，可以说是女仆的房间，面朝院子，又小又黑，因此她的行李必须挤堆在一块。不过，她只是晚上睡觉才呆在里面，点了灯的话，倒也暖洋洋的。

窗前的小桌子上摆着拜昂孩子们的照片，那还是在斯托雷克家里一位旅行摄影师拍的。有一张是三个孩子的合照，还有一张照片是她怀里抱着比库。

每晚对着这些照片她都会哭一会。一连几个小时，亮着灯，她躺在床上，回忆起在工程师家里的往事，然后便是落泪，泪水轻柔而伤感。

每每回想起离别孩子们的场景时，她便感到钻心般的疼痛。然而，回忆起离别时分莱拉的不舍，以及最后她变得多么乖巧时，她又觉得欣慰。可怜的小家伙，毫无疑问她是怕那位新来的后妈呀。自从她爸爸把订婚的消息告诉她之后，她对史密斯·泰勒弗森小姐的态度就来了个彻底的转变。

可是自己与拜昂最后呆在一起时的那个场景，她还是闹不明白，而且总反复回想起这一幕。她尽力抹去这段记忆，并不断对它进行修改，直到想起它时哭得不那么伤心为止。饱尝此次经历的辛酸后，她努力去安慰自己。她做第一份工时，一位年迈资深的女管家对她说过，内容大致是：男人的冲动很强烈，强烈得让人感到害怕，无法控制冲动的男人是孬种。想到这，她觉得自己并没有完全输掉。

终于有一天，寡妇要举办一场聚会。邀请的来宾有一位年轻的牧师，两名神学家，一位笃信宗教的钟表匠以及他的夫人，还有经常来拜访约翰森夫人的几位太太们。

阿斯塔·史密斯·泰勒弗森真盼望能见到一些新面孔。她把巧克力和蛋糕端进去时，她的身上穿着一件红裙子，脖子上系着一条大大的新围巾。可她等来的却是失望。约翰森夫人没有向别人介绍她，桌子边也没有一席之地留给她，因此她只好形单影只地坐在窗子旁边的一个角落里。直到她清理完巧克力，把咖啡端进去的时候，才有人走到她跟前。这个人是其中的一位神学家，他已经做完饭前祷告。

"我想，我以前是无幸结识您的。我叫罗伊布拉藤。"

这位年轻人长得非常英俊，一头黄色卷发仿佛朵朵羊毛似的，湛蓝的眼睛亮晶晶的。同他聊天最最有趣。他告诉她说，在神学领域的许多方面，他都紧跟新的潮流。他们正聊得起劲、阿斯塔正笑得开心的时候，约翰森夫人突然叫她去收拾咖啡等东西。

她正把盘子里的杯子拿开时，约翰森夫人走进厨房。

"泰勒弗森小姐，我想你最好现在立刻就把杯盘洗好。另外——"她迟疑了一会，"我想请你换一条裙子。总之，你身上这条太俗气了。"

阿斯塔的脸涨得通红。

"你换好衣服之后可以再过来。晚饭前，我们还用得着你。"

史密斯·泰勒弗森小姐的眼泪一滴一滴地掉进了洗涤水里。

换穿一件高领的黑裙子后，她感到自己受到了天大的羞辱。她形单影只，分外地可怜，却搞不懂为何会这样，也不明白自己为何会在房间里哭得这般绝望。

（贺彩红　译）

西蒙森

西蒙森在大门口停住，掏出他那又破又油的旧钱包，打算把手里的推荐信塞到钱包里面。虽然信的内容他已烂熟于心，但他还是把这张脏兮兮的纸展了开来，从头到尾读了一遍：

仓库保管员安东·西蒙森在我厂工作三年，这三年里，他的表现可以证明他不酗酒、工作勤勉、积极向上。

牛·尼尔森

大力士机器制造厂

这封推荐信帮不了他什么忙，的的确确帮不了。这该死的家伙，用这样卑鄙的方式对待他。这位厂里的头头，向顾客说起发货速度以及类似的事时，从不介意把牛皮吹得老大，但要给一位可怜的员工写封求职推荐信，请他美言几句则绝无可能。“你的工作让我们满意，这样的话我可说不出来哈。”他以前说过这样的话。不过他起码把“不酗酒”这样的词语添进去了。他开始没有这样写，是西蒙森坚决要求的。“西蒙森，在我看来，我时不时都能从你的身上闻到一股酒味。”不过西蒙森也予以大声回敬。“先生，我确实时不时要喝上一口，”他说，“而且我觉得，如果您整天都在那冷仓库里翻这翻那的，您也肯定会这么干。但是没有人说西蒙森因为喝了点酒，工作就做得差了一些。我喝酒从未醉过，微醉都算不上，一次也没有醉过。”因此他的老板只好让步，秘书小姐只好重新写，把“不酗酒”这个词给添了进去。信就是现在这个样子，尽管没有出彩的地方，但他也确实没有更好的可以拿得出手的品质了。

“你这该死的蠢货，当心点！”

一辆载满铁梁的运货车“咔嗒咔嗒”地从大门口开了进来，西蒙森迅速跳到一边，靠在墙上。拱门下光秃秃的石板路上，几匹套着项圈的马正在拉雪橇，湿湿的背上冒着蒸汽。运货马车夫在他后面叫喊着，铁梁铿铿作响，声音嘈杂，西蒙森并没有听清叫喊的内容。

他收起推荐信，把钱包塞进胸前的口袋里，然后愤慨地盯着已经过去了的雪橇。雪橇停在仓库前面的院子里，位于吊车的下方。一堵黑红红的墙上装有铁条窗户，吊车的链子和滑轮透过该窗户，从一个幽黑的洞里冒了出来。马背上正冒着腾腾升起的白色蒸汽，它们背上的毛变成了一簇凌乱的结霜了的丛生植物。运货马车夫没有给它们盖上毛毯，正和另一个人聊着天呢。

西蒙森扣上他的冬天大衣。这件大衣相当新，非常整洁。他挺直身板，把肚子也挺了出来，一种作为公民的尊严在他心底升腾起来。他好歹是社会里的一分子，是令人尊敬的一个人，像马车夫这样的无赖之辈却对他大吼大叫。如此想着，又见到那两匹拉货的马，拉货拉得腰流汗了，上面的块块肌肉绷得紧紧的，他内心不禁翻腾起来，便又退回到院子里。

“你要知道，你应该给你的马盖点东西。你为啥让它们那样站着，又是挨冻又是流汗的？”

马车夫是个长得人高马大的粗人。他转过身来，眼睛往下朝他看了一眼。

“老家伙,关你啥子事啊?”

“如果我上局里把你虐待马的事抖出来,他们自然会有话对你说,不是么?”

“那你去说呀,赶紧地! 呵,他妈的关你啥事呀! 真是多管闲事——”他朝西蒙森走近一步。

西蒙森往后退了退,不过这家伙是不敢在院子里碰他的。他把肚子挺得更突出些了,说道:“别忘了,他们可是能从办公的窗户眼里看得到你的,看得见你是怎么照顾厂里的马的,我说的就这么多。”

说完这话,他转过头来,自信的感觉突然消退下去。因为经过大门那会,有个人跑下楼梯,从他旁边飞快经过。这是一位绅士,一头金色的头发,气色白里透红,头戴一顶阿斯特拉罕羔羊毛帽,身穿一件毛皮大衣,手拄一根镶有银色手柄的黑拐杖。西蒙森找工作时,跟这位绅士说过话。

将近四点钟,夜幕快要降临了。他回家吃饭这么晚,奥尔加[①]定会说他的不是。不过,他只要告诉他仓库里下班下得晚就行。

西蒙森沿着托福街蹑手蹑脚飞快地走着。他有时拖着脚走,有时跳着走。他的大肚子圆滚滚的,手臂又有些弯,看起来活像一个一路滚跳的橡皮球。他身材不高,脖子长得短,脸胖而松弛,眼皮下藏着一双清澈的眼睛,脸膛红通通的,八字胡很密,颜色介于浅灰色和褐黄色之间,胡须上面的鼻子,长有许多蓝色的小斑点。

这是十二月上旬里的一个星期六下午,天气阴冷,厚厚的霜雾闻起来有股汽油和煤炭的味道。街上前前后后、左左右右都有

① 奥尔加:西蒙森的妻子。

来往的雪橇，雪被掀犁开来，留下许多坑坑洼洼，冻得硬硬的。人行道上，各个商店的橱窗灯火通明，还结了霜，黑压压的一群人在旁边挤着走了过去。每时每刻，都有人碰到西蒙森身上，然后生气地回头瞪他，因为他想事想得太投入，走路踉踉跄跄的。

他脑袋里想的事并不多，因为他把有些事屏蔽掉了。不管怎样，他会在某个地方找到一份工作。因此他没有必要告诉奥尔加他到头来还是被解雇了，告诉她元旦那天就得走人。哎呀——生活就是一场战役啊！

没有必要太着急。他还有将近一个月的时间。但是倘若情况太糟糕的话，他得给西格德写信，毕竟请自己的儿子帮个忙不是什么大事，况且儿子西格德混得还不错。可是，他不喜欢这个主意，因为这是他第四次找西格德了。他那厉害媳妇，那个婊子，觉得他不配和他们一起住在腓特烈斯塔，于是让西格德把他弄到办公室去工作，从那时算起，到现在有八年了，到元旦为止，恰好整整八年。三份工作他都弄丢了，真是遗憾！不过这也不是他的错。在办公室里，是那些姑娘们招惹的他，那些不要脸的小娼妇们。只要他工作干得得体，而且他确实是干得得体，他的人品仿佛对她们就很重要似的。他并未在她们面前放肆过，但看起来他像是冒昧过她们。这些自命不凡、长着白脸蛋的泼妇们。之后，他便到木料厂去工作了。那些日子里，他确实穿戴整齐、行为正派，也正是在那个时候他搬到奥尔加的住所里去住了。他当然不适合在木料场干活，不过要不是因为工头恶意刁难人，他也不会丢了这份工作。然后他就受聘到机器制造厂，对于一位年近六十的人来说，这是一份怎样的工作啊！要学一箩筐他从未听过的古怪的新东西，还要派货、打包、开发票以及其他一切。仓库管理的头儿是一位懒家伙，一切黑锅都要西蒙森来背。另外，他总是遭他们欺负。他们所有人都欺负他，大到经理和书记长，这二位总是提醒他说他只不过是个临时打工的，还问他有没有想好下一家去哪儿，小到仓库管理员的头儿、工头、马车夫，以及那位出纳员，每次他走到她那里请求预支时，她是有多阴沉，有多生气啊！

所有这些事情在他脑袋里周而复始地盘旋，转成一团灰色而朦胧的雾，混杂着焦虑与沮丧：他到家的时候奥尔加会对他唠叨个不停；西格德和他的老婆听到他被开除了两口子又会大吵特吵起来；他不得不找份新的工作重新开始，又会在新的工作岗位上犹疑不定、惊恐万分、懵懂无知，对新的工作既不了解，又从来学不会。他或许是在新的仓库里工作，或许是在一所新的办公室里工作，而新办公室里又充斥着陌生而带有敌意的东西，他遭受的是他人对他不间断的纠正和责备，他只好畏畏缩缩，呆呆地等待再次被解雇，就像他以前那样犹疑不定、畏缩不前、身子笨重，并且头脑愚钝。

不过，西蒙森以前就经常设法让自己不往悲观的方向想。他这大半辈子就是这样犹疑不定地走过来的，他畏缩不前，把遭开除、受责备、听唠叨和起争执看做躲不过的事情。他在海上做事的时候是这样，在康瑟尔·艾萨克森码头上做事时也这样，回到家还这样。那时候他老婆尚在人世，脾气不好，阴郁而古板，性子又倔。他的儿媳妇与之相比没有多大区别。

不错，西格德是收了钱，才娶了米勒上尉那个死要面子的女儿。老婆劳拉死后，他在家的那段时光是多么逍遥呀！他儿子干得很好，对他这位老爹也不错，他吃饭花钱都是儿子买单。倒不是说他一直在城里混得很差，头几年里，他又成了快乐的单身人士，他总是到处走走，找找乐子。自从喜欢上奥尔加后，他确实感到舒坦，总体而言是舒坦的。在她怀孕的那段日子里，她脾气也不太好,但情有可原,每当他向她承诺说会娶她,她就不闹腾了。有时候她会不断催他履行承诺,当然有时候他也是非常满意地要娶她。他那时要是知道因为结婚的事会和西格德以及他老婆闹成现在这个样子,他老早就会把婚结了。他那时想着会有这样的一天:他找到了一份既轻松又不错的工作,到时奥尔加的裁缝店生意做得更大,她的儿子亨利在办公室工作——他现在已经在公司当跑腿的,而且干得不错,到时他们在一起全都快快乐乐、舒舒服服的。到时候,他坐在沙发上,喝着棕榈酒,抽着烟斗,奥尔加进进出出地照看生意,斯万希尔德坐在他的旁边做作业。奥尔加这个人品行端正、行事磊落,所以斯万希尔德上学那会没有人胆敢叫她杂种。

西蒙森已经来到卢斯洛克大道上。狭窄的街上,大雾浓得化不开,夹杂着光,光呈黄绿色,从小小的结了冰的橱窗玻璃上透了出来。不管是布店还是熟食店,又或者是烟草店,凡煤气灯和煤油灯照亮的地方,都可以清晰地看到一大堆篮子挂在那儿,篮子里放着纸做的圣诞树。街的另一边是大型市场,橱窗很大,亮着红光,绚丽夺目,与雾混成一体。露台上面的煤气灯可以瞥得见,不过那些庞大的私人住所却见不着,没有一丝光从那里透出来,但人们却能够感觉得到它们像一堵高墙似的耸立在雾中,压在街上,街道也仿佛一道横在脚旁的沟渠似的。

西蒙森一路蹒跚,费力地走着。街上的冰块还没有刨掉,许多地方的人行道依然滑滑的。天黑了,孩子们在大门口蹿进蹿出。街上的孩子在运货马车和雪橇旁边,但凡哪个地方足够滑,滑到可以充当滑行的跑道,他们便努力去滑,滑着穿过那些崎岖不平、结冰结得很硬的褐色雪层。

“斯万希尔德!”

西蒙森对着一位戴着白色兜帽的小女孩大声叫道。小女孩爬上了人行道旁的一个大雪堆，坐在小小的滑雪板上，沿着雪堆往大道上滑，她的滑雪板沾着脏兮兮的雪，颜色发黑，滑过的地方几乎都看不到滑行的痕迹。

这孩子站在街的中央，抬头望着西蒙森，西蒙森把一小堆雪向她踢去。她蓝色的眼睛满是愧疚，一边把她的金发拢进兜帽里，一边用她冻得红通通的手抹鼻子。

“斯万希尔德，告诉你多少遍了，叫你不要跑到街上玩！你为什么就不能乖乖地呆在院子里玩呢？”

斯万希尔德抬着头，很害怕的样子。

“在院子里我滑不成雪，一个斜坡也没有。”

“那想想要是一辆马车过来，把你撞到，或者一个酒鬼把你拐走了，你想想，那个时候爸爸妈妈还说得出什么吗！”

斯万希尔德羞愧难当，没有吱声。西蒙森把她弄到人行道上，然后手牵着手一起走着。她的小滑雪棍笃笃地敲在无雪的小道上。

“你这么淘气不听话，又不按照大人教你的去做，你认为爸爸今晚还会带你去兜一圈吗？我想他们已经吃完晚饭了，是吗？”

“妈妈、亨利和我早就吃过晚饭了。”

“嗯。”西蒙森费力地走到门口。门上一块白色的陶瓷板上刻着如下字样：

奥尔加·马丁森夫人的裁缝店，包做童装和男装，地址在三楼，入口在院内。

西蒙森穿过院子，抬头瞥了一眼亮着的窗户，窗户的嵌板被一些时尚杂志支撑着。他把斯万希尔德的滑雪板夹在胳膊下,然后领着小孩登上后院的窄楼梯。

奥尔加的门外挂着一盏厨房灯,有一些小男孩正就着灯光在那读连环画。西蒙森粗暴地吼了吼,然后进屋里去了。

过道里黑漆漆的,再走远些,光便从客厅门前的窗户里照了出来。西蒙森走进他自己的房间,房间里又黑又冷。真该死!她把炉子关掉了。他于是点好煤油灯。

“快,去你妈妈那,斯万希尔德,告诉她我回来了。”

他打开隔壁房间的门,房间里的桌子上摆满了未做完的针线活,以及裁剪剩下的碎片,亚伯拉罕森小姐正在埋头干活。她把一张报纸粘到煤油灯的一边,以便全部的灯光能够照到她那张小而发黄的老处女的脸上。两台缝纫机上的钢板也映着光,可以看见靠在墙边的两张床,一张是奥尔加的,一张是斯万希尔德的,床上铺着白色的被单。

“干得真起劲啊,亚伯拉罕森小姐!”

“是的,不错,就得这样。”

“真好笑,这些圣诞节生意让你觉得世界就要末日了似的。”

斯万希尔德悄悄溜进房间。

“妈妈说晚饭在烤炉里。”

“我会坐在这里,享受你的陪伴,亚伯拉罕森小姐。我房间冻死了。”

西蒙森去拿饭的当儿,亚伯拉罕森小姐默默地在桌上腾出个小角落。晚饭是白菜汤和香肠。

嗯,不错。要是他能够……就好了!西蒙森站了起来,去敲客厅的门。

“我说,奥尔加——”

"哦,西蒙森先生,晚上好!过得怎么样呢?"

他打开门,往里面瞧。

"哦,是您!赫吕姆小姐,又要添件新衣裳啦?"

奥尔加嘴里放满了别针,正站着替她的顾客量身段。赫吕姆小姐站在墙镜前,奥尔加为她画胸围的褶线。

"我想,这样就差不多。"奥尔加把煤油灯从她身旁的镍制灯台上取了下来,举着灯说道。

"嗯——马丁森夫人,您现在确定背部那里不会一高一低吗?"

光能隐约地照到绒制沙发上,那儿坐着两个小女孩,她们在等。这时她们放下时尚杂志,望着彼此,笑了。她们看了看赫吕姆小姐,又望着对方,然后笑了起来。"天啦!"其中一位叫道,声音虽小却能听得见。她们的穿着几乎一模一样:中长外套上带一小块毛领,质地上乘的毡帽边上插一根羽毛。西蒙森在门口停住,看见她们,感觉有些不好意思。

"西蒙森先生,您觉得怎么样呢?好看吗?"

"赫吕姆小姐,这个颜色和您很搭!正像他们说的,只要人长得美,穿什么都好看。"

"哈哈,瞧您说的!"赫吕姆小姐笑道。这妞儿是长得不错。奥尔加正在量脖子处的尺寸,她的顾客把头往下低了低,冰凉的剪刀一碰到她,她便打着哆嗦。她的脖子很美很丰盈,上面长了一小簇卷发。此外,她的胳膊又软又圆润。

"我猜这得花不少钱吧。"西蒙森一边说,一边摸着绸料。趁奥尔加去取袖套的空儿,他顺手摸了摸她的胳膊。

"西蒙森先生,你真是不害臊!"赫吕姆小姐笑道。奥尔加看起来很生气,把西蒙森推到一旁,然后迅速把袖子套了上去。

“我要说什么来着？哦，我知道了。奥尔加，我们把亨利叫来，让他去赊几瓶啤酒。你认为这主意怎样？”

“可怜的亨利得回办公室去，他说他还有张估价单要抄写。”

“哦，是吗？太糟糕了。在我看来，现在礼拜六的晚上都是一个样子。不错，确实是磨人的日子。将近傍晚四点钟，我才能从仓库里脱身。哦，赫吕姆小姐，像您这样，既年轻又美丽，多好啊！”

斯万希尔德往里头看。

“过来吧，斯万希尔德。你现在还记得我的名字吗？”

“赫吕姆小姐。”斯万希尔德温顺地笑道。

“你今天还想吃些糖果吗？”赫吕姆小姐去翻看她的手提包，然后掏出一个圆锥形的纸袋。

“斯万希尔德，你现在说些什么好呢？来，伸出你的右手，小心！行个屈膝礼吧。”

斯万希尔德小声地说了句“谢谢”，伸出右手，并且行了一个屈膝礼。纸袋子里面装着一些像樟脑丸一样的糖果，粘在一块，她一粒粒将它们掰开。

赫吕姆小姐一边穿衣服，一边笑着说话。

“下个礼拜二的同一时间，我再过来，试最后一次。马丁森夫人，您可不能让我失望呀，好吗？那么，再会吧。再会，西蒙森先生。再会，斯万希尔德。”

西蒙森殷勤地为她打开门。她大摇大摆地走了出去，头上的羽毛也跟着摇摆起来，肩上的麝鼠高雅地回头瞥了一眼。

“天啦，”坐在沙发上的其中一个女孩喊道，“真不赖！”

“嘻嘻！她还真是个人物。”

西蒙森回到亚伯拉罕森小姐那里，继续吃他的晚饭，不过饭已经冷了。不久奥尔加进来了，端来咖啡，并且倒好。

“安东，我不理解你为何要那样扮小丑！何况还有其他人在眼前，你这是演的哪一出啊？”

“管那些小娘们干吗！”

“她们从泰勒斯来，其中一位是牧师的女儿，另一位是她的朋友。你就算没有和赫吕姆小姐调情，也已经让我够难为情的了。现在好了，又给她们添了些八卦的谈资，好像她们八卦得还不够似的！”

“啊，继续说。不过，事情没有那么糟糕啦！”

前门的门铃响了，亚伯拉罕森小姐前去应门。

“是拉森小姐。”

奥尔加放下杯子，把一块缝好了的布搭在胳膊上。

“真是没个清闲——”

亚伯拉罕森小姐继续埋头做针线活。

整个礼拜天，马丁森夫人和亚伯拉罕森小姐都在坐着缝东西。她们一直忙到天黑得看不见干活为止，晚饭拖到很晚才吃。吃完饭，奥尔加点亮煤油灯，她们又继续干活。

“亚伯拉罕森小姐，那件替奥尔森小姐做的胸饰，你刚才还在弄，是不是？”

亚伯拉罕森小姐正在踩缝纫机，缝纫机嗡嗡作响，听到问话，她突然关掉。

“我把它搁在桌子上了。”

奥尔加找了起来，在地板上找了个遍。

“斯万希尔德，你有没有看到一块小小的蕾丝边啊？”

“没有。”斯万希尔德的回答从窗户里传了过来。她爬了出来，也开始找。她首先把她的布娃娃放到一把翻过来的凳子上，这把凳子就是布娃娃的床,然后替布娃娃盖好被子。

当她的妈妈在她的布娃娃堆里找东西时,斯万希尔德不快地抗议道:“阿斯特丽德睡着了,她得了白喉和猩红热。”可是奥尔加还是无情地把这位病娃娃提了起来。病娃娃身上包着一块白色的带褶饰的蕾丝,被几枚大头针小心地别着。

“我的天啦!你这孩子是疯了吧!我敢说你已经用大头针在里面戳了个洞!你这个淘气鬼,你这个顽皮家伙!”她掴了她一巴掌,“噢,我该怎么办啊!奥尔森小姐的昂贵蕾丝啊……”

斯万希尔德嚎啕大哭起来。

“我以前没告诉过你千万不要动地板上的任何东西吗?你这顽皮捣蛋的坏家伙!”

亚伯拉罕森小姐把地板巡视了一番。

“我可以把褶线拆开,然后熨平重新再褶好,这样破的地方就藏在折痕里了。我想破洞应该看不见。”

斯万希尔德扯着嗓子大喊大叫。西蒙森打开一丝门缝。

“斯万希尔德,你明知道爸爸在睡觉还那样尖叫,究竟怎么回事?”

奥尔加气急败坏地予以解释。

“哦,斯万希尔德,你这个坏家伙,这样捉弄你妈妈,太不像话了,你再也不是我的斯万希尔德了。”

“安东,我想你还是带她出去呆一会吧。成天躺在床上睡觉对你没什么好处。”

西蒙森扯着斯万希尔德出门那会,他一个劲地数落她,等他们走到走廊的时候,他帮她穿上外出的衣服,拿好外出的装备,转而安慰她:

“现在别再哭了,哭的声音多难听啊!我们去广场公园坐平底雪橇吧。你要知道，你这样做是不对的。赶紧把鼻涕擤掉，好了。我们现在就出发，去坐平底雪橇，快来，我的宝贝斯万希尔德。”

有时候，奥尔加对这个孩子真是过于严厉了。并不是说小孩做错事情不应该予以惩罚，而是说斯万希尔德的心思很重。她就是这样的性格。现在她坐着雪橇，跟在西蒙森后面，却依旧在哭，哎，可怜的娃！

暮色很浓。特勒斯塔楼和尖顶的上空，一片深紫。天气转好些了，街上弥漫着一层薄薄的煤雾，笼罩在街灯周围。西蒙森一边拽着坐在雪橇上的女儿，一边慢慢地爬坡。

公园真是漂亮极了。树上以及灌木丛上覆盖着厚厚的白霜，被街灯照得亮晶晶的。孩子们挤在一块。到处都是小孩！每个丁点大的斜坡上都有小孩在滑雪橇或坐滑板。在大道上玩的是粗野的大男孩，成群结队，五六个人一起坐在一架鱼雪橇上，从结冰的雪堆上飕飕地滑下来，一路欢呼尖叫，身后还拖着又长又细像耗子尾巴似的棍子。不过西蒙森知道一个又好又安静的小斜坡，他和斯万希尔德晚上经常去那里坐平底雪橇。她在那里玩得很开心。西蒙森站在斜坡的最上面，然后将她一推，斯万希尔德便大声喊：“开路！”直到喊得她那纤细的嗓子变调为止，而西蒙森喊“开路”的声音是直接从腹腔发出。这儿只有两个小男孩，他们穿着滑雪鞋，戴着针织帽，他们的名字分别是阿尔夫·海于格和约翰内斯·海于格。西蒙森同他们聊起天来。他们的爸爸是政府部门的头儿，住在派克大道上。三个小孩子西蒙森都推，他们打算比比谁的雪橇滑得最远，但是他推斯万希尔德时最用力，这样她就能获胜。推完之后，他跟着他们一路小跑下去，然后再扶起斯万希尔德，要不然她的脚就会插进冻雪层里，卡着出不来了。

斯万希尔德马上开始嘟囔起来：

“爸爸，我的脚好冷。”

“那么，宝贝，快跑，我们到大道上去，然后跑起来。”

斯万希尔德边跑边哭，她的脚趾很疼。

“赶紧过来，斯万希尔德，你必须加快跑，再跑快点。试一试，然后追上我。”

西蒙森像只橡皮球，一路碎步跑，又弹又跳。斯万希尔德尽最大的努力跟在他后面跑，然后追上他。一路上不停地追，直到她再度感到温暖、感到开心为止。她笑了。

但是后来他们找不到雪橇了。西蒙森沿着斜坡上上下下，以及灌木丛周围找了个遍，还是没有找到雪橇。一会儿工夫之前，阿尔夫和约翰内斯还看到雪橇正立在路旁的大树边。不过他们知道的也就这些。不错，西蒙森想起来了，一些粗野的大男孩经过这儿。一定是他们拿走了雪橇。

斯万希尔德哭得很伤心。西蒙森想起了奥尔加，哎，她真该和蔼些，整天那么凶巴巴的。去偷一个穷苦人家的小女孩的雪橇，这些坏男孩真是卑鄙无耻！孩子们怎么能做这样残忍的事情呢！

“宝贝，别哭了，我们会找到雪橇的，会的。”

西蒙森从一个斜坡跑到另一个斜坡，挨个问有没有人看见一辆蓝色的小雪橇。斯万希尔德跟他走在一起，握着他的手，不住地哭泣。阿尔夫和约翰内斯也跟过来了，紧抓着他们雪橇的绳子，睁大眼睛，告诉西蒙森他们听来的关于卑鄙的大男孩做的可怕的事：他们偷雪橇，然后坐着雪橇去撞小孩子们，还在派克公园掷大冰块。

没有雪橇的踪影。在主干道上，他们还碰到一位体积庞大、怒气冲冲的女士，这位女士是阿尔夫和约翰内斯的保姆。她数落他们半小时之前没有回家，还说他们回去一定会挨爸爸妈妈一顿骂。她对旁边那位丢了雪橇名叫斯万希尔德的小女孩一点也不关心，继续一个劲地数落两个小男孩。两个小男孩被她的铁爪拽着，飞快地被带走了。西蒙森找得眼睛里似乎有辆雪橇，腿上似乎长了根雪橇杆似的。

"好吧，斯万希尔德，我恐怕他们已经拿走了你的雪橇。我想我们再也见不到那辆雪橇了。"西蒙森沮丧地叹气道，"嘘，别这么哭，我的宝贝。爸爸圣诞节给你买辆崭新的上乘的雪橇。你瞧！快过来，我们到卡尔·约翰那儿逛商店去。今晚的商店可奇妙了，或许我们在那就能为你物色一辆新的好雪橇呢！"他兴致勃勃地说道。

于是斯万希尔德和她爸爸边走边瞧商店。许多人在一家橱窗前停住脚步，一群人围在那，黑压压的一片，你推我，我推你。西蒙森将她抱了起来，一路跌跌绊绊，推推搡搡，好不容易才来到这家亮闪闪的橱窗跟前。他们站在那，谈论每一件商品，并且询问每一件商品的价格。有些地方，立着一些装扮好了的圣诞树，枝头上挂着电灯，斯万希尔德也想平安夜里拥有一株圣诞树。一家店铺前面正在举行圣诞聚会，里面陈列的许多布娃娃，都是窈窕淑女的模样，就像斯万希尔德长大的样子。另外一家店铺卖大箱子和公文包，那里有一个很小很小的池塘，里面有一条很小很小的鳄鱼，这条鳄鱼还活着吗？他们等了好久，最后它的眼睛微微地眨了一下，啊，想不到它真是活的呢！一条小鳄鱼以后会长这么大，大得可以一口把整个斯万希尔德吞下。

"这条不咬人，是不是？"

"是，这条压根就伤害不了你。"

在埃克托维特那儿有一家橱窗，广告是用洗出的照片制作的，橱窗里摆设着一架电影摄影机。斯万希尔德和爸爸去过电影院，一共去过三次，他们得把他们在那看过的电影内容从头到尾回顾一遍：两个小女孩被绑匪绑架到一辆汽车里，当然还有许多细节。丢失的雪橇已经被忘得一干二净，也不记得妈妈了，那位撅着嘴坐着缝衣服直到缝得又累又气的妈妈。一切都抛诸脑后了，只记得斯万希尔德是爸爸的小女孩，只记得再过十七天就是圣诞节了。

有一家商店卖体育用品，橱窗里摆放着许多雪橇，大的小的都有，其中最漂亮的要数那架深红色的雪橇，上面画着玫瑰，还配有一个古铜色的靠背架，这正是爸爸想在平安夜送给斯万希尔德的那辆。

逛了这么久以后，他们需要吃点热的东西，暖暖肚子。西蒙森知道一家咖啡店，那地儿不错，还不禁酒。今天是礼拜天，有售酒许可的咖啡馆不做生意。由于没有其他的顾客，所以站在柜台后的那位女士倒留意起西蒙森说了些什么。他喝着咖啡，吃着三明治，起劲地聊着，斯万希尔德吃着奶油蛋糕，时不时地拿她爸爸的杯子抿一两口。

“千万不要跟妈妈提一个字哦！”西蒙森眨着眼说道。斯万希尔德还没笨到什么都告诉妈妈的地步呢，她清楚得很，自己和爸爸夜晚到处溜达的地方不能说。尽管妈妈认为小女孩吃麦芽糖会蛀牙，斯万希尔德照样吃了；虽然妈妈认为喝酒会让爸爸的肚子里生虫，爸爸也照样喝了。可是妈妈老是忙，忙碌让她变得很生气。爸爸在仓库时也很忙，亨利在办公室里也很忙。人们长大了，就要拼命工作，斯万希尔德明白这个道理。

可是过了礼拜天就是礼拜一，然后就得再过五个不好玩的日子。斯万希尔德坐在缝纫间的地板上玩，因为爸爸晚上回来得太晚了，没时间带她出去走走。她注意到爸爸的脾气也变坏了，或许是因为他在仓库里要干的事情太多了吧，或许是因为妈妈要干的活太多，要么几乎没有时间准备晚饭，要么晚饭吃得很迟。亨利脾气也不好了，因为女士们总要在他睡觉的房间试衣服试到很晚，他没法上床睡觉。不过，斯万希尔德一想到圣诞节她就能得到一辆很棒的雪橇，自己就感到些许安慰。

十二月十五号那天，安东给他儿子写信。他一直在找工作，但一直没找到，他厌烦这种状态了。写完信后，他就能更加平和地看待未来，晚上又有时间带斯万希尔德出去，让她坐在滑雪板上，在公园里拖她，并且和她一起谈论她即将拥有的美丽雪橇。

十八号的早上，正当西蒙森给一个装机器零件的箱子钉钉子的时候，仓库管理的头儿过来告诉他，说有人打电话找他。打电话的是西格德，他现在在城里，问父亲下午能否休息几个小时，来奥古斯丁一趟，喝杯咖啡，父子俩顺便聊一聊。

“莫萨和孩子们怎么样？”

“孩子们很好。莫萨也在城里，她要采购一些圣诞物品。”

“儿子，我刚才才记起，圣诞节就快到了，我现在连一个小时的时间都抽不出来。”

西格德说他已经和经理打过招呼了。

“好，谢谢。向莫萨问好。”

请他去吃晚饭，这哪里像她的作风呀！一辈子也别想！去见他们一家子之前，他不喝个烂醉才怪！

“你认为你非得这样吗？”卡林夫人问他的丈夫，他正在拔一瓶潘趣酒的酒瓶塞子。

“是的，我真的觉得我们应该请老头喝一瓶潘趣酒。”

“行，行，亲爱的，随你。”

莫萨·卡林的双下巴完全听她自己的使唤，想露就能全露出来。卡林长得不好看，眼皮厚厚的，并且还往两边的太阳穴方向长，因此她那双又小又尖的灰眼睛看起来就像要爬到鼻梁上去似的。她的脸胖胖的，气色倒不错，可是嘴巴却小小的，没有血色，另外嘴唇薄得很。她的胸部既小又平，但屁股却既宽又厚。

豪华的沙发位于枝形吊灯的下方，莫萨·卡林正坐在沙发中央。宾馆的房间里有两张铁床，两个搁洗脸盆的红木架子，两张桌子；衣柜配有镜子，两把扶手椅放在桌子面前，铺在桌子上的绒布中间有个垫子，垫子上摆着一只烟灰缸。枝形吊灯的三盏灯把房间照得明晃晃的。

门外的敲门声很是胆怯。西蒙森小心翼翼地走进房间，然后握手。

“哦，西格德，我的孩儿，再次见到你真好！莫萨，你好吗？再次见到你真开心！看得出，你还是像以前那样年轻漂亮。”

莫萨打电话叫来咖啡。西格德斟酒，莫萨倒咖啡。

和西格德聊天的时候，西蒙森瞥了一眼儿媳妇，她一言不发地坐着，撅着嘴巴。谈话虽然有些迂回，但最终慢慢地转向这次见面的正题。

“亲爱的父亲，我们抽抽烟，好不好？给，父亲，来支雪茄吧。现在我们谈谈你的来信吧。我今天早上去办公室里和你的上司谈了谈，他同意我的观点：你不适合在城里混。对于你这样一个上了年纪的人来说，这工作太辛苦了。可是我也没法给你找到其他的活。”

西蒙森什么也没说。此刻莫萨接过话茬。

“你可别忘了西格德也是在别人手底下工作，从某种程度上来说，就是这样的。董事会的人不喜欢他利用业务上的关系替你找工作。到现在为止，他已经给你找过三回工作了，每次你都丢了饭碗。我得告诉你，西格德替你弄到第三份工作后，惹的麻烦不小呢，现在看来你连这个也丢掉了——”

“不错，我惹上麻烦了。正如我说的那样，父亲，你并不适合呆在这里。而且你年纪太大，没法去胜任新的工作，所以我能帮到你的只有一个法子。我可以给你在齐马科的蒙斯泰德工厂里找一份工作，那工作清闲。当然了，薪水不高，一个月六十克朗，我想刚开始做就这么多吧。不过，像我说的那样，我能给你搞到这份工作。”

西蒙森没有说话。

“是的，嗯——这是我能帮到你的唯一的法子。”西格德·卡林说道。

“那么，父亲，你想要我替你弄到这份工作吗?”过了一会，他问道。

他的父亲清了一两次嗓子。

“是的，嗯，噢。西格德，有一件事我不知道你是否有所耳闻，就是我已经订婚了，并且准备结婚了，娶的是同我一起住了六年的一位女士。因此我得先和奥尔加谈谈，看她怎么想的。她的名字叫做奥尔加，”他解释道，“马丁森夫人，一位寡妇。”

中间是一阵很长的停顿，长得让人觉得害怕。西蒙森坐在扶手椅上晃动着，连带着椅子上的流苏也跟着他动来动去的。

“从各方面看，她都是位名副其实的有教养的女士，为人不错，值得尊敬，并且行为端正。奥尔加真是这样的人。她还在城里开了一家大的裁缝店，店铺正在扩大，因此她对搬到乡下去会不会太介意我还真说不好。再说，她儿子也在这里找了份办公室工作。”

“是那位——”西格德把话说得非常慢，“据说怀了你孩子的女士吗?”

“噢。”莫萨说话了，“这么说来你和那位跟你住在一起的女人生了个女儿，这个女人就是那位各方面都非常好、行为端正、值得尊敬的人喽。”

“她确实不错，行为端正，勤劳善良，值得尊敬。”

“公公，那就奇怪了，”卡林夫人说得又甜又顺溜，“这么长时间，你竟然没有娶那位美妙的马丁森夫人。你完全有理由娶她的呀。”

“好的，我亲爱的莫萨，我这就告诉你，”想到接下来要说的话，西蒙森激动起来，“不管是我哪一任妻子，我都不愿意看到她们受苦受累，因此我一直在等，等我能够找份好一点的工作再娶她。我一定会娶她的。我一直就是这样向她承诺的，而且我也会遵守我的诺言，这可以拿我的名字安东·西蒙森做担保。”

“不——错。”莫萨的声音更甜更顺溜了，“又要结婚，又要养老婆孩子的，一个月六十克朗真不算多，而且在齐马科，马丁森夫人要想把生意做大，那希望是微乎其微啊。”

“父亲，最难处理的还是你的孩子，”西格德说，“不过马丁森夫人肯定能够看清形势，这样我们也能达成一致意见。”

“你别忘了这关乎你的小妹妹，关乎斯万希尔德。我不想让她受私生子之苦，西格德，如果你要管这件事，我想你就应该承担着一份重大的责任。”

莫萨立刻抢白他的话，她的嗓音现在再也没有一丝和气了。

"责任！对你的私生子负责任！我不得不说，全是因为你才有责任这码事的。现在西格德给你在齐马科找了份工作，而且是第四次替你这样做了。要在城里找份工作想都别想。如果因为你的私事而不能离开城里，那你爱呆哪就呆哪。如果你能找到一份工作，而且结婚指望得上这份工作的话，我们当然不会干涉。不过于情于理而言，西格德在其他方面是再也帮不上你了。他的责任，首先是对他自己的老婆孩子负责。"

第二天早上，卡林夫人穿上丝绸衬裙，又在身上裹了一件新的毛皮大衣，照着西蒙森给的一张脏兮兮的名片，来到卢斯洛克大道一家庭院前——马丁森夫人的裁缝店就在这，她爬上楼，用手指去按门铃，一副不开门就誓不罢休的样子。

开门的是位女人，个子不高，身材微胖，皮肤黝黑。她有一双很蓝的眼睛。因为长期坐在室内，因此脸色苍白，仿佛褪色了一般。

"你是马丁森夫人吗？我是卡林夫人。我想和你聊聊。"

奥尔加非常不情愿地打开最近的一扇房门。

"请进。很抱歉这里没有生火，我们都在其他房里干活。"

卡林夫人步态轻盈地走了进去，坐在唯一的一张扶手椅上。房间里的装修简陋，和平常待出租的房间别无两样。五斗橱上面铺了层白布，上面精心地摆放着一些照片，有故去的西蒙森夫人的照片、西格德的照片、马丁森夫人自己的照片、她与西蒙森的订婚合照，还有两张西蒙森孙子的合照。

奥尔加正在五斗橱旁边站着，客人说道："噢，马丁森夫人，我有一些事情很想和你聊一聊，你不坐下来吗？"

"谢谢，不过我真没有多少时间。卡林夫人，您到底想要什么?”

“好的。我不会耽误你太久。我们都知道,西蒙森先生,也就是我丈夫的父亲,对你要负一些责任。我不知道他是否把他的现状向你说清楚了。”

“关于在齐马科工作这件事吗?他已经同我讲清楚了。”

“哦,那就好。你也知道,这份工作很一般,因此他目前没有能力为你和他生的孩子去履行他的职责,所以我丈夫和我决定向你提供——”

“那多谢了。”奥尔加说得又快又短,“我们不想因为我们的事麻烦你们,卡林夫人。安东和我已经决定好了。我们一致决定现在就结婚,而且马上结婚。”

“马丁森夫人,这我明白。不过我必须指出一点,那就是西蒙森先生别想从我丈夫那里获得任何帮助,不管出现什么情况都别想,他自己也有一大家子要养呢。我知道你除了西蒙森的这个孩子外,还有一个孩子。西蒙森一个月挣六十克朗,要养活四口人哦。”

“我的儿子会留在这。我有个姐姐住在冲德杰亩大道上,我儿子可以和她一起住。我们的计划是我们娘俩住在腓特烈斯塔,在那里我可以继续做我的缝纫生意,周末安东可以过来看望我们。”

“嗯,这听起来倒是个不错的主意。不过你要明白,在腓特烈斯塔,女裁缝已经供过于求了,所以马丁森小姐,你要掂量掂量你放弃这里的人际关系,跑到那里重新开始是不是划得来哦!”

奥尔加跳了起来。

“马丁森夫人,哦,请见谅。当然,你自己可以这样称呼自己。不过,你也知道,我丈夫和我最近打听了一些情况,我们想弄明白他父亲交往的到底是个什么样的对象，对此你不会感到大惊小怪吧。”

奥尔加对此嗤之以鼻。

“我同样这么觉得，西蒙森夫人，哦，请原谅，我的意思是，卡林夫人。说来也凑巧啊，我未婚夫当年跑去了美国，把我留下，我只能尽最大努力养活我自己和我的儿子，可安东并没有因为这就对我另眼相看，相反，他对我说，而且老是这样念叨：‘奥尔加，我决不会让你失望。’所以在我看来，卡林夫人，你完全没有必要操这份心。我们不会去麻烦你，不会跑去投奔你，再说你丈夫都把父姓给改了——”

“亲爱的马丁森夫人，”莫萨摆了摆手，整个双下巴都露了出来，“还请你不要这么激动，我完全没有要插手你的私事的想法。恰恰相反，我是怀着最好的初衷来这儿的。我只想让你明白，如果你实在要跟西蒙森先生结婚，并且出发点是你觉得他是个理想的对象的话，那我觉得你的如意算盘打错了，到时等着你的就是怎么养活他和养活他孩子的下场了。你考虑考虑吧。我的公公绝对不是一个称得上厉害的人物，是不是呀？我们可没法担保他下次是不是又像平常那样被开除。嗯……他一把年纪了，还拖家带口的，你认为他频繁地找工作容易吗？我来到这里完全是出于好意，卡林先生给你想了个法子，我是来给你送法子的。亲爱的马丁森夫人，你瞧，到现在为止，你没有丈夫日子不也过得挺好的嘛。卡林先生想给你一笔钱——我们打算给五百克朗——以弥补你突然失去一位房客的损失。你知道的，如果以后我公公安顿得不错，并且有能力娶妻，我们是不会阻拦的。正如你所说的那样，这与我们无关。至于你的小女儿，我们打算给她一个家，让她和我们住在一起——”

“决不!”奥尔加脱口而出,“让斯万希尔德走?我决不会这么做,这是万万不可能的事。”

“得了,得了。你想怎么样就怎么样吧。你和我公公自然可以让自个怎么快活就怎么快活。如果你愿意嫁给一个月薪六十克朗的人,并且放弃你在这里的生计,去腓特烈斯塔重操缝纫的活儿,我可以肯定地说,你永远也成功不了。让我纳闷的是你为什么会对西蒙森先生有好感,竟然嫁给他!在你的圈子里,人们当然没有这么关心你和你的房客之间是否有过什么风流韵事。不过,你怎么就看上他了呢!你得原谅我这么说,但是在我看来真不是什么好事。坦白地说,他是一个惹人讨厌的老头——”

奥尔加突然插话道:“请别再说了,卡林夫人。我这就告诉你为什么我想和安东·西蒙森在一起。或许他身上有一些小缺点,不过没多久我就发现他是一个善良的人,并且这样的人周围并不多见。他一看到我想要使他过得舒服和温馨些,便对我产生了好感,然后把自己收拾得有条有理,并且检点自己的行为。我认为,倘若以前他在他呆的地方能够获得别人的善意和关怀,他也一定会这样做。还有他是那么地爱斯万希尔德,几乎爱得不成样子,确实,他太宠她了。我不妨这样告诉你,卡林夫人,我喜欢安东。”

莫萨站了起来,戴着手套的手指头来回地拨弄皮手套的蕾丝边。

“啊,好。如果你爱西蒙森先生,那就另当别论了。”

西格德·卡林对他老婆的聪明评价甚高,他听的次数多了也就信以为真了。因为她对他的步步紧逼,他才有了今天的成就,她不愧为莫萨·米勒小姐。不过,他对她是同马丁森夫人谈判的最佳人选还是心存疑虑的。她为人执拗,而这位奥尔加也是个人物，她的两个孩子来路都不寻常。莫萨会变着法地为难别人。一番思量后，他后悔让她去了，觉得这样做真是不明智。不过，事已至此，还是得做个像样的安排。假使他父亲带着老婆孩子搬到腓特烈斯塔，可老父亲又负担不起，那么接下来要发生的情况就再明显不过了：他西格德和他老婆会一直受到求助的骚扰，连带着的还有父亲惯常惹下的所有其他麻烦事，以及和莫萨之间没完没了的纠纷。

这事得予以解决，而且得马上解决，赶在老头有工夫耍他们之前就得解决掉。西格德去了趟大力士工厂，订了两台涡轮机，路过的时候，顺便把他父亲的事安排了一下。安排的结果是西蒙森平安夜之后就再也不要过来上班了，以便他可以回家与他们一起过圣诞节。

之后，他去会见了马丁森夫人。

晚饭时分，西蒙森回到家里，此时的奥尔加泪水盈盈。原来西格德·卡林也来过这，他态度很友善，还请求看看斯万希尔德，把她放在自己的膝盖上，并且告诉她圣诞节那天她将会收到特别的礼物。之后他与奥尔加聊了聊，聊她负的债，聊她拖欠的房租，以及到处向商贩赊的账。他给的钱她也接受了。除此之外，他答应每个月给斯万希尔德十五克朗，这意味着她可以获得一些稳定的收入，再说她儿子亨利一个月挣十五克朗，一时半会他连自己都没法养活。他还说，就眼下的情形，“只有我父亲能够自给自足了才能娶你”。奥尔加坐在西蒙森的膝盖上，哭了起来。他坐在那间冷屋子里的扶手椅上，面对着那张摆有全家福照片的五斗橱。她在哭，他轻轻地拍她。

“哦，安东，我不知道我还能做些什么！如果他不帮你的话，就全没辙了。而且我看得出他不会帮忙，不会以其他任何方式帮忙。如果他们下定决心与我们作对的话，我们在腓特烈斯塔就永远不会成功，你看——”

她一边擤鼻子，一边擦眼睛。之后又哭了一阵。

“我们必须接受这个事实，谁叫我们穷呢，穷就得接受许多东西。”

但是回家和西格德与莫萨一起过圣诞节，西蒙森是不会这么干的。他们拿圣诞树、孙子孙女、鹅肉、啤酒、烈酒以及腌肉来诱惑他去，但是他依然不改初心，要同奥尔加和她的孩子们过圣诞节。西蒙森给他们的承诺是，他要过完圣诞节的第二天才去他们那里。西格德给了他二十五克朗，这样在元旦之前，他可以去城里一趟，而不是把钱揣在兜里，呆在他们那里无所事事。比起在他们的监督下喝酒过圣诞节，这要强得多。

西蒙森在平安夜的前一个晚上就回家了。他肩膀上扛着一辆新雪橇，嘴里低声哼着歌，然后点燃自己房里的灯，开始拆包装纸。

喝的有威士忌、潘趣酒、白兰地，以及送给奥尔加的波尔图葡萄酒，再来点啤酒的话，他们就圆满了。给亨利的一支烟斗，并没有花太多钱，真的只是想让亨利知道他并没有忘记他，再说了，拥有这个东西挺爷们的。他还给奥尔加买了做衬衫的布料，只花了一克朗四十五欧尔，又给她买了一枚胸针，花了三克朗七十五欧尔，可它看起来只值十克朗。西蒙森把胸针从小盒子里拿了出来，他确信她会喜欢的。他还想给亚伯拉罕森小姐买些小东西，算是纪念物。一些很小的东西，他能买得起的小东西。

当然，还有雪橇呢。西蒙森把桌布掀掉，打开雪橇的包装纸，放在桌上观赏起来。

“快来看看，我亲爱的奥尔加。”他朝缝纫室喊道。

“什么东西呀？我忙着呢。”

西蒙森将煤油灯挪到桌子上。

“哦，奥尔加，你觉得斯万希尔德看到这个会说些什么呢？”

“安东，留神那个胶合板呢！”她在雪橇和煤油灯的下面铺了张报纸，“不错，真漂亮，真是一辆漂亮的雪橇！”

“瞧！”西蒙森解开坐垫上的搭扣，以便奥尔加能够看到整幅玫瑰图，“这个坐垫是另外买的。”

“嗯，一定花了不少钱吧？”

“这个坐垫花了五克朗二十五欧尔。”西蒙森迅速回答道。

“安东，你买一件这样的东西花了这么多的钱……她只是个小孩而已，你买一个一般的送给她，她也会一样地满意。哎！”奥尔加叹气道。

“哦，我们现在手头上有点现钱，买些好东西挺有意思的，还有你把账也还清了。亲爱的，我也给你买了点东西哦。”他用肘轻轻地推了推她，“奥尔加，你快去拿几个杯子过来，我买了波尔图葡萄酒。你得尝尝，看你有多喜欢，我可是因为你才买的哦。”

五斗橱里放有许多杯子，奥尔加扫了一眼，轻轻叹了口气，然后取了几个杯子。

马丁森夫人一家的活干完时，已经是平安夜很晚的时候了。不过终于一切都完工了。亨利把最后一件完工的衣服交了货，奥尔加和亚伯拉罕森小姐清理完其他的一切，把东西堆好，放在缝纫室的椅子和桌子上。亚伯拉罕森小姐在离开之前，喝了咖啡，吃了点心，还收到西蒙森送的一瓶科隆香水。

然后奥尔加走进客厅，把桌上的杂志拿走，把放在椅子上的衣服料子以及做好一半的衣服拿开,捡起别针和扣子,把它们放到茶几上的一个玻璃碗里,然后点亮圣诞树上的蜡烛。这棵圣诞树她前天晚上就装饰好了。

斯万希尔德、亨利和西蒙森走了进来,大人坐在毛茸茸的椅子上,斯万希尔德蹦蹦跳跳,开心极了。她看到雪橇后,快乐地尖叫起来,然后又跑到圣诞树跟前,快乐得不知道怎么办才好。西蒙森眉开眼笑,奥尔加也笑了,虽然她的眼睛因为难过哭红了。下午,西蒙森看了好几回奥尔加的眼睛。他们玩得正开心的时候,如果她哭了起来,那么整个晚上就没完没了了,她可不允许这样的事情发生。

他一边淘气地笑着,一边去拿准备好的礼物。她不会把做衬衫的布料当礼物来看的,于是他拿出一瓶科隆香水来。去半克朗特价店给亚伯拉罕森小姐买完礼物之后,他就有了想法,想买点上档次的东西。他买了个杯子,专门给奥尔加织衣服时盛毛线球用;买了一盒火柴,看起来像是用银子做的,送给了亨利。亨利握了握手,然后把烟斗和火柴盒放在窗户旁边。他一直在窗户旁的椅子上懒洋洋地躺着。

然后到了胸针。

"奥尔加,所有这些东西都是实用的物件,你一定得有件可以把玩的小玩意儿才好。"

奥尔加拿起胸针,泪水盈盈。

"安东,你买了这么多东西!"

西蒙森大大方方地伸出手。

"你戴的时候得想起我呀,奥尔加。"

"哦,我会的,安东。"

"那个给斯万希尔德的盒子怎么样呢?"

奥尔加于是去拿盒子。盒子上写着:“致马丁森夫人裁缝店的斯万赫尔德小姐。”奥尔加打开盒子,里面有张卡片,卡片上写着祝词:“圣诞快乐!”这是西格德·卡林送的贺卡,盒子里面还躺着一个布娃娃,这是一个多么漂亮的布娃娃啊!

布娃娃有一头黄黄的卷发,眼睛一张一合的,穿着一件白外套,戴着一顶白皮帽子,胳膊上还扛着一双小小的溜冰鞋,所有的东西里面就数这个家伙最棒了。斯万希尔德说不出话来。西蒙森则一个劲地说个不停,布娃娃既迷住了小孩,也迷住了小孩的爸爸。

“得让妈妈替你保管,你最好只在礼拜天玩玩它。”

“你知道的,西格德是个不错的人,”他对奥尔加说道,奥尔加正端着杯子提着水壶进来,“我总是这么说,西格德心地不错,都是他家那位该死的母夜叉,看他心地好,就百般为难他。”

西蒙森调了杯棕榈酒,奥尔加喝了点波尔图葡萄酒。斯万希尔德则坐在她爸爸的膝盖上,她的杯子里也盛了点甜葡萄酒。

“亨利,快过来,给自己调杯棕榈酒吧。你要知道,你已经是个男子汉了哦。”

亨利不情愿地站了起来,并没有看西蒙森一眼。他脸上长有雀斑,眼睛苍白,眼神冷漠,穿着大人衣裳,看起来单薄而清瘦。

“来,大家一起干杯!哦,亲爱的奥尔加,你觉不觉得开心呀?”

“开心,”她边说边咬嘴唇,眼泪盈盈,“要是我们知道明年的圣诞怎样过就好了。”

西蒙森点燃雪茄,看起来忧心忡忡的样子。

“亨利,我的孩子,你不打算试试你的烟斗吗?如果你没有烟,你可以去我的五斗橱里找些烟草。”

“不，谢谢！”亨利说。

“是的，明年圣诞……”奥尔加说道，强忍着泪水。

“不知道的话，也就不好说。”西蒙森说道，他的后背靠在椅子上，“这雪茄，不错！奥尔加，继续喝吧。是的，不错，或许以后我们要和一群乡巴佬在一起庆祝圣诞了。我听说齐马科那里的人在圣诞节会举行大型的庆祝活动。奥尔加，我想你会喜欢乡下的。你如果想要一棵圣诞树，你只需走出门外，砍一株就可以了。不错吧！斯万希尔德，你觉得和爸爸去林子里砍圣诞树，然后把树放在你的雪橇上拖回家怎么样呢，嗯？”

斯万希尔德点点头，眼睛放着光。

“而且，亨利下班后就可以同我们一起过圣诞节呢！”

亨利微微一笑，笑里带着轻蔑。

“斯万希尔德，是不是不觉得去车站接亨利很有意思呀？如果你、爸爸，还有妈妈住在一个农场里，那里有牛，有马，有猪，有公鸡，有母鸡，等等等等，你喜不喜欢呀？另外，善良的西格德——那个送你娃娃的人，他有个女儿，年纪和你差不多大，还有个儿子，只比你大一点点，还有一个好小好小的孩子呢。你可以去城里和他们一起玩呢。”

“我恐怕还要跟你那个自以为是的儿媳妇一起喝茶吧！安东，你是这样想的吧？”

“哦，这个嘛，我觉得没有必要。”

“你怎么尽瞎掰呀！”奥尔加笑了，突然又哭了起来。

“哦，奥尔加，亲爱的，你现在为啥子哭呀？你为什么那样想啊？”

“不然你让我怎么想啊？难道那个女人当着我的面说亨利的爸爸拿我当傻子耍，你现在也即将离开我，为这我还得高兴不成？

我和我的孩子——我私生的孩子——我们被人抛弃，颜面无存。或许你和别人想的一样，觉得我活该坐在这替那些同你打情骂俏的女孩子做衣裳，好比我活该让别人瞧不起似的。是的，我受够了，受够了。我早就该知道你是什么样的人。一旦你成功地搞定了一个女人，你要么爱她，要么离开她。谢谢了，再见吧。”

“可是，奥尔加，我亲爱的！”

“啊，对你来说，没有什么大不了的。你无所谓，你可以搬到乡下去，你做得到，还可以从头再来，继续喝得醉醺醺的，然后和女孩子调情，就像我当初见你时那样。我的天啦，我从了你真是好傻！”

“奥尔加，奥尔加——想想孩子们！”

“呵，他们听得够多的了，你不是不知道，在大院里、楼梯上又不是没听过。大不了他们也听听我嘴里说的。”

“奥尔加，今晚是平安夜呢。请别忘了这个。”西蒙森郑重地说道。

奥尔加将头靠在桌子上，静静地哭着，西蒙森将手放在她的肩上。

“奥尔加，好啦，你非常清楚，你非常清楚我有多喜欢你。还有斯万希尔德，你真的认为我会忘记我亲生的小天真吗？奥尔加，请相信我。我不会让你失望，也不会欺骗你，我会履行对你的承诺，我会说话算话的。”

“哎，你这个可怜的老头子——”奥尔加坐了起来，擤了擤鼻子，“这由不得你做主呀。”

“奥尔加，可有件事你得记住——”西蒙森一只胳膊搂着奥尔加的脖子，一只胳膊抱着斯万希尔德，端直了腰，挺出肚子，“上帝是存在的，他比西格德和莫萨都要厉害些，他的的确确能够为我们所有的人做主。”

“我想大家现在应该唱一首颂歌,”过了一小会他说道,然后喝了一大口棕榈酒,清了清嗓子,“我们就唱《圣诞快乐》吧,斯万希尔德会唱,我也会。我亲爱的斯万希尔德,现在唱出来吧。”

斯万希尔德开心地唱着歌,西蒙森则扯着嗓子唱,唱到高音部分便跑调了,每唱完一段又重新来一遍。很快,奥尔加不再哭了,也声音嘶哑地跟着唱了起来。唯独亨利没有唱。

最后一个早晨了。天还未亮,奥尔加房里的闹钟就响了。西蒙森依旧在睡,天太冷了,起不来,而且周遭一切阴沉沉的,让人觉得不舒服。可是他必须在大冷的天里起床,然后离开,离开这里的一切。

凡他住过的地方,睡的床要数这里的最舒服,上面盖床鸭绒被,下面还垫一床鸭绒被。

奥尔加打开门,借着房里的光把端来的餐盘摆好,然后去点亮煤油灯,再把餐盘端到床边,餐盘里有咖啡和面包卷。

“安东,你现在得准备动身了。”

“是的,我想是该动身了。”

西蒙森叹气道,然后把她拉到床边开始抚摸她,抚摸她的脸颊,她的胳膊,她的胸部,以及她的臀部。他一边喝咖啡,一边把面包卷浸到里面。

“我的爱人,你煮的咖啡真美味！你不喝一口么?”

“不喝了,我最好现在就去给你弄点早餐。”

西蒙森爬出被窝,穿好衣服,然后打包收拾好最后的行李,锁好他的两个箱子,进了奥尔加的房间。

斯万希尔德正在睡觉,他站在床边,手插在口袋里,俯身看她。“我的斯万希尔德……”

他偷偷瞥了一眼客厅,那里黑漆漆、冷冰冰的。亨利圣诞节的早上约了朋友一起去努尔马卡玩。西蒙森闲转了一会,黑暗中碰倒了斯万希尔德的圣诞树,弄得小铃铛叮叮作响。天晓得他是否能再回到这儿,天才晓得呢。

他回到奥尔加的房里,那儿温暖而舒适,有一张长桌子,奥尔加和亚伯拉罕森小姐白天就在桌子的一端干活。白色的桌布上摆着腌肉、啤酒、烈酒等等,桌上的煤油灯安静地闪烁着,轻轻地发出燃烧的声音。灯光照在斯万希尔德脸上,睡在小床上的她,头发铺散在枕头上。他的小女孩,他的小女孩……

奥尔加的床上散发出一种甜蜜而舒适的温暖,她的床还没整理,掀开的被子把她刚睡过的地方露了出来。他和奥尔加以及斯万希尔德在一起的日子多么美好啊!他的眼睛饱含泪水,他任凭泪水流淌,没有去擦拭,以便奥尔加能够看见。他鼓鼓的脸,红通通的,泛着蓝色,当奥尔加端着咖啡进来的时候,他已经泪流满面了。

“我们还是吃早饭吧。”她说道。

“嗯,我们吃吧。斯万希尔德怎么样?你觉得她会不会来车站?哪怕是想滑滑雪橇也好呀!”

“安东,我也想过这一点,不过外面的天这么黑,这么冷……我现在叫醒她吧,这样她就能和我们一起喝喝咖啡。”

她走到床边,轻轻地摇了摇孩子。

“斯万希尔德,你现在愿意起床和爸爸妈妈一起喝咖啡吗?”

斯万希尔德穿着睡衣,坐在西蒙森的膝盖上,眼睛一眨一眨的。咖啡让她清醒了些,不过她依旧很安静,说话的声音很小,因为大人的声音也小。

“爸爸,你要去哪儿呀?”

“嗨，去腓特烈斯塔呀，你难道不记得了吗？”

“你什么时候回来呀？”

“哦，这个嘛……我想你会先过去看我的。”

“像你所说的，在乡下吗？”

“是的。”

“在那里你会和我一起坐平底雪橇，是吗，爸爸？”

“是的，说对了，我会和你在那里一起坐平底雪橇。”

门铃响了，奥尔加往外望了望，原来雪橇来了。车夫接过西蒙森的箱子，然后走了。

西蒙森吻了吻斯万希尔德，起身把她抱在怀里，站了一小会。

“记住，现在你必须做一个乖女孩，爸爸不在家的时候，你要按爸爸说的去做哦。”

“嗯，我会的。”斯万希尔德说道。

奥尔加走进厨房，关掉煤炉子，斯万希尔德一个人呆在家不需要的。然后又走进房里，一边站着，一边把手放在灯的螺丝底座上。

“好啦，安东——”

他使劲地吻了一下斯万希尔德，然后把她放到床上，替她盖好被子。

“亲爱的斯万希尔德，拜拜！”

奥尔加吹灭灯后，他们离开了房间。在走廊上，他把手臂搭在她身上，使劲地搂着她。他们接起吻来。

在这个黑漆漆的清晨，他们坐着雪橇，一路颠簸，沉默不语。即便他们来到寒冷凄凉的车站大厅，一起踱着步子，他们还是相对无言。不论他是去买票还是装行李，她都跟着他，站在他身后。她小小的身子，穿着一身黑，厚厚的外套让她显得很端庄。

然后他们漫步走进候车室,坐了下来,抬头看钟。

“我们出发的时间正好,不是么?”奥尔加问。

“是的,我们出发得正好。如果是出去旅行那倒是好事。今天本来是过节的日子,却害你起这么早,真对不住你。”

“哦,还好吧。”奥尔加说道,“或许我们往前走更好一些,这样你在火车上就能有位子坐。”

西蒙森把他的东西放到一间可以吸烟的车厢内。他站在窗户边,她则一直留在站台上。

“奥尔加,记住,要勤写信啊,告诉我你的近况。”

“好的,你也是,安东。”

行李搬运工开始一路关车厢的门。奥尔加爬上车厢的梯子,他们再一次接吻。

“亲爱的奥尔加,谢谢你做的一切。”

“安东,同样谢谢你。祝你一路顺风!”

火车鸣笛,颠簸了一下,车子开动起来。奥尔加和西蒙森掏出手帕,彼此向对方挥舞,直至手帕看不见为止。

在黎明第一缕晨曦中,火车嘶嘶前行,一路上经过贝克拉格别墅,经过诺斯特兰德,经过梁建①。到处可以看见窗户里透出来的光,铁轨下面可以看到灰色的峡湾,上面分布着黑色的岛屿。

哦,真枯燥烦闷……西蒙森一个人坐在车厢里,抽着雪茄,望着窗外。农场和森林驶入眼帘,又飞快地不见了。森林黑漆漆的,田野一片灰褐色,田埂上覆盖着白雪。

现在这个时候奥尔加应该回到家了吧。她现在正在做什么呢?最有可能的是在给斯万希尔德穿衣服吧。奥尔加今天得干

① 梁建:地名。

活,她之前这么说过。斯万希尔德定会坐在窗户边的地板上,玩剪剩的布片。现在她没有爸爸陪着去广场公园坐平底雪橇了。

那间暖洋洋的房间,有两张温暖的床,上面铺着白色的床上用品,有煤油灯,到处都是要缝纫的东西,地板上是剪掉的碎布,人们在上面走来走去。斯万希尔德,他亲生的且珍爱的孩子坐在窗户旁边。他可以想象她安静地坐在那儿的情景,她在玩她的小东西,时不时地会有一个名叫赫吕姆小姐或其他某个人进来,给她糖吃。她会想念他的爸爸,会的。

不公正,完全不公正。

有那么一刻,不公正的意识突然在安东·西蒙森心里闪过,刺痛着他。生活给他带来的所有不公正的待遇激起了他的愤怒。

"亲爱的斯万希尔德,我的小斯万希尔德……"他轻声呜咽道。

可是他又不再这么想了。

那个天真的小女孩,她是如此地美好,如此地美好,但她的一生是否一定过得好呢?

他擦了擦眼睛。一定会有一个替这些事情做主的上帝。他的慰藉就是这个了:一定存在这样一个上帝,上帝能做主……

(贺彩红　译)

塞尔玛·布鲁特小姐

1

午后金色的阳光洒入工程师办公室，比特在斯特纳的绘图桌边踱来踱去，眯着眼享受着屋内金灿灿的阳光。忽然她一只手搭在斯特纳的额头上，娇嗔道：“这儿可真好！你这又懒又笨的家伙使了什么坏才享有这样美好的阳光？要老实交代啊！”

斯特纳顺势抓住比特的胳膊，把她拉到自己面前，将衣袖撸了上去，用嘴巴和脸颊在她柔软而光滑的皮肤上磨来擦去。

“我是不是非得要告诉你我究竟做了什么才能总让这阳光照在这里吗？”他狡黠地笑着问。比特一把扯回了自己的胳膊，末了还不忘拿手指点一下他的嘴，说道：

“你个坏蛋！”

“可怜的小比特，你肯定会后悔的，你都不知道眼前这个坏蛋有多坏呢。不过这儿倒是真的不错。”说着他又把她拉到自己腿上。

这房间里摆了几张绘图桌，墙边是几只黄色的橱柜，现在有一半都开着，里面脏兮兮的，墨迹斑斑的文件夹和卷了边的图纸分外惹眼。绘图桌上杂乱地堆着纸、印度墨水瓶还有一些破旧的绘图工具。墙角里是一堆成卷成卷的复写纸和散发着臭味的描图纸，有几卷滚落到了地上。作为装饰，粗糙的蓝色墙壁上歪歪扭扭地挂着几张涡轮机设备的内部结构平面图和照片。

比特·诺德尔是个年轻、清爽而温柔的姑娘。她相貌不是特别出众，脸盘圆圆的，鼻子又矮又小，但嘴巴长得甜美可人，笑起来还有两个深深的梨涡。她的皮肤白里透红，额头上灰黑色的头发异常浓密，让人过目不忘。下面的眉毛乌黑如煤，睫毛也是又黑又长，灰色的大眼睛忽闪忽闪的。

和斯特纳在一起时，她总是欢快而富有幽默感。自订婚以来，斯特纳就一直觉得她是个甜美、温顺、给人温暖、招人怜爱的姑娘。即便到现在，斯特纳对她的变化还有些吃惊，她不再是那个和自己共事两年郁郁寡欢的比特，不再是那个工作能力强却让人感到难以亲近的比特，不再是那个鲁莽直率的性子甚至让她成为公司里谁也不想多花心思去了解的一个人。

那年的某一天，公司里的会计离职结婚去了，并且邀请办公室的所有人来自己家共进晚宴，以表达自己对他们所送结婚礼物的感激之情。晚宴结束后，斯特纳·冈德森便自告奋勇地送比特回家。自那以后，两人像是心有灵犀一样，总是一起离开办公室，谁也不清楚为什么。比特突然扭头说其实自己在斯特纳第一次走进这个办公室时就爱上了他，并说："当然了，我当时也不知道自己实际上已经爱上你了，或者至少说知道我会和你相爱。但是，我总能感觉到你和我以前见过的那些男人完全不一样，甚至可以说你才算是我见到的第一个真正的男人。"

斯特纳并没有以同样的蜜语回应她，因为她留给自己的第一印象还历历在目。或许这世上的事情本就难以捉摸。他回想起在克里斯丁亚那前两年的日子，那时的生活是那么枯燥无趣，凄凉悲惨，自己常常被穷困潦倒、无家可归的伤感侵袭。机械式的工作单一乏味，让人感到沮丧无望，毫无目标的生活让人压抑难耐。想到这里，他把比特的胳膊抱得更紧了，几乎令她窒息。

有时候，她也会紧紧地抱着他，热切地回应他的拥抱。她的小脸蛋因用力过猛或热情过度而变得有些惨白，趁着热吻的空当，她软绵绵地说道：

“斯特纳，如果我们从来都没有相遇，或者更戏剧地说，如果我们当中有人早就去世了……”

阳光穿过她的发丝，破碎成点点亮光。看着眼前的比特，他似乎想起了什么。他相信她也想到了同样的事情，因为她忽然低声叹息道：“真是个可怜人儿！”

他问：“谁是可怜的人？”说着抬起她的脸蛋，那玫瑰一样红润的脸上有的只是平静的微笑。

“当然是布鲁特小姐了。”

“哦，我不知道她有什么可怜的。”他若有所思地回道。

“恩，你当然不知道了。”比特大笑道，“可怜的布鲁特小姐。不去亲身实践，就靠臆想来认识男人，还觉着天下的男人都是坏胚子，这还不够……”

“比特，你害不害臊！”斯特纳一脸震惊道。

“那是你没听到她们都是如何着魔般地议论她的。她如果不是那种人的话，她们也不会这样喋喋不休地说这事。实际上倒也没人想要谈论那些可怕的事情，也许她们天生就爱打听别人的闲事，嘴巴不停地嚼着从旁人嘴里听来的只言片语。雅恩小姐和布鲁特小姐就是那种人。我跟你说，她们要是哪天不说些吓人的或者令人气得发抖的故事，她们都没法过这一天。午饭后更是变本加厉。之前有一段时间，我根本就不想听到那样的事情。其实我宁愿相信一切都是美好的，包括生活中的一切秘密。我曾以为自己永远不会卷入到这嚼舌根的漩涡中去。但悲哀的是，我发现根本就没人能够……”说着，她轻轻地吻了一下他的额头。

“不管怎么说，她能够摆脱那个垃圾弟弟总归是件好事。”斯特纳接着说，“现在她还有了自己的住处，谁能想到这些啊？或许有一天布鲁特小姐也能找到自己的如意郎君呢。”

“我也希望她能找到。但是只有等我亲眼看到了我才相信。她身上有一种难以名状的东西。好像在她出生时，上帝就在她的额头上写着她直到死都很难拥有爱情，很难过上自己的生活。她的兄弟和姐姐肯定是感觉到了这些，你看看他们是如何把自己的母亲留给她一个人赡养的，再看看他那个畜生弟弟卢兹维干的事……”

斯特纳笑了，颠了颠坐在腿上的比特。

“好吧，好吧，你可以笑。但是你有没有觉得要是她能私自藏点钱，或是生个孩子的话，日子会好过些？要真是这样的话，她在开普敦的表亲也许愿意接纳她，愿意继续跟她保持来往，或许还会帮她找一份好工作，让她有个新的开始。”

“我可没把握说这话。对于一个脱离了正轨的女人来说，一切都是有可能的。”

“是的，是的，的确如此。人总要等别人的困难严重到一定程度后才肯伸手提供帮助的，你说这是不是很可恶？要是她表亲早些带走卢兹维那个畜生就好了！可怜的布鲁特小姐，她常常因为那混蛋而哭，差点把眼珠子都哭出来了。”她低下头继续喃喃道，“可是你知道吗，在遇到你之前，我还曾经很羡慕过布鲁特小姐呢。至少，她还有痛哭的对象，当他那破烂弟弟发誓会改邪归正的时候，她还有人去爱。我那时候连个这样的人儿也没有。”

“亲爱的！”斯特纳边说边抚慰地摇了摇她。

“听到没？五点的钟声敲响了。我得走了。哎呀，你疯了啊？我们老是一起出现在人前，他们可能都已经有所怀疑了。别，斯特纳，快放开我，小心有人进来看到。”她使劲挣脱了他的怀抱，开始收拾桌子上凌乱的草图。

“好了，我要走了。和你的房东大妈处得开心点！哈哈，我还以为今天不管怎么样都能帮你把这沙发垫弄好呢。你要乖一点，哄她开心一些。记得给她买一些糖，买大包的。晚饭给她买点凉菜，弄点啤酒，冲些咖啡，她就会觉得自己是在享受大餐了。”

比特边说边朝门走去，斯特纳冲她点了点头。走到门口，比特回头调皮地眨眨眼回应他——她算是又多看了他一眼。此时，约根森走了进来。

当比特走进信件室时，正好看到塞尔玛·布鲁特对着盥洗盆上方的梳妆镜整理头发，很显然，她刚从理发店回来。

“比特小姐，你这么早就到了啊？”

“是啊，斯特纳·冈德森先生有一封长信需要打好，得赶上明天去斯德哥尔摩的火车呢。哎呀，看看你！”

比特羡慕地绕着塞尔玛转了转。

“这发型很适合你呀。你这件衬衫真漂亮——是定做的吧？噢，拉斯马森小姐做的啊！她可真能干，做得太漂亮了。我来帮你弄……”

说着，她帮塞尔玛扣上了罩在那件粉色丝质衬衫外的工作装的扣子。接着就坐在了自己的打字机前，插进纸，开始打印那封寄往斯德哥尔摩的长信。当遇到模糊到无法辨认的字迹时，她便会停下来沉思一会。

她很想低下头，将脸颊放在那字迹潦草的纸张上，并亲吻他的字。这些字非常潦草，随处可见擦除、修改的痕迹，每隔几行还会出现一些拼写错误。这样的字她几乎每天都能看到，已经看了两年多了。她扭头笑吟吟地对塞尔玛说：

“看看，这就是斯特纳·冈德森先生的字啊！你能想到他竟然把‘哪’字漏了‘口’，‘是’字漏了‘日’吗？”

比特自己都没有注意到，她的说话方式好像表明冈德森先生就算是犯了这样奇怪的拼写错误也是值得赞美、令人欢喜的。其实塞尔玛也没有注意到这些，反而愤愤地回道：“嗯，我看啊，所有工程师的拼写都很差。忙起来的时候，他们压根就不会关心拼写的事。可能他们觉得拼写这种事情是我们的事情吧。

“不过，冈德森先生算是不错的了。其他的工程师没有一个像他那样体贴的。只要他能应付得来，七点之后他就绝不会给我们再安排工作。你想啊，他为了帮你计算成本，陪你熬了多少次夜……”

“是，你说得很对，冈德森先生是不错，”比特满面微笑地打断她，“但是他写字却像个大男孩一样粗心，我想说的就是这个。”

她脚趾扣地，坐在转椅上来回摆动着年轻的身体，她很享受这种摇摆的舒适感觉。嘴角不禁再一次泛起微笑。

比特双手放在打字机的键盘上，仿佛在拨弄钢琴的键盘。手指轻柔地抚摸着，一遍又一遍地抚弄“斯特纳”这三个字的键盘，但并不按下去。

塞尔玛似乎也没心思工作，双眼凝视着窗外狭小而幽暗的后院。两台打字机都静静地躺在那里。

这两台“咔哒”作响的打字机已经折磨比特两年多了，现在她甚至渐渐喜欢上它们了，喜欢上了这间为防止噪音打扰别的办公室而特地隔出来的小房间。忽然，她无比感伤地想，将来的某一天她和斯特纳会一起离开这里，在这里，他曾经专注地帮自己做事，一夜又一夜地帮助自己计算数据。他们从这间房子里一起走进春天幽蓝神秘的夜色里，一起进城（他们曾经都很讨厌进城，因为那里的喧闹和拥挤只会让两个人的孤独感和无家可归感更加浓烈）。对他们来说，这间房子极其亲切，俨然成了两人推心置腹之所。夜幕降临，他俩会站在阁楼的窗前欣赏夜色，房间外的街道上一片静谧，煤气灯发出淡黄色的柔和的光，打在花园篱笆上新发的嫩叶上，上方是幽蓝的苍穹，一切宛如仙境。

现在，一切都大大不同了。她曾经认为的快乐就是在发工资的日子里盘算着这个月能存多少钱，梦想着自己将来能存够钱到别的地方走走。这是不是也意味着换个更大的城市继续工作、存钱，孤独感和陌生感也更加强烈呢？现在，她要从银行里取钱，买些“家用之物”，存放在租住的那个兼作卧室和起居室的房间里。接下来又是存钱，取钱，然后买件桦木做的壁角柜。但她并不想把所有的钱都取完，她还想着去巴黎度蜜月，顺便从那里带些喜欢的东西回来。但是她不得不再取一些钱来购买那个她看中了的旧烛台，她打算把这个烛台作为圣诞礼物送给斯特纳，放在他的写字台上。在旧货店，她还让老板给她预留了几个白瓷灯，等到周六发工资就可以买了。她还打算给这些灯做些灯罩，用白色的丝布做成桶状罩在灯泡上，她还要在白色的灯罩上绣上一些红心。灯光透过白色的丝布和红心打在起居室里肯定会很温馨。绿色的三叶草的叶子装饰灯罩也不错，她会让斯特纳和自己一起来设计这些灯罩。

现在，一切都变得有趣起来。她突然就和办公室里的所有人成了朋友，她还和其他女人交流并展示自己的缝纫技术。一切都这么美好，这么有趣。办公室发生的事情以后都能成为她和斯特纳谈天的内容。现在她甚至期待着见到办公室里其他女人。而在以前，她对这些老女人有的只是厌恶，认为她们愚不可耐、食古不化，而且什么都不懂。现在有了斯特纳和自己分享这些女人的故事，而且这些故事常常能把斯特纳逗乐，从这点看，这些女人还是挺可爱的。

突然，脏乱的桌子引起了她的不满，她擦掉了打字机附近散落的印度橡皮碎屑。今晚，她要清掉桌面上所有的墨迹，铺上新的吸墨纸。

她向花瓶移了移，花瓶里插着斯特纳送的玫瑰花。她将脸颊埋在花朵间，满脸幸福地微笑着。

“好漂亮的玫瑰啊！其实我也一直都很喜欢玫瑰呐。”塞尔玛赞叹道。

“嗯，漂亮吧？我控制不住自己——一看到她们我就知道我必须要买下来。我肯定是疯了。”

“你买的啊！今晚可不可以送我一支？发发好心吧。”

比特捧着玫瑰，脸埋在花朵间，心里思忖着：把他送的花送人……

接着她在那捧花中挑选了两朵最可爱的，一朵白色，一朵深红色，都是含苞欲放的花骨朵。

这给她带来快乐。通过这样收买的方式给人和善的感觉从而让自己享受到欢愉之感，这种获取快乐的方式让她有些害怕，有些震惊。她发现今晚自己竟然不忍心让她失望，她甚至还劝说斯特纳今晚带布鲁特小姐去剧院看歌剧，票还是冈德森一个做演员的表妹送的。

她面带微笑，感觉自己像是仁慈的女神一样为了别人而甘愿牺牲自己。拿着这两朵花，她轻盈地走过去，小心翼翼地别在塞尔玛·布鲁特小姐的粉色衬衫上。

2

塞尔玛那晚玩得非常开心。

“冈德森先生的表妹真是太迷人了！”第二天，等所有女人都聚集在会计室吃中饭的时候，布鲁特小姐说道，“你们都想象不出她有多漂亮。第三幕里，她穿了件男式的衣服——我从来没见过这样有魅力的人。还有，她的歌声也是非常优美。”

“我倒没在杂志上看到赞扬她的评论，”新来的会计霍恩小姐回道，“她还没演过什么大的曲目，我也没觉得她长得多漂亮，只能说马马虎虎吧。”

“呃，她漂亮是不假，”出纳员雅恩说道，“但是人们都说她轻浮得很，怪不得男人都觉得她有吸引力。这小丫头！我都怀疑冈德森先生也被她诱惑了……”

“不，我敢肯定，她是清白的，”布鲁特小姐满脸温情地说，“她都订婚了，冈德森先生亲口告诉我的——跟比格尔·丹得订的婚。”

“是安德森·斯密斯公司的那个男人吧？”霍恩小姐问道，“我知道那家公司有个叫丹得的。有一年的夏天我在某个地方见过他，他可认识不少轻浮的女人。”

“不，不，这个丹得是个歌剧演员，”塞尔玛义愤填膺地反驳道，“昨晚，他也演了一小部分，长得一表人才。”

“噢，对对对。”霍恩小姐插嘴道，“我觉得我对他有印象。他们总让他跑龙套，是吧？”

“呃，是的，你知道的，他太年轻了，需要锻炼。看完歌剧，我们享受了一顿很丰盛的晚餐。我不得不说冈德森先生真是太有魅力了，那么温柔体贴。他在办公室里比较沉默，不善言谈，你怎么都不会想到他还会有体贴入微的一面。天呢，相信我，他真是太可爱了！”

此时，比特正坐在窗台边吃三明治，听了塞尔玛对斯特纳的评价，心里甜蜜无比，看来斯特纳昨晚表现不错。想到这里，她不禁在心里默默念道：是啊，他的确体贴而又善良……

基特尔森小姐是整个办公室年纪最小的，负责给其他人泡茶。比特伸出茶杯，想让她给自己续一杯，问道：

“基特尔森小姐，下周我们两个都会有门票的。今天早上，冈德森先生问我你想不想去听，他会替我们跟他表妹再讨两张门票的。”

“天，那太好了！冈德森先生人真好！”

听了她的评论，比特心里美滋滋的，其实这完全是她自己的想法。因为她觉着基特尔森小姐为人不错，很多东西都没有享受过。她年轻貌美，身材高挑，性格文静，是个惹人注目的姑娘。但是，她早年丧父，和母亲生活在一起，还有几个年幼的弟妹。她母亲经营着一家布店，就在福格纳街区的某条新开发的街道上。

此时，斯特纳正好到这里来拿文件包。基特尔森小姐满脸欢喜地跑过去，说：

“谢谢你，冈德森先生。你简直是太好了！我一直都盼着能去歌剧院呢。”

“我刚才跟她说，你答应了下周给我们要两张歌剧院的门票。”比特一本正经地对斯特纳讲道。只有她自己能感觉到在自己眉梢眼角有抹温柔的笑意。

“是我跟基特尔森小姐一起去。”

“噢，没，没问题，乐意效劳。”他一脸迷惑地回答着。

比特放下茶杯，离开了房间，在走廊上等斯特纳。斯特纳一出来，她便笑吟吟地迎了上去。

“斯特纳，你个小笨蛋！”说着双手环住斯特纳的脖子，在他脸上亲吻着。

“我怎么能知道你想要做什么？我还以为你让我跟表妹要门票是想和我一起去呢！”

“当然不是了。我要带基特尔森小姐一起去，去理工大剧院。等我们能光明正大地在一起时，我相信我们肯定会做比去大剧院有意义的事情。别，放开我，你疯了吗？”这时走廊远处的一扇门开了。“是主任！”挣脱了斯特纳，她匆匆忙忙地跑进了自己的办公室。

一两天后，塞尔玛告诉比特，斯特纳邀请她俩去他家参加派对。他还邀请了他的表妹和表妹的未婚夫。

“我觉得去他家肯定很有趣。但是我还没有给他肯定的答复。如果我们两个都去人是不是有点多啊？你觉得这样会不会不太好……”

“当然不会了。一共就我们三个女性，不会有什么不妥的。”比特故作不知道这个派对，煞有介事地说道。

“那我就替你答应下来了。见见冈德森小姐和她的未婚夫丹得先生应该会很有趣，你说是吧？她这么迷人，跟她这样的演员见面肯定很有意思。你知不知道冈德森先生还有一台钢琴呢？他跟我说，是分期付款买的。是不是很好玩？或许冈德森小姐还会唱歌呢。”

“这太好了！他家有钢琴的。我预感我们会有一个愉快的夜晚。”比特说。

“能参加一场波西米亚式的派对还是挺有意思的。不知道他家是什么样的，我想他肯定把家里布置得很温馨。”

“是的，我相信他会的，”比特继续故作漫不经心地应付着塞尔玛。

“我觉得冈德森先生肯定喜欢和漂亮的女孩子打交道。你没发现晚上下班时，他等我们的时候很开心吗？”

这一次，比特没有搭腔，现在她是真的很严肃。塞尔玛有一个特别恼人的习惯，那就是每晚下班后都等着比特，然后和她一起回家。结果，斯特纳也就不得不和她们二人一起回去了。时间久了，二人唯一的乐趣——趁布鲁特小姐不注意时偷偷地牵牵手，也变得寡淡无味了。更糟糕的是，这种状况还会持续，尤其是在这美丽的秋夜，塞尔玛确实是有些碍事。如果没有她的跟随，他们二人便可以尽情地漫步，甚至还可以在斯特纳家共度漫长的夜晚。但是就因为这样一件小事而怨恨她似乎有些不妥，毕竟她也是无辜的，或许她也只是喜欢并享受有人和自己一路回家的感觉。

“肯定是的，他每次来这都会呆一会，还会主动和我们聊天。亲爱的，你注意到没？我们两个是他打交道最多的女员工。不过，确实也没什么可奇怪的。雅恩小姐和霍恩小姐年纪都太大了，所以他不想跟她们多说话。”

“是，或许是吧。”比特微笑地附和着。其实，她从来都没有觉得塞尔玛比其他两个女员工年轻多少，毕竟她们几个都是三四十岁，只有二十三岁的自己才算得上是年轻。

某个周六的晚上，冈德森先生真的为这些女士举办了一个派对。他还邀请了基特尔森小姐，派对办得颇为成功。冈德森先生的表妹性格开朗，基本上有求必应，甚至做好了唱一个晚上的准备。丹得先生人也不错，是个偏爱安静的年轻人。比特·诺德尔煮咖啡，基特尔森小姐摆桌子，塞尔玛·布鲁特小姐则一人独占斯特纳·冈德森先生。

夜深了，比特和斯特纳两人来到开着的窗户前。她轻轻地说道："是不是很有趣？这种感觉就好像我们已经结婚了，而这就像是我们婚后举办的第一场派对。"

"是啊，"他轻声回应，"我们就是结婚了，不是吗？只是其他人不知道这里是你的家而已。"

听了他的话，她笑出了声。

"你说，要是塞尔玛·布鲁特和安妮·基特尔森知道我们两个在一起的话，她们还会不会来参加这个派对呢？"

……

3

塞尔玛·布鲁特正坐在窗前缝补她白色的滑雪露指手套，这时忽然有人敲门，原来是住在这里的药剂师。

"布鲁特小姐，我琢磨着跟你聊聊天。"不等塞尔玛答应，他便自己主动坐在了墙角边的小沙发床上，嘴里赞叹道："这里真暖和、真舒服啊！"坐定后，他伸直了腿，大拇指插在马夹的袖孔里，吹着口哨，眼睛瞅着天花板。"你都已经把水给烧了啊，真是个好姑娘！我还没出门的时候就有这种预感，我在心里对自己说：'布鲁特小姐今晚会给你煮咖啡喝'。"说着发出一阵笑声，像是马的嘶鸣。

"那你可就错了，莫勒先生。烧的水是我准备洗滑雪帽的。"

"你肯定在说笑，布鲁特小姐，你心地这么好。我只是加几滴汤姆利乔甜酒而已——我们药剂师做这种事情最拿手。我依偎在你的脚边——”他甚至开始唱圣歌。

“我这里没奶了。”

“让我来吧！你只要把你的小壶借给我就行了——哦，看到了，就在你床头柜上！”说着，他拿起那个中式小奶壶，举在手里摇了摇。

“哦，那好吧。”布鲁特小姐无奈地笑了笑说。

可怜的莫勒，其实他真的没有这么坏。因为一口咖啡就怨恨他让她感到不妥，但这并不是说她赞同住在这栋房子里的男女可以随意到彼此的房间里闲坐。相反，她觉得这种行为令人作呕。但是，莫勒先生不同，他从来没有觉得到自己想去的地方闲逛有什么不对。

她知道自己确实对这个可怜的男人有一些难以名状的情愫。但是，难道他对她就没有一点想法吗？他肯定是觉得自己年纪太大而强忍住对她的爱慕。他大腹便便，头上还零星秃了几块，戴着副镶着金边的眼镜，镜片后的眼睛小得可以忽略。那张肥嘟嘟的脸苍白得很，让人联想到石头下又肥又白的蛆虫。可以说，他根本就是个不懂礼仪的人。他长相虽然很普通，但是性格敦厚。其实，她甚至说还有一些喜欢他的这种性格，毕竟没教养也不算是他的错误。

并且，他和她还是同乡，来自同一个村子。当她还是个小女孩的时候，她就已经认识了他和他的兄弟姐妹们。每次他休假回家乡多顿时，她都很开心，因为她能从他那听到一些家乡的事情，还能打听到布鲁特家农庄新主人的情况以及农庄的收成。

塞尔玛重重地叹了口气。如果自己的父亲是别的样子，或许她的生活也会和现在大大不同。

但是，即便是如今的现状，难道莫勒就真的没想过和自己在一起吗？想到这，她笑了。因为她很清楚，是因为自己没有向莫勒表态才导致他不敢贸然有所行动的。尽管没有明显的暗示，但她也不想明显地拒绝他。

大理石做的盥洗台一角上，酒精灯正慢慢地煮着咖啡。她起身走到窗前想拉上卷帘，但在伸手的那一刻停了下来。窗外，大片雪花鹅毛般盘旋而落，院子对面的厨房窗户上透出点点红光。明天，这雪有可能会下得更大。笑容再次浮现在她的脸上：现在自己至少能有一些甜酒，莫勒在给咖啡加过甜酒后，通常会把用剩的连着瓶子一并送给她。他常跟她说："给个酒瓶加个奶嘴，晚上来一口，效果比镇静剂和安眠药还好哩！"他就是这样的一个俗人。

拒绝莫勒来自己家串门会让她感到愧疚，毕竟他这么喜欢来这里。她还幻想着自己能够潜移默化地影响这个粗人，而他认识的圈子里其他人是没有这个水准的。再说了，她的房子虽小却很温馨，也不至于寒酸到难以示人。

想着这些，她拉下卷帘，点亮了挂着的粉色吊灯，开始逐一擦拭床边小柜子上的照片。这些照片有母亲，有混球弟弟卢兹维，有曾承载全家所有希望的哥哥汉瑞克（他曾是滕斯贝格一艘巨轮上的二副，四年前却不幸命陨太平洋），还有妹妹艾薇达和妹夫达尔，达尔在拉南做律师。

桌子上唯独没有父亲的照片。老布鲁特是个地地道道的农民，靠着运气娶到了官家的女儿，但是这位官家小姐患有贫血症而且脾气暴躁，还经常蛮不讲理。她对自己的丈夫越来越不满意。因为这个粗俗的农夫根本就不懂自己，他骨子里的粗鄙折磨着她的每一根神经，而这精神上的痛苦使她身体更加虚弱，脾气更加暴躁。有一天，她发现家里的女佣怀了老公的孩子后，就毅然决然地带着自己所有的孩子离家出走了。从此，布鲁特对她更加冷漠了。但是，无论如何他也要负担她的生计，两人都未露面，手续都是一个律师代办的。

父母分居后，只有十二岁的塞尔玛就再也没有见到过父亲。她对父亲所有的印象都来自母亲。事实上，她从母亲的眼睛里就能感觉出父亲是个什么样的人，毕竟她和母亲在一起生活了这么多年。随着年幼的孩子们一个个长到十八岁，父亲也就不再支付他们的生活费。作为家里的长女，她认为自己生来就有为家人牺牲自己的责任和义务。哥哥汉瑞克给家里寄了些钱，帮了点忙；布鲁特夫人每年都能从丈夫那里领到一千五百克朗，直至去世。艾薇达算是家里的美人，颇有音乐天赋，这天赋不容浪费，幸而她嫁得不错。接下来就是弟弟卢兹维了，他生得漂亮，五官精致，在家里也最受宠。聪明的他在很多方面都颇有造诣，这却导致他在任何事情上都难下定决心。然而，她和母亲都把家里最大的希望放在了卢兹维身上，笃信他终有一天会有一番大作为。基于这种印象，她们长谈后得出的结论是卢兹维秉性善良，天赋极佳，犯点错也无可厚非。临终之际，布鲁特夫人将自己最宠爱的孩子托付给了塞尔玛。塞尔玛握着母亲的手，发誓自己会不惜一切照顾好弟弟卢兹维。

回想到这里，塞尔玛抚摸着照片停下了思绪。接下来的这段是她努力想忘却无法忘却的伤痛回忆。她模糊地记着，在洛尔大殿街上有几处政府办公楼，有一条白色的大理石楼梯。梦里，她依旧能清楚地看到一个楼梯平台，蓝色的墙壁还有红棕色耀眼的大门。门的上方刻着“赫伯特 · 卡拉姆堡，最高法院忠实拥护者”，门左边的墙壁上，用黑色醒目的大字写着“巴黎美女柏辽兹 · 阿尔内森夫人，女子美容美发馆”，墙上还画着个大箭头指向小巷子。

似乎有些奇怪，她竟能这么清楚地记得这个楼梯平台和那个美发馆的名字，要知道，她也只是在去楼上找卢兹维的老板时路过这里而已。对这里，她也只有这些零碎的记忆。

对于其他的东西——逮捕、牢房、警卫，那神秘无比的法律和法庭，以及黑屋里的刑具，她则只有一个模糊的记忆。但是，那个黑色门廊像一张张着的巨口对着她，卢兹维会从这里走近那个刑具，走向死亡。她哭了，可怕的耻辱感曾经萦绕在每个家人的心上。当时，警局还贴出了告示，上面印着卢兹维的名字和照片。

事情发展到最糟糕的境地时，卢维兹被释放了。他的上司们撤销了对他的起诉，南非的表亲替他还上了亏欠的钱并伸手把他拉走了。稀里糊涂、困惑无助的她在饱受精神折磨后倒在了地上。

她孤身一人躲在这间小房间里，绝望而忧伤，害怕见任何人。吃饭时也怕见陌生人，无论在走廊还是在房间里耳畔总能听到嗡嗡的声音。那段日子里，莫勒一直以好友的身份待她，对她照顾有加。而现在，仅仅因为怕别人说闲话而从家里把他赶走，她做不到。其实，在所有的朋友中，她还是比较欣赏他的。

她轻轻地叹了口气，从酒精灯上拿下咖啡壶，换上水壶再烧些水用来洗漱。莫勒先生值得享受时不时来这里喝咖啡的特权。她收拾了桌子，在桌子中央摆上一瓶腌制的蕨菜。

“妙极，妙极！”莫勒嗅着咖啡的香味边赞叹边进屋，一只手拿着奶壶，一只手拿着纸袋，胳膊下还夹着一瓶甜酒。天哪，他就这样进屋了，把身上的雪都抖落在她的地板上。

“这鬼天气！还是这里舒服啊！”他说着便双腿舒展地坐在沙发上，在桌子上的空杯子里倒上甜酒。

在盘子里弄了些蛋糕后，塞尔玛也坐了下来，开始品尝甜酒。

“你明天要在这鬼天气里去运动，是吧？呃，是不是你们女孩子就是不怕冷啊？你们血管里流着的是火，哈哈！这次是不是还是跟你那个可怜的小工程师一起啊？”说着，莫勒还对她眨了眨眼。

“你说的要是冈德森先生的话，那你就说对了。我是和他一起去。”

“可怜的孩子，这种天气出门，你要是不认真待人家，那可就太残忍了！”

“别瞎说！”

“别瞎说！”他学着她的语气，“喔，你这姑娘太危险了，你啊，你把男人的爱慕当儿戏。你净干这事，我很清楚的。先是我这个可怜的老男人，现在是这个傲慢自大的家伙。我看呐，你就是那种闲不住、不好好生活、非要折腾点事儿的人。”

“你怎么能说出这种话，莫勒先生！你可别以为我对你会有什么想法，你想都不要想！”

“噢，是啊，你当然没有了，哈，你不想又不是你的错。毕竟你是个这么迷人、漂亮的女士。女士是永远都不能受指责的。”

“至于冈德森先生，”她迫切地解释说，“我从来就没听说过他对我有什么想法。你看，估计他比我要小三四岁——也有可能五六岁。再说了，又不是只有我们两个人。明天，诺德尔小姐也去的，其实她经常和我们一起的。在我看来，这很正常，我们在同一个办公室，就应该一起去、一起玩。你知道的，我从来就没跟他有过什么暧昧，甚至连想都没有想过。”

莫勒听了只是点点头，撇嘴做了个鬼脸。

“我就不明白了，为什么人们只要一看到一个男人和一个女人在一起，就会对他们说三道四，”塞尔玛有些激动地继续说道，“为什么就不会认为他们是朋友呢？”

“可怜的男孩子哦，我想说的就是这些。”

“真受不了你了！”

但是，她现在难以压抑内心的烦躁，脸涨得通红。

“看来无论如何，我都该挑个周末邀请冈德森先生来这喝咖啡，到时候让你看看他是个多么善良、多么聪明的年轻人。他可从来没有过那种想法。我还要邀上诺德尔小姐，我打赌你肯定会对她一见钟情的，莫勒先生！但是我一点也不担心她，我知道对于像她那样年轻美丽的女孩子来说，根本就不会考虑那些年纪大的男士。”

莫勒对于老处女和年轻男子之间的故事有自己的见解，但他接下来并没有说什么，坐了一会便回去了。

因为等一会还要出门，他回到家便开始刮胡子。这时候，住他对门的朋友艾弗森走了进来。

“该死，真想象不到你竟然能和她在一起呆这么久。”艾弗森说。

“布鲁特小姐又没犯什么错，”莫勒边擦脸上的碎胡须边低声说，“我倒是挺喜欢到她那去。我们来自同一个地方，记得吧。我还认识她妈妈。上帝啊，我一想到那个老巫婆奴役了她这么多年……还有他那个垃圾弟弟。布鲁特家就她一个人继承了老布鲁特的优点，她善良、忠诚、工作努力——有点可笑的是她的努力没换来多大的回报，她现在生活穷苦，面容憔悴。嗯，要是我能百分百确信她会拒绝我的话，我都敢向她求婚。对于一个女人来讲，成为老处女之前都没有拒绝过求爱者的话就太悲哀了。”

4

圣诞节刚过没多久，比特·诺德尔就突然请假离开了公司。几天后，办公室每个人的桌子上都出现了一张她和斯特纳·冈德森订婚的卡片。

霍恩小姐和雅恩小姐说她们早就怀疑他们两个在一起了，并且立马问塞尔玛·布鲁特小姐是不是不知道这个秘密。还没等她们说完，塞尔玛就说自己当然知道他们的事。霍恩小姐还跟塞尔玛打听比特和冈德森在一起多久了。塞尔玛说时间不太长。接下来她们又问她，他们爱得深吗？他们拥抱过吗？他们关系处得好吗？接着她们开始议论比特的缺点还有冈德森的前途。霍恩小姐说冈德森在一次闲聊时透露过自己会“尽早结婚”的想法。他们当然没疯，等仔细思考后会恢复理智的。她们甚至还聊到比特家在克拉格勒，老家里那些教她做家务、帮她准备嫁妆的人肯定会劝她不要这么早结婚，晚几年结婚会比较合适。她们还跟塞尔玛打听比特有没有给她写信，问她在下班时间有没有从冈德森先生身上看出些什么蛛丝马迹。她们每天都这样叽叽喳喳地议论着。

但是不久的一天，年轻的安妮·基特尔森小姐突然打断了这场议论。那天霍恩小姐对塞尔玛说：“你知道吗，我一开始还以为冈德森先生会和你结婚呢！他以前很关注你——”

塞尔玛只是淡淡地回她：“我的天，你可真能胡扯。”

但是当塞尔玛走后，安妮·基特尔森跳起来，瞪着因愤怒而发红的眼睛对霍恩小姐吼道：“你应该为自己的话感到羞耻！”

霍恩小姐确实看起来有些羞愧，但也只持续了几秒钟，接着便爆笑起来。

“现在,现在你别这么激动,我亲爱的基特尔森小姐！我根本不知道你在说什么。但是,有一点我必须要说,”她犹豫片刻,义愤填膺地接着说,“我觉得冈德森先生做得很不光彩。就看看他追求比特的方式,比特也不比他好多少。他们两个都是利用布鲁特小姐作为掩护的,就这些。”

“我不相信,我不相信你说的这些。”安妮·基特尔森插嘴道。

“好吧,还真是奇怪了,整个办公室里就你和她不知道内情。塞尔玛那个女人痴迷冈德森都到了快发疯的地步。至少比特看出来了——她很有可能早就看出来了,还把她当成个大笑话呐。”

基特尔森小姐把吃得还剩一半的三明治包好,放进工作服的口袋里,拿起茶杯向门口走去。

“霍恩小姐,我现在就想告诉你一句话。要是你想知道我对你评价的话,那我就告诉你。你是我见过的最刻薄、最粗俗、最下流的东西！现在你知道了吧!”

说完这些,她甩上门,走进自己那间她做发票的小办公室。

霍恩小姐轻蔑地大笑起来,然后又对年轻小女孩的无礼指责了一番。但从那天开始,塞尔玛便获得了安宁,没人再议论她。

在接下来的那个冬天和春天里,这些办公室的女人们可算是经历了一件又一件足以让她们吃惊的事。

首先是,斯特纳·冈德森和比特·诺德尔在发出订婚卡片后三周的婚讯。一开始,没人知道他们结婚的事,直到某个周一大家都收到了他们已经结婚的告知卡片。有人问时,斯特纳说他和比特是在周六公证结婚的,随后又在弗朗纳斯汀宴请了公证人。他们夫妇在朋友的一个滑雪屋内呆到周末晚上——他必须得承认这一点,因为和雅恩小姐同住的人那个周末在努尔马卡看到冈德森和一位女士在一起。他们还在特雷泽街头租了一套带厨房和用人房的两居室。他们暂时不想找用人。比特还找了一些翻译和打字的兼职在家里做，打字机是租来的。

办公室的其他人商量了下，给这对新婚夫妇送了一个钟。接着，斯特纳便邀请这些人来自己家吃晚餐。

甚至连挑剔的霍恩小姐也要说冈德森家“田园一般”，只是觉得起居室的布置毫无品味可言。白桦木质的壁角柜还有带镜子和抽屉的衣柜都是皇家风格；两个扶手椅造型不同，所幸都是农家洛可可风格的；长沙发上垫了张整垫子，上面印满了大花；窗户上挂着家里手工缝制的窗帘；墙上挂着两张米开朗琪罗的画，画里的人衣着暴露、身姿奇特。

但是，她不得不承认他们家的厨房真的很迷人。比特骄傲地说，所有的颜色都是冈德森挑选的。墙面是淡黄色的，餐具架、碗柜和其他的家具都是绿色的。厨房的一角摆着一个小餐桌，配有两把带垫子的椅子。架子上的餐具还有桌布、窗帘都是红白条纹的。锡面和铜面的花瓶发出耀眼的光芒，桌子上方有两幅荷兰画，画着剥番茄的女孩等等。冈德森先生说他们夫妻俩就是在这里用餐的。这里太舒适了，霍恩小姐甚至感到有些惋惜，因为这里太小了，坐不下所有来人，要不然就能在这里吃晚餐了。

比特把用人房改装成书房，里面放着她的打字机。卧室不在参观范围，但雅恩小姐以洗手为由，到卧室里看了看。回来后就播报说卧室涂的是白色的漆，一看就是那种囚犯生产的便宜货。还说沙发套的颜色是蓝色。

这对小两口对一切都很满意，比特还给她的客人分享了一下她是如何安排每天的工作的。看到这些，她们都承认比特比她们之前想象的要持家、务实得多。到目前为止，在场的人都一致认为，冈德森夫妇用两千四百克朗和两间房子为自己建了一个温馨的小窝。

但是，两个月后的一天，霍恩小姐突然在办公室里宣称自己在图弗街遇到了冈德森太太，冈德森太太穿得很朴素。当然了，霍恩小姐和雅恩小姐早就怀疑他们两个这么突然急匆匆地结婚肯定有原因。但当时她们都没有说出来，怕自己弄错了而造成不好的影响。但现在，霍恩小姐非常肯定了，冈德森太太肯定是怀孕了。霍恩小姐称自己还和她一同走过一小段路，当时冈德森太太看起来很尴尬、很局促。

她们对这个消息很敏感，甚至是兴趣盎然，仔仔细细地议论了很长时间。之前她们热议的话题——基特尔森小姐的母亲，也就是那个开了布店的女人被债主逼债的事——现在早被抛到九霄云外。现在，也没人再议论冈德森夫妇在特雷泽街的那个田园式的小房子。相反，她们觉得这一切都是一种耻辱。霍恩小姐是最为冈德森先生感到惋惜的人。雅恩小姐并没有这种感觉，对冈德森先生只是稍微有些惋惜，男人应该为自己的行为负责——但是，哦，比特那个漂亮的小姑娘更可怜！

好吧，她其实一点都不漂亮，霍恩小姐嘟囔着。她根本就谈不上漂亮，是她的肤色和健康的身体让人感觉到她漂亮，而且现在她面色发黄、憔悴不堪，看起来苍老了很多。而这一切都是她自作自受。要是一个女人这么一点都不知道自爱，让男人对自己为所欲为——当然男人也有错，但那种事情本来就是男人的本性——这是霍恩小姐亲身经历所得出的经验。

“但是，我不明白的是已经订婚的人怎么还犯这样的错误，”雅恩说，“他们就不能尊重一下彼此吗？”

这场晚餐辩论中，基特尔森小姐并没有参与。自从上次和霍恩小姐起过争执后，她便被办公室的其他人孤立起来了。但是，自从她母亲发生不幸后，霍恩小姐忽然又对她献起殷勤来，体贴得让人难以置信，但是基特尔森小姐并不领情，对她依旧态度冷漠。至于雅恩小姐，基特尔森还是挺喜欢的，至少她本性不坏，即使说错了话也是因为她心直口快，想到什么就说什么。

每天和一群这样的人生活在一起，她一连数月为此感到耻辱而愤怒，震惊之余不免失望难耐。如果连冈德森先生和诺德尔小姐都是那种不知廉耻的人的话，那这世界上还有谁值得信任呢？她甚至都不敢将冈德森夫妇的事情告诉自己的母亲。他曾经那样若无其事地邀请自己去他家—— 一起去的还有……他的……或许那时他们就已经在一起了，至少办公室里的其他人都是这么说的。想到这些，基特尔森小姐又气又恨，眼里噙满了泪花。他和自己之间，平时除了工作所需要的交流外，连一句平平常常的闲话都没有。就连复活节前一天的那个周三，他过来跟她道别时都没有说类似于“复活节快乐”这样的简单祝福语。当然了，也没有主动跟自己握手——其实她自己也不愿意碰冈德森先生的手。

塞尔玛·布鲁特对于这个话题一个字也未加评论。

就在这个话题被咀嚼得毫无味道时，冈德森先生漫不经心地回答了出纳员和会计的一些无聊的问题，比如说他的妻子怎么样，不上班好不好等等。他还代比特向这些办公室的老朋友们问好，他说比特身体不太舒服，否则就会亲自来和大家打招呼。但是，冈德森夫妇想在周六办个咖啡派对，希望大家都能来。

基特尔森小姐和布鲁特小姐婉言谢绝，霍恩小姐和雅恩小姐则欣然接受。比特身上穿着白领黑色的孕妇装，满脸欢喜地接待她们，毫无难堪之色。咖啡桌上很整洁，自制的面包味道也很鲜美，小公寓里阳光明媚，让人感到暖意洋洋。此时正值五月初，阳台的门大开着。比特向她们展示了三个绿盒子,里面装满了用来种花的泥土,还有两个是准备放在厨房窗台上种香芹和香葱的。她带她们参观了自己种的玫瑰,嫩叶正长得旺盛,每一棵上都贴着一张小巧的黄色标签。

过了一会,塞尔玛·布鲁特终究还是过来了。但是,她很少说话,只是慢慢地喝着比特为她重新煮的咖啡。

当其他宾客都离去时,比特在客厅特地拉住塞尔玛,想跟她聊聊天。

“你晚上下班时能不能顺便来我家玩玩?斯特纳说他不好直接邀请你,要是你能来的话,我们俩都会非常高兴的。以前,我们三个在一起玩得都很愉快。哪天你有空了,只要早上上班时跟他讲一声,他晚上下班后就会带你过来。你可一定要来!”

塞尔玛谢过并寒暄说自己也很想来,以后会抽时间来找她玩的。但是,因为时间的关系,她后来一次也没来拜访比特,尽管斯特纳邀请过她几次。

咖啡派对结束后,霍恩小姐和雅恩小姐得出结论:冈德森夫妇肯定很早之前就订婚了,如果是这样的话,他们匆忙结婚就情有可原了。得出这种推论的依据是,她们记得冈德森太太家有一块桌布,上面的刺绣是复杂的威尼斯风格,这桌布应该是她在订婚之后绣的,而要完成这样的工作量至少需要四个月。这样一来,冈德森家的疑问总算是明了了。

但是,她们不久就有了新的谈资。这一次是塞尔玛·布鲁特家的事。她在拉南莫城做律师的妹夫达尔先生突然因心力衰竭猝死,妹妹就这样成了可怜的遗孀。妹夫生前买了保险,但有不少赔偿款因为政策的原因而泡汤了。塞尔玛也不清楚为什么政府能吞钱,但能确定的是,剩下的那点钱根本就不足以支撑艾薇达的生计。

塞尔玛·布鲁特现在是心神不宁、六神无主,除了妹妹家的不幸外,她跟别人就没别的话题。任何人只要一进办公室,她就找机会向他们请教一些关于遗产、保险的问题。新来的秘书几乎被她逼疯了,因为布鲁特一遍又一遍地向他倾诉拉南莫城发生的不幸。公寓的其他人也都因为同样的原因像躲难民一样躲着她。莫勒倒是善良而有耐心,但是他不懂遗产或保险的政策,而且也不知道是为什么,那段时间他常常夜不归家。

霍恩小姐生来就热情奔放,甚至称得上是个有能耐的人,总是不放过任何机会向别人卖弄自己的深谋远虑和博学多识。所以下班后,她就跟塞尔玛一起看律师和艾薇达寄来的信,然后帮塞尔玛回信。有时还煞有介事地问一些问题,让塞尔玛回答,在废纸上一遍遍画资产负债表。不管怎样,有这样"富有权威性"的人陪着,塞尔玛总算是宽心了不少。

但是夜深人静时,当她一个人在公寓里喝着自己煮的茶(别人一般那时早就用完晚餐入睡了),在落寞的房间里踱来踱去时,总会不由自主地趴到床上默默抽泣……

她一次次地拿出艾薇达寄来的一捆捆绝望的信,从那份骇人的电报开始,一遍遍阅读,边看边哭,看完后信上早已布满了她的斑斑泪迹。每次看到这些信,她的心情就会跟那个周末早上刚接到电报时一样地悲恸和难以理解,整个人都会一下子跌倒在地,不断向上帝祈祷——好像祈祷就能改变这个事实一样——她祈祷这个电报是错误的,达尔先生没有去世。

她还没来得及好好认识一下这个妹夫,但却不止一次地为他祷告,只因他是艾薇达的丈夫。他曾经几近疯狂地爱着艾薇达,他俩订婚时他还慷慨地送自己漂亮礼物。艾薇达并没有像他一样忘情地深沐爱河，但是塞尔玛坚信他们两个定能幸福快乐地生活在一起。她知道他们夫妇有一座不错的房子，过着上流社会的生活。未出阁时，妹妹就是家人的掌上明珠，她因而想当然地认为妹妹无论是在哪里都应该是受人宠爱、过着无忧无虑的生活，毕竟她人长得标致，头脑也聪颖。痛哭了几个小时之后，她似乎感到接下来的日子会很糟糕，但转念一想，谢天谢地，不管怎么说艾薇达夫家家底还算不错。

现在的艾薇达成了一名可怜的寡妇，肚子里还怀着一个未出世的孩子。而且据霍恩小姐说，艾薇达每个月能领到的钱不会超过四十克朗。霍恩小姐还建议她劝妹妹用手里的钱做点买卖，但是要找到合适的生意并不是一件简单的事情。

最后商量的结果是，秋天时让艾薇达搬到克里斯丁那和塞尔玛一起生活。所幸的是，塞尔玛现在的工作还不错，能够补贴她的生活。她们可以先租一个小公寓，艾薇达暂时先料理两边的家务，根据事态的发展再做下一步打算。

5

她们搬到了靠近塞克森斯山的一栋带厨房的两居室里。艾薇达从家里搬来了一些家具，塞尔玛买了一张沙发床，一个美式摇椅。租的房子里配了一个带抽屉的衣柜。

开始的一段日子里，她们早上会雇个女孩帮着做家务。艾薇达的身体很不舒服，不适合做太多家务，只能偶尔做做早饭。塞尔玛会先洗了餐具再去上班，晚上回家后还要做晚饭。但是她确实很享受这种做点家务的感觉。当忙碌的一天结束时，她有时候会感到一些疲惫，但是她相信自己做家务活就算是休息了，就像曾经在某本书上读到的那句话一样：做不同的事情就相当于休息。

目前的这种状况只是暂时的。等艾薇达生完孩子，身体恢复好了，当然也就可以多做一些家务了，至少能够保证让塞尔玛不想做家务的时候就可以不做。另外，艾薇达也想办个钢琴班挣些钱。眼下她们只能靠塞尔玛每月一百克朗的工资还有艾薇达每月二十七克朗过活，这二十七克朗就是丈夫去世她领到的赔偿金。

在塞尔玛看来，最难熬的是艾薇达的脾气，这段时间她变得古怪执拗、难以相处。但是这也是可以理解、无可厚非的，谁摊上这种倒霉的事情都会有些神经质。塞尔玛佩服那些能够完全走出这种阴影的人。经历了这些之后，艾薇达这个被宠溺、过惯了衣食无忧生活的人，现在肯定会感到贫困是件令人痛苦到难以忍受的事。艾薇达现在暴躁易怒，塞尔玛甚至不敢跟她讲话。她经常突然就发起火来，塞尔玛也不知道究竟是什么惹怒了她。

比如说，有一个周六她们要吃鱼糜和稻米油煎饼，稻米油煎饼做起来比较费时间。当时，塞尔玛不知道饭做到哪一步了，就随口问了下饭做好没，根本就没有责备的意思。实际上，她的本意是想帮着做稻米油煎饼，这样就可以让艾薇达少站一会。可就是这样简单的问话也能激怒艾薇达。

塞尔玛没说什么就去摆桌椅了。艾薇达把鱼放在了火炉上，两个煤气炉上，一个煮着鱼，一个煎着饼。因为煎饼的香味太浓，她没有闻到鱼已经烧焦了。烧煳的鱼很难吃，但是看在艾薇达的份上，塞尔玛还是忍着怪味吃了一点。即便是鱼做成这样，她一句埋怨艾薇达的话也没说。艾薇达倒是先开口了：

“是，我知道这鱼很难吃。反正是什么都能碍着你。你跟施舍难民一样让我住在这讨生活，你就有权利要求准时准点地给你奉上美食。”

“噢，别这么说，我亲爱的薇拉[①]。我知道你也不想把鱼做坏。”

“我承认我不会做饭。你知道的，我又没学过。以前我都是有女仆的。再说了，这种事情也不是那么容易学的。我告诉你，当一个人连最小的帮助也无从寻求时，那么花每一分钱他都会反复考虑的。”

“我的宝贝，我一点点都没有责备你的意思。我觉得你做得够好了。”

“我知道我现在靠你过活，但是你别忘了，我过得也不开心。我向你保证，我最希望的是自己能找个工作，不再做你的累赘。”

“艾薇达，你千万不要这么说。能给你帮点忙我是非常开心的。”

“不管怎么说，”艾薇达不顾她的恳请，继续说道，“一个人若是下定决心想做出些改变的话，总是能做到的。我觉得我最好去一下职业介绍所，我想着自己兴许能找到个洗洗涮涮或是打扫办公室的活。对于那些怀有身孕却迫于生存压力而不得不做些擦擦洗洗工作的人，谁都没资格取笑她们。或者说我也可以做些肥皂生意，就跟你那个叫霍恩的小姐建议的那样。我，开个肥皂铺！哈！”

“薇拉！我亲爱的，求你别说了！”塞尔玛哀求着，想去拥抱她，但是艾薇达甩开了她并站了起来。

“好，我看这一切很快就会结束了。我希望我能早点死——

① 薇拉，艾薇达的昵称。

反正这段日子我也难受得要命。我真不想活了,希望孩子也一起死,这样的话他以后就不会依赖任何人了。万一他不幸活了下来,你直接把他丢进收留所就行了。”

“艾薇达!”塞尔玛尖叫着她的名字希望能够制止她。艾薇达不搭理她,反而冲进卧室并锁上了房门。她躲在屋里边哭边叫,任凭塞尔玛怎么敲门、拍门,她都不做任何反应。

收拾清洗了餐具,塞尔玛再次来到门前敲门,这次她妹妹至少是开门了。她已经松了衣带,直挺挺地躺在床上,闭着眼睛不停地呻吟。塞尔玛坐在床沿上,轻轻拍打着她的脸颊和双手。

“薇拉,你这是生病了吗?”

“不是,”艾薇达呻吟着说,“你就不能让我安静会吗?我有些头疼,还有点累。”

“我们出去逛一会怎么样?”塞尔玛小心翼翼提议道,“你有没有觉得做点锻炼,吸收点清新空气会对你的身体更好呢?”

“做锻炼!亏你说得出来。你要是只知道锻炼的话——”

“我知道,我经常听人说像你这样整天坐在屋里对身体不好。我们可以走得慢一些,只到塞克森斯山上走走就行了,然后再找个茶馆喝点茶水。”塞尔玛极力劝她。

“我不去,要去你就一个人去吧。”

“当然不了,要是你不去的话,我自然也会留下来陪你。”

“不,别,你还是快去吧。你不需要你为我做什么牺牲。我知道你很想去的。”

“除非你和我一起,亲爱的。”

“哦,你去吧——这样我也可以睡一会。你不知道你坐在这,跟个警卫似的看着我,我根本就睡不着!”

最终还是塞尔玛一个人去了。爬上塞克森斯山,塞尔玛一个人在长凳上坐了很久，这天天气很好，阳光明媚，微风怡人。

草坪上的草还很浓密，绿油油的一片；树上叶子还很多，但已经变成了黄色或红色；蓝天白云还有四周美妙的树木倒映在湖面上。时不时会有一片黄色的树叶悄声飘落在湖水里，受到惊吓的鸭子和天鹅轻盈地游开，在波光粼粼的水面上划出一圈圈涟漪。

此时的山上人很少。塞尔玛在这长凳上坐了很久，时不时用手帕狠狠地擦擦眼睛，但眼泪还是止不住地往下流，她沉浸在自己的世界里，完全忘了周围的一切。直到有人推着婴儿车停在她身后跟她打招呼。

来的是冈德森太太——比特，她静静地坐在了塞尔玛旁边，假装没注意到她正哭泣。她自顾自地拉开婴儿车上的帐篷，眼睛盯着里面的孩子，边轻轻地摇车边赞叹十月中旬了竟还有这样温暖的好天气，她还时不时向塞尔玛打听办公室的新闻。

塞尔玛极力让自己镇定下来。出于礼貌，她请求看一看婴儿。

“噢，当然可以了，我们都觉得她很可爱。但是你得夸赞她点别的。”比特一边不以为然地说着，一边掀开小推车上的帐篷。

刚才还在哭泣的塞尔玛，看着眼前这个年轻的女人满脸微笑地抱出婴儿，轻抚着婴儿的脸，脸上瞬间明媚起来，仿佛比特对婴儿的抚摸也给她带来了一丝欢愉。塞尔玛看到孩子后惊道：“真不敢相信你带这么小的孩子出门！这天气还是挺冷的。不过，其实——”她意识到自己的语气较重，便匆忙改口继续道，“她也不算是太小。她应该出生了一段时间了吧。”

比特并没在意，依旧保持着微笑。塞尔玛此时才注意到冈德森太太变了不少，她现在身形肥胖，表情呆滞，满身透着主妇味，看起来老了很多。塞尔玛对比特的这种变化颇感满意，甚至有些洋洋自得。

“是的，到周一她就十周大了呢。天气好的时候，我都会带她出来散散步。你看看，她都已经适应了这种新鲜空气。她还不到一周大的时候，斯特纳就经常带她到阳台上玩。”

“你这一年的变化可真大啊！我不得不说这一切发生得真是太快了！”塞尔玛试着谈点别的。

“是的，你说的不错。天不早了，我现在必须得回家了。我一般会在太阳下山前带她回家。你跟我一起回去吧，布鲁特小姐，我们可以一起喝点茶。我昨天烤了一些燕麦饼，味道还不错。家里还有一些苹果酱。”

塞尔玛解释，因为妹妹的原因自己不能去。但是比特一再劝她，并向她保证让艾薇达安心睡一觉会对孕妇有益。最终塞尔玛决定跟比特一起回家。她们走到尤福斯路时，塞尔玛开始向她吐露艾薇达身上所发生的不幸。

比特安慰她。她说自己听说过很多女人怀孕后都会变得不可理喻，但是这个阶段总会过去的。塞尔玛还一遍遍告诉她艾薇达其实本性是非常善良、体贴人的，脾气好的时候甚至可以用温顺来形容她，而且她还颇有幽默感。等这一切都结束后，她们就会像以前一样重新和睦相处。塞尔玛还说，对于像艾薇达这样有天赋的人，招收钢琴学生很简单。比特对这一点也很有信心。

等走到冈德森家门口时，塞尔玛的心情已经是非常好了。她觉得自己必须得帮比特把婴儿车搬上楼梯，这样自己才好留下来喝杯茶。茶味道不错，塞尔玛在这里玩得非常开心以至于忘了时间。就在她要走的时候，斯特纳·冈德森回来了。他们还盛情邀请她下次带妹妹艾薇达一起来玩。

往家赶的路上，她为自己在外面呆了这么久而感到愧疚。幸好到家时，艾薇达还在睡，直到塞尔玛准备好晚餐时才醒。此时的她脾气又变得和从前一样温和了，塞尔玛也随之变得非常开心。

自从她们住在这以来，很少有人来拜访她们。开始时，霍恩小姐倒是经常来，但是当看到达尔太太丝毫没有听从她的意见做点生意的意思，而是情愿每月就靠领到的二十七克朗生活时，她也对塞尔玛和艾薇达的事情失去了兴致。对此，塞尔玛并没不介意，因为艾薇达从来就没喜欢过霍恩小姐。

莫勒偶尔来拜访一下她们，但是艾薇达也不喜欢他来。后来的一天，她们收到了一张订婚卡片，上面写着：克里斯托弗·莫勒药剂师和黛西·莫勒，没写女方的娘家姓。有一天上班时，布鲁特小姐听办公室一个和莫勒租同一栋楼的女人说，黛西·莫勒太太根本就不能算是有娘家姓的人。在成为莫勒太太之前，她曾在广场街上经营一家烟草店，那时候自称是罗森格林太太。人们都叫她"晚霞"。

但是当塞尔玛收到卡片时并不知道这些，她坐在椅子上看着这两张卡片。说：

"真为他感到高兴！"

"真想不通是什么样的人愿意接受莫勒那样丑陋的老头子！"艾薇达说道。

"其实莫勒也有很多优点的，"塞尔玛热情地继续说道，"他长相不好，人也粗俗，但是这并不能影响什么——我还是替他感到开心。有的时候，我为他感到可惜，还有些愧疚，因为他曾暗恋过我。"

"你竟然没答应他，真是太蠢了！"艾薇达继续埋怨道，"他其实还算有点钱的，这我知道，如果你喜欢他的话——"

“我的老天爷，你可别这样！别说这么荒谬的话，你肯定想不到我其实一点点都没爱上他。”

“爱？”艾薇达不以为然地哼道，“就你这年纪？能嫁给他你都得谢天谢地。至少要比当个老处女，一个人慢慢死掉好。”

“那也绝对不可以。我绝对不会为了结婚而结婚。呃，那样的话就跟出卖自己没两样。不行，没有爱的话，人就不应该结婚——这就是我的观点。”

“听听你这话！说得就跟你是个十五岁的小姑娘而不是三十五岁的老女人一样，”她妹妹坐在摇椅上继续道，“但是，当然了，要是你就想过这种无牵无挂的生活的话……”

“跟一个不爱的人结婚，我宁愿选择孤老终生，”塞尔玛打断她，“再说了，”她压低了声音，继续道，“曾经我也爱过一个男人，所以……”

艾薇达并没什么反应，塞尔玛继续道：“这就是原因了。”

“那么，为什么你俩没什么结果啊？”艾薇达停了一会问道，很明显对她的话不感兴趣。“我猜是不是他根本就不在乎你啊？”

“噢，不，他是在乎我的。这我确信，非常确信。”

“他求婚了吗？或者有没有说点别的？”

“这种事情不需要别人告诉你你也是能感觉到的。”塞尔玛看着灯微笑着继续说道，“他以他自己的方式暗示了他其实是喜欢我的。当我们一起出去时，他看我的眼神，对，那眼神我记得很清楚。他想了很多事情来取悦我，他对我一向友善，很细心，什么都考虑得很周到。我们在一起时过得很开心，是两个人都开心的那种。”

“那么，你为什么没有嫁给他呢？”

“这个啊，这就说来话长了。”塞尔玛叹气道，“他是我们办公室的。办公室里还有一个女孩，我们经常跟她一起出去，她想尽办法地去讨好、巴结他。好吧，后来事情越来越复杂，结果是他出于义务就娶了她。”

艾薇达坐在摇椅里来回摇着，两腿分开，胳膊交叉在胸前，一副漠不关心的样子。

“但是我一点都不怪他，”塞尔玛温柔地继续说，“我说过，是那个女人费尽心机地讨好他。当一个女人为了得到一个男人而不择手段时，那她就会……你知道的，男人对这种事情是没什么抵抗力的，特别是他那样心地善良却又有些内向的男人。你不知道，他有时候像孩子一样单纯。但是，我很清楚他对我的爱，但是他自己却羞于用语言来直截了当地表达对我的爱。可怜的男人，那样的话会让他感到不好意思的。你知道的，我也不方便鼓励他说出来，否则就越界了。”

“哦，是的——这事得男人主动！”艾薇达回道。

“但是，我确信他爱的人是我，”塞尔玛继续道，“尽管，我也相信他现在跟妻子日子过得还可以。他们已经有了孩子，这孩子就是他们之间的纽带。现在我相信他的妻子也挺能干，他们的孩子肯定也会尽其所能地逗他开心。其实，他妻子这个人也还算是个不错的姑娘，真的。”

因为艾薇达并没问什么问题，塞尔玛就直截了当地说：“我不妨就全告诉你吧。这个男人就是冈德森先生。可怜的男人，就连现在他都想邀我去他家以便能够多见见我。开始时，我不想理他。但是现在，我觉得我应该时不时地去看看他。只要能让他开心，我什么都愿意做。”

以后的夜晚，塞尔玛总能把话题扯到这上面，但艾薇达的反应却很平淡，因为她对塞尔玛的爱情故事毫无兴趣。艾薇达唯一想聊的就是她自己的不幸，特别是怀孕给她带来的痛苦。只要稍微有些不适或是难受她都会很详细地讲给塞尔玛听。她不厌其烦地、一遍又一遍地告诉塞尔玛，自己两年前流产时所经历的那种钻心的痛苦，现在她是多么害怕那样可怕的事情再次发生。

塞尔玛对她的话题倒是十分感兴趣。与生俱来的同情心使她极容易对这类事情入迷。她有问题便问，艾薇达也带着极大的热情给她解释。

但是怀孕、流产这种事情究竟能给一个女人带来多大的痛苦，她是无法理解的。十一月份的一个晚上，她叫了一辆车将妹妹送到医院后，一路哆哆嗦嗦地挪回家，耳畔一直萦绕着艾薇达痛苦的呻吟声。她一路上都在尽其所能地祈祷上帝能够保佑妹妹平安顺利。

到家后，她连外套都没脱，一个人静静地坐在清冷的屋子里发抖。炉子里的火早灭了，但是一想到艾薇达还在受苦，她就没有心思生火，无法让自己舒服地呆在家里。她在心里念叨着，要是艾薇达这次再也回不来了——有可能就在这一刻难产而死了——啊，上帝啊，帮帮她吧！

第二天再次来到医院时，她获知艾薇达在那晚的凌晨两点产下一个男婴，一切都很顺利。中午时，医生便允许她进入病房看望妹妹了。艾薇达疲惫不堪地躺在床上，虽然面无血色，但依旧美丽，两只眼睛温柔地看着旁边婴儿的小红脸蛋。这就是她的小侄子了！

之后，她便急匆匆地赶回家，一路欢呼雀跃。她要立马好好布置一下她们的这两个小房间。想到艾薇达会抱着那个小家伙回家，她一刻都不想耽误，想快点把房间收拾得漂漂亮亮、舒舒服服的，等着他们回家。她相信艾薇达回家后就会慢慢变得活泼可爱，身体也会慢慢康复，脾气也会变得温顺，她们就能像以前一样快快乐乐地生活。还有那个小男孩——哦，想到他她就激动。艾薇达肯定会让自己帮着一起照料这个小家伙，也好让她体验一下做塞尔玛姨妈的感觉。

6

冈德森家的卧室里，塞尔玛坐在比特身旁，看着她轻轻地把小比特从床上抱起来。

这是五月份的一个阳光明媚的周六。自今年开春以来，塞尔玛已经来冈德森家拜访过几次了。

比特把孩子从胸前移开，系上自己衣服的纽扣。孩子躺在她的膝盖上，身上只裹了件毛毯。这小家伙不停地踢来踢去，不时地将毛毯踢掉，露出光溜溜的身子以享受毫无束缚的自由。

塞尔玛弯下腰，伸手挠着婴儿的下巴，嘴里说着："咯吱咯吱。小甜心就是你啊！她真可爱，冈德森太太，不过我觉得她真是太瘦了。"

"她每个月的体重增长都很正常。不过，她倒是从没胖过。"

"你真该看看我的小侄子！他胖嘟嘟的，身体很健壮，你看一眼就会觉得很开心。手腕和脚踝处的褶痕很深，胳膊和腿都是一节一节的，像新采的莲藕一样。噢，他长得真是太漂亮了！你确定她能吃饱吗？她现在都八个月大了，你难道除了母乳外就没给她加点别的食物吗？给她吃点别的吧，她很快就能长胖。看看她手细得跟钩子一样，哦，可怜的小宝贝！"

"她有吃别的东西。我给她吃燕麦片粥，有时候还会给她吃蒸蛋。但是，她还不太会用勺子——她就只会敲勺子、玩勺子。"

比特说着给婴儿翻了翻身。

“哦,是的,我们家的小男孩也是一样的调皮捣蛋。看着他搞出一出出的恶作剧是不是也很有意思啊?你根本都不敢相信他能做出那些事。等哪个晚上,你一定得过来看看他洗澡的样子——我真心觉得这时候的孩子才是最可爱的。来看看他是怎么踢来踢去、把水溅得到处都是!你家的图拉倒是安静得多。晚上有空时你可一定得来。你七点前把她安顿好,让你丈夫替你照看一两个小时。周六下午来也行,可以带她一起过来。”

“要是你下班后他还没上床的话,我再过去玩会不会耽误他睡觉吧?”比特问道。

“哦,他白天睡得够多了,没关系的。要是艾薇达真想让他睡的话,也不会睡太早,毕竟她还要做家务、教学生。”

“她早上不给他洗澡吗?”

“她早上有太多事要做。再说了,这孩子似乎最喜欢让我给他洗。薇拉给他洗的时候,他经常大哭大叫——薇拉有时候都会因这事嫉妒我,可能是我晚上经常陪他玩的原因吧。”

比特站起来把孩子放进婴儿车内。

“晚上还要带孩子是不是有些太累了?毕竟你白天还要上班,要早起准时赶到办公室。听你说,那孩子很调皮。你至少应该让他养成准时吃奶的习惯。”

“哦,不,我们家的这个小家伙才不会呢!他得不到想要的东西就会嚎啕大哭,直到得到为止。别看他小,性子顽固着呢。艾薇达在房间内听到他的哭声,自然会感到心疼。她带他的时候,都是只要他有点动静就给他奶瓶的。好吧,这也是可以理解的——一个母亲是绝对不忍心看着自己孩子哭的。还有,艾薇达神经有些敏感,这是天生的。让艾薇达这样天生的音乐家来给那些初学者或者悟性差的人上音乐课，对她来说本身就是一种漫长的煎熬。”

“那么，你妹妹的学生多吗？”往起居室走的路上，比特问道。

“已经有四个了，也就是说每月有二十克朗的收入。唯一的麻烦就是他们没有按期付学费。但不管怎么说，他们家里都比较富裕，不会赖账的。我们希望能够再招收些学生。她是想再多点收入，可怜的人儿，她现在真是精力充沛、工作卖力……”

比特从壁角柜拿出一个酒瓶和几个杯子。

“我住在克拉克勒的表亲前几天送了我一些黑茶栗子甜酒。”

“真好啊！谢谢你，不过我一会就得回去了。艾薇达今晚要去给一个音乐会伴奏——是她的一个朋友邀请她去的。这酒不错，味道棒极了。我想我这个秋天也该酿一些甜酒。冈德森太太，我跟你说，那种能够重新拥有一个家的感觉真是太好了，简直妙不可言。这种感觉跟租住在寄宿宿舍真是大不一样。我想你丈夫也会有相同的体会。”

这时，冈德森先生来到了门前。

“你回来了，布鲁特小姐都快要走了。”看到他进来，比特说道。

“晚上好，布鲁特小姐！别走，再呆一会吧。我们可以坐在一起再聊点别的。我猜你们肯定一直都在聊关于孩子的话题。”说着给自己倒了一杯甜酒，也给塞尔玛的杯子添加了一些。

“别，谢谢，别再给我倒了。我现在必须得回家了。最近的天气真是太好了！我想我明天应该带我的小侄子出门散散步。冈德森太太，你也带孩子到塞克森斯山上来玩吧，现在山上很美的。我怎么还坐在这，我必须要走了——”

冈德森先生帮她取了外套并随手递给了她。

“噢，有件事我必须得告诉你。上次我来这——确切说是四周的时候，那天天色比现在要晚。呃，当然天还没黑下来，但也已是黄昏了。我正沿着尤福斯路往家赶的时候，你们猜我遇到什么了？一个男人朝我追了上来—— 一个长相英俊、衣着考究的年轻男人，颇有几分魅力呢，他跑到我面前给我说晚上好。你见过这么冒失的人吗？他还说：‘这么美好的夜晚，你怎么可以一个人独行呢？让我和你一起走吧。’当然了，我肯定是假装没听到，继续走我的路。但奇怪的是，他却直接跟着我，还不停地试着跟我讲话。他跟了我一路，直到走到索菲街和伯卢肯大道交叉的路口，我看到了一个巡逻的警察。于是我转过脸来，直截了当地跟他讲：‘要么你现在自己走人，要么你就跟我一起进警局，随你选。’你们猜他怎么做的？他举着帽子说：‘这么美丽的女孩脾气竟然这么坏，真是太可惜了。再会！’说完他就走了。但是，你知道吗，我当时忍不住就笑了出来，尽管我两条腿都还在打颤。其实，我到家后身上都还发抖。”

冈德森先生已经取下了自己的帽子。

“亲爱的冈德森先生，你这不会是要送我回去吧？”

“当然了，应该送的。防止你的哪个不知名的爱慕者再在尤福斯路上跟踪你。”

“呃，说的也是。我承认有人陪着很好，那段路真是又长又孤独。我搞不明白为什么一个女人就不能安安全全地在街上行走。经常有人给我讲，快到办公室的那段路也很糟糕，这你是知道的。有一天晚上，我一个人走在斯汀那街上时，竟然有人直接跑过来搂我的腰，估计是从一个老城区跑来的无赖。

“再见，冈德森太太，今晚真是太谢谢你了。我说真的，你哪天晚上有时间了可一定得去看看我家的小家伙。我每次回到家都会先抱抱他、亲亲他。”

斯特纳到家时，比特已经准备好了晚餐。她正站在阳台上，眺望对面房子上那抹最后的淡黄色的余晖。

他悄声走了进来，双手环住她的腰，将脸绕过肩头放在她胸脯上。比特轻柔地抚摸着他的头发和脖子。

“可真够可爱的。”她温柔地说。

他抬头看看天空，说：“是啊。”并拿起她的手放在自己的嘴唇上轻轻摩擦。

“我是说她竟然也会喜欢那个孩子，她是不是很可爱？”

“噢，你是说塞尔玛·布鲁特？”

比特点了点头。仿佛是为了宣泄自己无法言喻的情感，她突然抽出手，抱住他的脖子，使劲地亲吻。

但接下来就慢慢地松开了他。她拉上帘子，点上灯，将开水冲进茶壶里。

“是不是很奇怪，我们竟然会有一些那种感觉？我们也不知道事情以后会发展成什么样子，但我们确实知道生活有时候会有多糟糕。但是，拥有他们又能让生活充满无穷的乐趣——我说的是孩子。还有比这种想法更自私的吗？”

她是笑着说这些的。她站在那里，脸朝卧室的门，认真地听着，一只胳膊向前伸着，定格在要从桌子上拿东西的姿势。在斯特纳眼里，此时的比特充满魅力，扭着头，脸上洋溢着幸福的微笑，伸出的胳膊在淡黄色的灯光下熠熠生辉。

卧室里很安静，显然孩子已经睡熟了。比特把水杯递给斯特纳后坐了下来。

“我怀疑她根本连恋爱都没谈过。”他说。

“噢，肯定谈过。当然是在她年轻的时候了。”

“估计是吧，我猜你们都是在十九二十岁的小姑娘的时候就谈过恋爱了吧。”

“我在遇到你之前可从来没有谈过，”比特一脸严肃地说，“遇到你的时候我也已经二十三岁了。我还以为我不会恋爱了，毕竟这么老了都还没有过。”

斯特纳拿起她的手，放在嘴边吻了吻。

“喔，亲爱的比特，但——”他沉思片刻后继续说道，“她真是太可惜了。她这么好的一个人，应该拥有自己的家庭和孩子的。现在，我看她会被她妹妹和妹妹的孩子连累终生。她对于爱情所有的认识，要么是同事告诉她的，要么是在街头巷尾听说的。她还会在某种程度上感激别人告诉她这些东西。”

“是的，”比特轻声附和着，“斯特纳，我跟你说，或许她还觉得照顾妹妹和那孩子是件求之不得的美差。你看，陌生的尾随者跟她说话或吓唬她，她都会浑身发抖。但当她那个妹妹想方设法地把自己的压力转移到她身上——像熬夜哄孩子之类的，她就很高兴，就像一辈子也没这么高兴过一样。”

“是的，”斯特纳点了点头，嘴角现出一丝无奈的笑意，“或许这就是所谓的‘福祸相依，人各有命’吧……”

“嗯，或许是这样的吧。”比特点头说道，声音低沉。

（孙小芳　译）

邱道夫

1

“一名六周大、身体健康的男婴，家境体面，被送给家庭条件优越却没有孩子的夫妇作为亲生孩子抚养长大。”

“你看，我现在的情况抚养他也不是一件易事。”厄达尔女士说道，低头看着临时婴儿床里熟睡的婴儿。她弯曲着瘦削的手指，划过婴儿面色发黄的小脸庞。那婴儿床是由两把扶手椅并在一起搭成的。

来人没有任何回应，只是深呼了一口气，好似屋内的空气压抑着她。

室内热得令人窒息，黑漆漆的一片。屋外庭院里弥漫着浓厚而寒冷的雾气。屋子后面的窗户像黑色的小补丁一样钉在墙上。房间十分狭小，窗户那儿缝纫机旁的桌子上堆着一堆缝纫物，吊灯下细长腿的圆桌子以及墙边长沙发床上也堆着缝纫物。

“这真不是一件易事，”厄达尔女士叹息着，“为这些商店工作，薪水少得可怜；你还必须整日里烧着火，让自己有食物吃不饿肚子；还要保持这里的整齐等等。你知道，我从没在家里做过这种女装裁缝，除非在晚上或者夏日，我的老板去乡下了，才会偶尔有一些为其他公寓的人做的活儿。你可以认为我有一些老客户，比如说安德豪格斯街的汉森家。算起来，我为他们家做了二十五年的缝纫了——到去年四月份就有二十五年了。照管这些以及小家伙很费时间，要清洗哺乳瓶以及洗衣服，不是吗？”

“要不然我肯定会接受他的，我真的很喜欢这孩子。”

“尽管如此，我还是要表示谢意！相信我，约翰森夫人，某些时候，我在尽自己的一份力量帮助我的兄弟和他的孩子们。范妮去商业学校也是我资助的——范妮是这孩子的母亲。目前，孩子是我得到的唯一的东西。”

“她是如此善良而美丽的一个女孩，突然就变成那样……好吧，你自己看看。”她从涡卷形托臂桌上拿起一张照片，递给了客人。

约翰森夫人瞥了一眼，未作任何评论，又将照片还给了厄达尔女士。

“父亲呢？”她问道，声音低沉而沙哑，“他难道没有出钱？”

“谁？他啊？”厄达尔女士嗤之以鼻地说道，“他，有妻子和五个孩子。一开始，他跟范妮说自己离婚了，然后又告诉孩子们说自己将要——但是，他得小心避免事情穿帮。范妮在海尔什勒布斯街盘了一家小的肥皂店。你看，她就是照顾他和孩子们的人。如果他离婚了的话，就得付抚养费，所以离婚这绝对不可能。范妮怎么可能与一个自己完全不了解的人表现的一样呢？这真是一个谜。虽然父母很有修养，但他只有高中学历，仅此而已。我是通过斯坦德家知道这些的，我曾经在那儿工作过，他们认识他。他父亲是斯坦德夫人家乡的一位医生。斯坦德夫人知道其中一个孩子学坏了，就在这个镇上为广告商招徕顾客。这些都是千真万确的，她告诉我的。”

“只是我丈夫，”约翰森夫人静静地回答道，“我很开心能够白得一个孩子，但是我丈夫说当他长大以后，我们的开支也会增长。有大把的人愿意花费一千来块钱，然后将他带到一个很好的家庭中去。我指的是修养比较好的夫妇。因此，他说五百美金是最低限——”

“有个来自瓦克尔的女士说，要是三百美金就会把孩子领走，”厄达尔女士说道，“但是，我才不管她的算计……”

厄达尔女士瞥了一下客人，不知道她是由什么物质做成的。约翰森从某个方面看很漂亮，但是，她狭长的脸颊十分苍白，颧骨上的皮肤紧致。角落中，她钢青色的眼睛深邃见不到底。薄薄的嘴唇高高撇起。如果你近距离看她的话，可以发现她深褐色的头发中夹杂着几缕白头发，分开在白净的额头上，顺滑地延伸到后面大大的圆髻上。否则，也许她会把那些年轻女孩比下去。

无论如何，约翰森夫人都是一个一丝不苟的人，这一点厄达尔女士能够看出来。她的衣服虽然裁剪旧式，但布料优良，而且保存良好。外面穿着一件瘦长的外套。裁缝可以看出来，那手筒样式虽然过时了，却是上乘的皮毛制成。小巧的帽子上的鸵鸟羽毛厚实，样式很新奇。她将外面的衣服松开了，颈前别着一排旧式的白色领针。

所有的打扮都是闲适虔诚的人的着装样子，显得相当富有。他们有自己的房子，这一点约翰森夫人曾提到过。如果能让可怜的小家伙邱道夫跟着他们，也许是件不错的事情。虽然她也很喜欢这孩子，但是她迫切想结束这一切，摆脱范妮和跟她有关的一切事情。

海伦·约翰森夫人也犹豫不决。朱利斯另外还嘱咐过她必须搞清楚一件事情：这孩子是否足够健康，确保不会给家庭带来任何肮脏的疾病。但是，约翰森夫人不太喜欢询问这个问题。

“他总出很多汗，是吗?”当海伦轻柔地将手拂过床单被罩的时候，她问的全是这类问题。

“他们需要保暖，你懂的，这些幼小的婴儿。”厄达尔女士一边弯下腰，一边回答道。

孩子睁开一双漆黑的大眼睛，大声哭起来。他脸上的皮肤皱皱巴巴的，小脸红扑扑的。“那儿，那儿——姑妈把他的奶瓶递过来——就在那儿，那儿，嘘——嘘——”

海伦再次坐下，看着放声大哭的小孩。现在，带着有点迟疑的小动作，她放下了自己的手笼、手袋和披肩，双手别扭地抱起了孩子。他尿床了。海伦用放在孩子身上的围巾将孩子裹起来，抱到自己的腿上。当她把孩子的脸转过来、摇晃着他时，孩子立即停止了哭泣。

“这样好一点，对吗?”她轻声说着，“好些了，是不是，小家伙?”

她用那双因为工作而粗糙不堪的手温柔地托着那张柔软的小脸。

2

海伦快速地沿着沃格慈街道往上走去。厄达尔女士的家里太暖和了，穿着外套在那儿待久了，出来以后她感到有点发抖。

她深深地沉浸在自己的思绪中，没有注意到某些与白天街道上灰蒙蒙的水汽类似的东西。她母亲的一个姨妈曾住在索尔豪格街道。海伦在克里斯蒂安工作的日子里，唯一去过的地方就是那儿。

寒冷的雾气拍打着她的脸颊，生疼生疼的。人行道光滑，又不平坦，一路走来煞是累人。车道上的积雪早已被翻搅成灰色的泥浆。天黑下来，人们拖着沉重的脚步向海伦走来，他们看上去很阴郁，步履匆匆。房屋高高地矗立在雾中，看上去似乎比往日里更为暗沉脏乱。虽然时近正午，商店里却点了灯，结了霜的橱窗透出一缕油黄色的光。海伦对这一切毫无感知，街道上所有的喧哗都被照单全收了：有轨电车呼啸着往山上开去；马匹在难走的路面挣扎着往上走，马具的铃铛发出叮叮当当的声音；路面寒冷而坚硬，人行道上还结了一块一块的冰；学童成群结队地从她身边风一样地飘过，留下一串串抱怨。

她走到一家蔬菜水果店，买了两个云杉杉木和四季常青的花朵做成的花环。当她到达墓地的时候，黄昏已至。侧面的小道早已消失在雾中，只剩下白茫茫的一片。蒙霜的两排桦树之间，雪地上还未有过行人的脚印。她继续往前走，雾就像在她的身前以及身后形成了一道道围墙。她要去的墓地，从覆盖着纪念碑的巨大的黄色木质板条箱到土孩子那儿开始数，是第三个。海伦将花环放到一个小小的白色土墩前，她在那儿站了片刻——雾气中可以看见一道黑色狭长的身影。

她看上去并没有为了图拉而悲痛欲绝，那是十年前的事了。在妇产科医院里，她的表现看上去非同寻常，奇怪至极，而且也很尴尬。她一直很讨厌那个地方。回到德勒巴克的家中，那些曾经经历过的一切都是那么不真实，她甚至都未感觉到自己有过孩子。除了朱利斯第一次去拜访她的时候，没有人看到这一切。那是第二天，海伦病得如此严重，完全无法摄入任何食物。朱利斯第二次去的时候，图拉夭折了。

从此之后，时间流逝，海伦再也没有过孩子……她的生活变得更为平静，也更加隐世。后来的几年里，朱利斯在海湾的一艘货船上当工程师，一个星期只回去差不多一天。因为这个原因，海伦真的很想念自己四年前去世的婆婆——她们过去是相当要好的朋友。这是海伦从未料想到的事情。死亡对年迈的人并没有太多的伤害。她这样傻傻地想着，一个老人怎么能表现得如此……阿曼达说年轻的时候她并不是这种类型的人，但现在看上去她能胜任任何工作。她很善良。可怜的老灵魂！现在，阿曼达也不在这儿了，她和丈夫搬去了奥达。海伦从来就不是很喜欢阿曼达，可是，现在她开始想念自己的朋友了。时间一周一周地流逝，除了去购物会开口说话外，海伦几乎都不怎么出声。

她本来就很喜欢收养小家伙邱道夫，也就是那个婴儿，这倒不是因为他来自体面的家庭，也不是因为他们的父母因为两千克朗而抛弃了他，而是因为这个可怜的小东西，他该在自己应该在的地方。可怜的小东西！当她抱起他时，他立马就不哭了，多好啊！邱道夫，多棒的名字！当她从墓地往回走时，海伦一遍一遍地独自念叨着这个名字。

如果她能借到几百克朗的话……这事没必要告诉朱利斯。这几年她通过钩针编织活儿以及帮德勒巴克的人做装饰也挣了一些钱，而且她可以很容易地赚到更多的钱。也许到克里斯蒂安的商店里去帮忙，比如说给嫁妆镶边刺绣，还可以再做一些钩针编织品的活儿——这在时下是很流行的。她可以漂亮而快速地完成了工作。她该不该去找伦德夫人谈一谈，并征求她的意见？

但是，坐上回镇里的火车时，她感觉自己无法跟伦德家谈论这些。在这一生中，她从未向他们索取什么，她没有向任何人索取过任何东西。伦德夫人是个和蔼可亲的人，总是尽力友善地对待海伦。但是感觉很奇怪：虽然她们可以尽可能好地对待一个仆人，但她们却从未真正地思考过到底她过的是一种怎样的生活，或者她对事物的真正看法。真的，有时伦德夫人会说："怎么啦，海伦？你看上去如此忧伤。"但是她的那种方式却又阻止海伦想要跟她倾诉自己那些说不清道不明的思绪。不行，她不能带着这种想法去找伦德夫人。事情很难解释……

要是她抱怨的话，那也太不厚道了。她和朱利斯一切都好。他们拥有自己的房子。海伦知道没有几家的房子像他们家的那样干净漂亮，被收拾得井井有条——夏天的寄宿生总是发出这样的赞美。他们想要买跟海伦家一样的窗帘、踏脚垫等所有的一切。他们称赞海伦的房子和花园，夸奖她的家务做得好，说住在这里很舒适，令人沉醉。她的丈夫，她也没有权利去跟他发牢骚。朱利斯是个和蔼的人，在家里总是表现很好。他对金钱倒是不上心，海伦总是能从他那儿拿到足够用的钱。偶尔，朱利斯还会给她买些真不错的礼物。这种情况在刚开始的时候比较常见。如果他忙于跟同伴应酬的话，就会频繁外出。人们必须记住，像那样的一个男人必须应付很多的诱惑。还有一件事：阿曼达也许是对的，她曾说过海伦这样安静严肃真是傻。朱利斯喜欢快活欢乐，而且他也是那种能够找到乐趣的人。

海伦突然感到眼睛湿湿的，她猛地站起身，往火车的连廊走去。到下一站下了车，海伦往镇上去了。

是的，这都是她自己的过错。她真的不善于跟人打交道，无法与大家融为一体。她总是独自一人四处走动。她以前在斯迈伦斯的房子很偏僻，几乎被世界遗忘了。她十八岁才从那儿走出来。现在她的父母早已不在世上，那里住进了陌生人。海伦所有的兄弟姐妹都在美国。一场不愉快的婚姻迫使她来到克里斯蒂安。

发生在海伦身上的故事，也经常会发生在那些尊敬自己、认为自己高于其他人的女孩身上。男孩找到了另外一个女孩，那个女孩根本就没那么……她的头两个工作让她度过了一段非常痛苦的时间：从早到晚，不断地做着苦工；忍受那些永无止境的粗俗的虐待，从来听不到一句关怀的话。后来她去了寡妇伦德夫人那儿，在那儿一待就是十年。伦德夫人和蔼可亲，而且为人正直。你没法子责备可怜的洛维萨女士。受过那样的伤害，她很焦躁，这是很自然的事情。海伦在那儿的时候，厄娜还是个毛头小姑娘。伦德夫人发现海伦在克里斯蒂安举目无亲，一个朋友也没有，于是就支付给海伦额外的工资，让她在空闲的时候，去为小女孩们做一些裙衫。海伦喜欢多赚些钱，喜欢听到伦德夫人说："哦，多漂亮的作品，海伦！这是一双多么聪慧灵巧的手啊！"晚上海伦一个人坐在女仆的房间里，看到那些从她手中慢慢出现的精巧的白色衣服时，她不禁暗自兴奋和喜悦。她常常熬夜到很晚，想要看到这些衣服装饰上她手里正在做的饰品或蕾丝以后的样子。

四下里静悄悄的，万籁俱寂。在这样的夜里工作，世上只剩下钟表走动的声音，煤油灯的温柔轻语，以及海伦自己的呼吸声。她不时地伸直后背，呼口气，就像是叹气那样。不知道自己是因为什么而如此忧伤，好似内心渴望着某些东西一样，但一定不是那些她认识的女孩子们所沉迷的东西。她对跟她们在一块儿不感兴趣，因为这些女孩总是嘲笑她，认为她愚蠢古怪。有时海伦也会跟她们出去见见她们的男孩，但是她不会感到开心。她也接受过服务，参加过聚会，可是这些让她感到不愉快。她拜访了索尔豪格街上的那些老人们，回家的时候却是如此痛苦，几乎要躺下来大哭一场。

夏天到了。洛维萨女士要去泡温泉疗养，伦德夫人因此去了德勒巴克。她们租下渔夫赫曼森的房子,就在现在海伦的房子后面。海伦第一次知道了这个年迈的女士。她总是坐在门口,海伦从那儿经过的时候,她总是会叫住海伦问一些问题,或者她会跑过去,站在厨房的窗户边跟海伦说话,一说就是几个钟头。一天晚上,海伦遇到了朱利斯。之后的一切是如何发生的,海伦早已记不起来了。她也许是在取牛奶回来的路上遇到他的,或者是在打水的途中碰到的。朱利斯走过来微微一笑,英俊的褐色面庞上露出洁白的牙齿,说道:“现在出去走走,女士?”那时海伦觉得内心有某种东西在挠着她,让她情不自禁地笑出声来。她听到自己哈哈大笑的声音,像涟漪一般荡向远处。她听到自己的笑声。是的,就是她这个不记得自己最后一次大笑的人,也禁不住嘲笑起朱利斯来,直到她的胃都笑得疼了起来。一个周日的下午,她跟朱利斯出去航海。此次旅行本来还有其他人,但是他们都没有出现。他们来到海上,清新的海风拂面而来。海伦不禁害怕起来,但是,她清楚地意识到在自己的一生中没有什么能比这次旅行还愉快的。夜晚的时候,她跟朱利斯并肩站在酸橙树下。这是一个夏日的夜晚,海湾闪烁着白色的光芒,空气中弥漫着树叶、尘土与水汽的味道。海伦回到酿酒厂自己的房间后,发现时间那么晚了,自己也吓了一跳。此时她发现自己已经无法轻易地离开朱利斯了。

后来,朱利斯终于跟海伦来到她的房间里。海伦现在还记得朱利斯的恳求。他紧紧拥抱着海伦,吻着她。海伦求他放开自己,快点走。片刻,朱利斯松开了拥抱,只是轻微的一点,海伦感到她的心像铅一样沉重。因为恐惧,她的身体渐渐变冷。害怕朱利斯会离开自己,海伦不敢再次拒绝。

第二天,海伦低着头做事,内心恐惧至极,好似任何人看着她就能够知道昨晚发生的一切。她总觉得羞愧刻在自己的脸上。但是，当她为厄娜上咖啡的时候，那个往日里总是迟迟才来到早餐桌前的女孩，那个尚未完全发育的女孩，突然看着海伦，问道："怎么啦，海伦？到底发生什么事情了，一直这样眉开眼笑的？你是突然继承了一大笔遗产，还是怎地?"一回到厨房，海伦就大叫起来。她清楚事情正如厄娜所说的那样。

只是现在，她无法理解自己为什么会变成那样。那时，对她而言似乎天地间唯有朱利斯一个人。他们在奥斯陆约会，当朱利斯向海伦走过来的时候，海伦的良心困扰着她。与此同时，她又感到自豪，感到欢欣鼓舞。当她发现自己将会孕育一个孩子的时候，羞耻和恐惧使她变得不知所措。她告诉朱利斯这个消息的时候，声音很是尖锐，尽管那并不是她的本意。其实，她只是想让朱利斯说些什么，至于说什么，海伦自己也不知道。虽然朱利斯立即就向海伦求婚了，但是那番求婚的话也不是他曾经说过的话。海伦清楚地知道自己是个好女孩。她美丽，聪明，又受人尊重，银行里还有存款。朱利斯说自己得到了某种真的很像妻子的东西，这让海伦激动不已。海伦还是有所期待，可是又不清楚自己期待着什么。这种期待从没有实现过。

海伦似乎也在等待着伦德太太开口。她不断地思考着，若是伦德太太抱怨自己的请辞，问起为何如此匆忙结婚的话，她该如何回答。也许会回答说自己也仅仅是个凡人，或者类似这样的答案。但是，伦德太太并没有对海伦在如此困难的时候突然离去有任何评论，也没有说出自己知道海伦如此匆忙结婚的原因。她仅仅说了一句：约翰森是个长得不错的小伙儿，他的房子也很棒，希望他能好好珍惜你。伦德家给了海伦六个银茶匙作为结婚礼物。在那种情况下，伦德太太对海伦还是十分慷慨的。

就那样海伦结婚了。这一切都在圣诞节之前完成了。她搬去了德鲁巴克，拥有了自己的家。她告诉自己，以这样的方式拥有现在的一切，她感到抱歉、羞愧。在那个小小的屋子里，不像在伦德家那样忙碌，她几乎无事可做。现在，海伦有时间坐下来，一坐就是好几个小时，在缝纫机旁做孩子的衣服。那架缝纫机是海伦买给自己的礼物。在怀孕的后几个月里，她睡眠很差，不是夜里很晚才睡，就是在漆黑的冬日早晨早早地醒来。因为害怕打扰到其他人，她不能用缝纫机。她会坐在火炉旁，用钩针编织，有时会做些手工，在小小的衬衫和外套上缝上缎带装饰。寂静之中，她听到了熟悉的闹钟的嘀嗒声、酒精灯的低语，还有那炉子里燃烧着的木材所发出的噼啪声，其间又夹杂了新的声音——朱利斯的动静。他在床上睡得正沉。有时，海伦还会听到阁楼上老妇人发出的鼾声。屋外黑漆漆的夜色中，传来海峡巨大的喧闹声，海浪拍打海岸的声音。这些新的声音与意象在她的脑海中混合起来，海伦感觉到自己身体的变化和新的感受。手里握着那小小的衣服，她试图理清头绪，到底前面等着她的是什么。未来的某一天，她会亲手将它穿在一个真正的有生命的孩子身上，但她还是无法理清头绪。她既无法担心这一切，也无法渴望这一切。整个灵魂被宁静的潮水淹没了。海伦感到整个人很平静，就像一个健康的女人，平静地等待着其他人都无法想象的东西，或无法描述的东西。那是与每日里所有怪异复杂的事件都不相通的东西。这是脱离于日常生活的东西，一种不安困惑的感受，这是纯粹又一往直前的东西，就像是上帝创造的奇迹那样。

然后，孩子到来，又再一次离开了。他的母亲甚至都没有真正抓住过这个奇迹。她再也来不及置身于日常生活，担心并照顾着那小小的生命。海伦两手空空地回到了自己的屋子里。

那是十年前的事情了。关于这十年，她记忆寥寥，唯余整日的忙碌，因为只有这样才能填满空荡荡的双手。擦洗东西，到处洗洗刷刷，做缝纫，刺绣，钩针编织，或织东西，这种忙碌对任何人而言都毫无益处。她把厨房擦洗干净，闪闪发光的厨房里只有她一个人在忙忙碌碌。起居室里挂着海伦做的手工品装饰。夏天的时候，客人就在这儿住了几个月，其余的时间，房间总是空空荡荡的。

曾经海伦也萌生过想法：用这些事情将朱利斯绑在自己身边。但是，自从她开始这样拼命做苦工后，好长时间海伦的思绪不再被朱利斯占据着。这个想法早已经从她脑海中消失殆尽，海伦甚至还未来得及弄明白事情的始末。

她自知没有权利去抱怨他。现如今处境这么好，海伦不应该再抱怨了。她在大脑中想象了很多愚蠢的事情，都是关于朱利斯以及以后他们两人是如何生活的。当她又有了奇怪的情绪时，就像她曾经觉得自己很羞愧那样，她为自己感到遗憾，又嫉妒自己。现在，海伦不再愁这些事情。

她站在花园篱笆的外面，这座花园紧挨着亨德豪格后面的小别墅。烟雾稍微退去了一些，海伦可以从窗户中看到起居室里灯罩中照射出来的绿色灯光。窗户前面是淡紫色的灌木丛。此情此景隐约勾起了她的回忆，让她想起自己家里的起居室，起居室在毫无遮掩的淡紫色的灌木丛后面，似一双乌黑、失明的眼睛那样目不转睛地凝视着。

现在拜访伦德一家似乎很不合时宜。他们的房子如此气派，如此安静，如此宽敞，就更不宜去拜访了。海伦还在的时候，随便哪个房间的沙发和行军床上都有孩子们睡觉的踪影。尽管如此，房子对伦德夫人和罗维莎小姐来讲已经足够宽敞了。房间里垂挂着精美的新窗帘，家具上覆盖着锦缎，而不是伦德夫人一贯修补拼凑起来的陈旧的遮盖布。这些新家什是长大结婚了的孩子们给母亲买的。

海伦突然想起往昔的时日，伦德夫人到医院看望她。她记得那双满是泪水的天蓝色的眼睛；她记得那双握住她手的、粗糙干爽得如母亲般的双手。她听到这位年迈的女士的话语：“哦，海伦，听到你的遭遇，我真的很心痛！你失去了自己的小天使，该有多伤心，多悲痛欲绝啊！”

一股奇异的暖流涌遍海伦全身，虽然这种感受仅有一瞬，却强烈至极。她意识到在那间屋子里坐着一位母亲，一位坚定又无怨无悔地甘愿做苦工的母亲。为了自己的孩子，她耗费了本该用来生活的所有青春与力量。她坐在那里，儿女绕膝，对她表示感恩，并给她送上小小的礼物。现在，她的工作完成了，闲了下来。她静静地等待着黑夜的到来。外面站着海伦，那个持续不断辛苦劳作的海伦，仅仅是为了心上所爱的某个人而劳作的那个海伦。她脑海中闪过一个念头，她无法停下手中的活儿，而这些劳作并不能温暖和愉悦任何人。那儿只有她和那位夫人，上帝让她们重叠到了一起，只是一位很富有，另一位却很贫穷。这一切都跟地位或处境无关。

海伦感到自己的心脏快要碎了。她有抱怨的权利！这些年来，她不断地告诉自己过得很好，跟他们这个地位的人相比，她和自己的男人过得算是不错的了。她现在的社会地位跟伦德夫人一样。但是，她还是很贫困，很贫困，很贫困……

海伦听到从大厅传来的蹒跚的脚步声。罗维莎小姐好像正在过来开门。

“哇，晚上好！很高兴见到你。妈妈，海伦来了。海伦·奥斯恩，是吗？”罗维莎小姐一瘸一拐地往起居室走去。

“海伦！你能再来看我们，真好！快把东西放下，留下来吃晚餐。”

海伦低声轻语，说她跟维卡的小姨子住在一起，她们习惯了早睡早起。所以“十分感谢你们，但是……”然而，海伦还是脱下了外套。

好似无法跟伦德夫人讲邱道夫的事情。里面的房间里有个陌生的绅士，那是厄娜的老公。这种情况让海伦有点尴尬。而且厄娜本身也有某些地方让海伦觉得局促不安，因为厄娜跟其他伦德家的人不在一个水平上，她过于谦逊，衣着打扮也过于整齐漂亮。

厄娜只是看过去，问了声晚上好，然后就到里屋去了。海莉薇进来铺好了窗户边用来放咖啡的桌子后也出去了——她现在嫁给一个名叫罗斯塔德的医生，今天是她的休息日。

“蛋糕早已不似你在的时候那样了，海伦，我很担心你是否满意。你一定是太过挑剔了。我年纪越来越大，做事已力不从心。没有哪个做的炖菜能比得上你的手艺。”

伦德夫人一边织着小孩的袜子，一边唠嗑儿。跟海伦叨叨着家务管理以及她的家庭，又问了海伦她的家务事以及她丈夫的一些事情。海伦有一种感觉：这些人认为她只能讨论两到三件事情，所以她们努力使谈话靠近这些话题，这样才能继续下去。即使是海伦很喜欢的海莉薇也是这样的，她是如此可爱的一个孩子……是啊，她们可能永远无法理解海伦大脑中的想法。即使是海莉薇把她孩子的照片拿出来给海伦看的时候，海伦还是无法将对话引到邱道夫身上去。

海伦打算告辞，这家的儿子为海伦拿着外套——他现在是一名律师。厄娜从窗帘后面戳了一下海伦的头:“我说,海伦,你家有几个房间用来过夏天啊?”

“我们通常会在楼下的两个房间里。妈妈的旧卧室在阁楼上。”

“其实我想这个夏天去你那儿跟你住几天的,但是又怕你那儿挤。孩子们可以睡在阁楼上,那样的话——因为那时我只需要带一个女仆去就行。你可以为我们提供早饭和晚饭,是吧?我们在宾馆有晚宴。你觉得怎么样?”

海伦拿不定主意。

“不错,”她轻轻地回答道,“只是我不知道今年一个人能不能胜任这些事务。我们在考虑抚养一个孩子——这也是我这次来到镇上的原因。”

“不会吧,真的吗?你会领养一个孩子?”海莉薇问道。

“一个亲戚,或者——”洛维莎小姐顺道问。

“你真会这样做吗,海伦?”厄娜问道,“你知道自己在说什么吗?何况你曾经有过自己的孩子。你不知道抚养孩子是多么麻烦的一件事吗?他们给养父母的钱少得可怜。他们就是那样的,你也知道。哦,海伦,千万别这么做。”

“好吧。你看,我一个人真的很孤单。他是那样漂亮的一个小男孩,是我们想要的那种孩子。”海伦回答,“这么可爱的一个孩子——”

老伦德夫人把扶手椅往前面挪了挪。

“再坐一会儿吧,海伦,别那么急着走,真的。”

海伦不知不觉就开始跟她们讲述邱道夫的故事。伦德夫人和海莉薇十分用心地倾听,海伦看到她们理解的表情了。她从没有提起过朱利斯。显然,一开始她需要一小笔钱,部分用来开支,部分作为备用款。

“海伦，我告诉你怎么办。”厄娜说道，“如果你真的打算收养这个孩子的话，你可以把我的婴儿车拿去用。它几乎跟新的婴儿车没两样，仅仅需要搪一点点瓷釉。你丈夫可以做这些。”

“哦，你真好！太感谢你了，可是我不能接受。”

“别废话了！那东西拿过去只是占个地儿而已。”

“可是你也许还会用得着——”

“天啦！我会看着办的。我们家有两个娃，太多了。你不要顾虑。”

海伦有些不自在，血液一下子冲到头上，脸红红的。她因为另外一个女人说话的方式而感到害羞。

伦德律师在思考一件怪异的事情，那就是自己怎么没有发现海伦的美丽之处。她的美是那种在国外经常会看到的类型。在法国和意大利，他曾经见到过尼姑有那样的脸庞：白皙而纯净，集冷酷与感性于一体。

他跟海伦一起走向镇上去。

“当然，我会帮你从银行借钱。可是你做这一切，怎么瞒住你丈夫？”

“哦，好吧，”海伦慢慢回答，“某种程度上，我觉得为了一个孩子而付出一点点钱还是值得的，毕竟我能从他身上得到最多的乐趣。”

“现在，听着，海伦。为了纪念我们曾经逝去的那个伶俐的小女孩，我和我妻子会给孤儿院几百克朗，但是，如果你允许我们给你你所需要的钱——没有比这更好的了，别，你千万别拒绝，也不要感谢我。邱道夫再长大一些，就会做一些……”

3

海伦把邱道夫带回去的那天傍晚，刮起了一阵清新的西南风，蒸汽船也因此晚点了。

海伦期待着在码头上能见到丈夫朱利斯。这个时间，朱利斯一般早已经到家了。码头上没有一个人影。因为已经将车包装起来了，她不得不将婴儿车放到储物间。在炎热令人作呕的客舱里经历一番旅行，这让海伦疲惫不堪，头昏眼花。她一手提着篮子，一手抱着用披肩裹起来的孩子。路面有点潮湿，还结着冰。她慢慢滑着前行，背后凛冽的寒风吹得她看不清前行的路。路灯被风吹得晃晃荡荡的，灯光摇曳着，忽明忽暗。海岸那儿传来海水的咆哮声，混合着花园里树梢上飒飒的风声，充斥着海伦的耳膜。不时有融化的冰冷的水珠滴到她身上。她拉紧了披肩，将孩子往怀里掖了掖，在这样一个黑暗的不和谐的夜晚，加快了步伐。

家里黑漆漆的一片，面对着道路的四扇窗户透出一股黑暗。里面的两个房间一直久置不用，如果有人在里面，山墙尽头厨房窗户透出的光亮就会照在灌木丛中。坐落在山坡上的这栋房子，小巧玲珑的，外墙漆成白色。花园一直向下延伸到道路上，尽头有一堵石头围墙。

这个坡道就像一个玻璃杯，水不断地被注到里面。海伦从石墙一处洞中拿出钥匙——出去的时候，她藏在那里的。开门进屋的一瞬间，她感到黑暗的厨房中透过来一股新鲜的冷空气——也许自她离开后，朱利斯就未曾回过家。

室内对婴儿来说太过寒冷了。她必须带着他去汉森太太家，暂时将孩子寄放在那儿。

地下室的商店里有三三两两的女人。当海伦抱着用披肩裹着的孩子推门进去的时候，她们立刻聚集到海伦周围。海伦解释说这是她领养的孩子。她们跟她一起进了里间的屋子，偷偷地看着海伦打开裹着孩子的披肩，看着海伦把孩子放到汉森太太的床上。之后一群人开始询问海伦。海伦不喜欢这种质询，她总是喜欢独自一人，什么事都放在心里。“嗯，这个小东西很好。”海伦说道，笑容中透出担忧，又隐藏着一股骄傲。

但是一个女人尖叫起来：“我的天啊，你是说他才八周大？太小了！可怜的小家伙——看看，跟我比真像个小矮人。一次性付清，是吗？啊，他肯定活不久。从他的眼睛里就可以看出来。哦，我的天啊！”

海伦的脸泛起了红晕。她回到厨房，紧咬着双唇，把火炉的铃铛弄得哗啦直响。拉开窗放冷空气出去，然后海伦用拳头拍打着鸭绒被。今天夜里，她要让邱道夫睡在她床上，因为他的婴儿车还在栈桥那儿。海伦从厄达尔女士给她的那个篮子里拿出了孩子的衣服，看了看。呸！怎么洗的！熨得也不像话！她将这些和朱利斯带回来的那些沾着旅途湿气的东西一起扔到了一个提桶里，送到走廊那儿了。

她自己孩子的衣服放在阁楼走廊上她婆婆的五斗柜里，海伦提起煤油灯去那儿取，下来的时候围裙里满满当当的。她的动作比往常慢了许多：温柔地，轻轻地，但却很敏捷。她不慌不忙，好似是重新整理了床底下的五斗柜——将最底下一层的抽屉清空，然后放入婴儿的衣服。海伦不时停一会儿，仔细地看看那些做工精致的衣服，美丽的缎带和褶裥。是的，这些衣服很精美，在医院的时候，别人也是这么夸奖的。当时她把所有的衣服都拿进来了，像个傻瓜一样，竟然不知道不能在医院用自己的东西。这些衣服都没有穿过。

啊，那曾经是洗礼长袍！可惜的是，邱道夫已经受过洗礼了。

她变动了一下周围的摆设，把挂起来的吹干的衬衫收了起来，跟炉子前的一堆放到一起。邱道夫应该穿上最好的衬衫，因为这是他到这个家的第一天。

最后，海伦从厄达尔女士给的篮子里拿出了奶瓶，放到平底深锅的水中温热，然后将披肩围在肩上，锁上身后厨房的门，就去接邱道夫了。

当海伦抱着孩子站在自己家时，一股奇怪的感觉涌上心头——一种近似困窘的感觉。

“吱吱，吱吱！”海伦把孩子举到灯旁，“你以后就在这儿喽，是吧？你喜欢这里吗？咯吱，咯吱。”那孩子庄严地盯着屋子里的灯看。他这会儿的状态很好，不过在汉森太太店里时，他却一直吵闹着。“咯吱，咯吱！”海伦轻轻地说着。

要改变一个孩子肯定是件很难的事情！海伦觉得自己很笨拙。孩子开始尖声哭起来，她不知道为何会这样，可能洗澡水太凉了，又或者太热了。她不断地用手粘粘水，试着水温。“到底该怎么办?”她用同样温和害羞的口吻问道，无奈之下，她手忙脚乱地用狭布条和安全别针对付着。

给小家伙洗澡的时候，海伦从围裙、衬衫到所有的衣服都湿透了。

她抱着孩子坐到炉子旁的凳子上，给他喂奶，奶还没喝完，小家伙就睡着了。海伦小心翼翼地把他放在自己的床上，并盖上被子。

忙完这一切，海伦才为自己切了一片面包，倒了杯咖啡。吃东西的时候，她若有所思地盯着房间里的灯，心想，幸好朱利斯不在家，否则只会惹他动怒。

海伦洗干净一些东西，学着厄达尔女士的样子，为小孩煮好牛奶和开水，之后才安静地脱衣服。

也许，今夜她需要留一盏灯。过去从来没有一个孩子睡在她床上过，所以她担心自己可能会压到他。海伦把起居室的那盏淡蓝色的灯加满油拿了过来，放到厨房椅子上的一个洗手盆上。灯离床有点远，防止自己睡觉的时候伸手打翻了。做完这一切，海伦熄灯躺到孩子旁边。

小小的夜灯在整个房间洒满了月光似的温柔的淡蓝色的灯光，在白色的天花板上投下很大的圆圆的光圈。海伦静静地躺在床上，凝视着屋顶上的光圈。

突然，她轻轻地环住了孩子，把他往自己怀里靠了靠。孩子舒适地蜷着，暖和和的，睡得正香甜。

海伦躺在床上，听着窗外很远处传来的海浪的轰鸣，听着树梢间穿过的飒飒而鸣的风声。今夜没有什么可怕的。听着这些，她惬意极了。此情此景让海伦想到往昔的美好时光。

夜里她起来两次——为孩子翻身，喂了一次奶。每次都有一种奇怪的感受，她觉得自己正在走向很美好的东西。重新躺下之后，海伦觉得沉浸在淡蓝色的灯光中是一件很美妙的事情。听着西南方向某个人吹奏的风笛声，还有海湾那儿海水拍打海岸的声音，不知不觉，海伦进入了梦乡。

4

邱道夫身体健康。刚来的时候，他有些身体不适，海伦带他去看了医生，发现他身体虚弱，不过如果精心照料的话……事实也如此，尤其是春天来临后，海伦带他到户外呼吸新鲜空气。他跌跌撞撞地学走路，一路茁壮成长。一看到他海伦就很开心。多么可爱的孩子！前额上淡褐色的大卷发，一双美丽的大眼睛……“这是个好孩子。”海伦跟邱道夫说道。对于她的这个小家伙，朱利斯经常因此嘲笑海伦。

朱利斯也很喜欢小邱道夫。他清洁了婴儿车，给车搪瓷，让整个车子看上去焕然一新。每个周日，海伦带小家伙出去散步的时候，朱利斯也乐意一同出门。平日里，海伦喜欢把婴儿车推到房屋阳光明媚的墙角。周日的午后，她通常会带邱道夫去镇上，因为她很为这个被精心照料的可爱的小家伙感到自豪。那里显赫的人家都没有这么好的婴儿车——枕头套上装饰着精美的荷叶边，床单上也有装饰，漂亮的编织小毯交织着蓝色的缎子。小家伙的外套和帽子的边缘点缀着天鹅绒。

自从小家伙来到这个家以后，朱利斯和海伦就相处得越来越融洽。有时朱利斯抓住海伦，她会扭动一下身体，说道“一边待着去”，但不似过去那么蛮横。朱利斯知道她并不是真心这么做。其实，当朱利斯拉过她抱着的时候，她很享受这些。现在海伦挣扎的时候，好似年轻人那样懵懂，那样撒娇，脸上还泛起红晕，朱利斯觉得她这样很漂亮。人生初相见时，海伦无法从内心深处涌起的怪异感受中挣脱出来，如今他们已不似从前那般。她现在了解朱利斯。可怜的家伙，这么多年来，一如往昔，毫无变化，依然是一个傻傻的大男孩。以前的朱利斯有很多优点，很多女人的丈夫根本不如他，假若她们有孩子的话！那样的话，也许朱利斯会有所不同，家里的生活也许会乐趣横生。海伦也喜欢过去那个贫穷的朱利斯。

朱利斯负责邱道夫的银行存折。只要伦德律师不知道这些，事情还是会像往常那样。海伦为小家伙办了另外一张存折，把自己缝纫赚的钱存了进去。她做缝纫的时候，曾经为守卫部队的一个夫人做床单。她自娱自乐，设想着在邱道夫坚信礼的时候如何给他这本存折。坚信礼结束，从教堂回到家，晚餐时，她会烤小牛肉，做奶油果酱和许多各式各样的果冻，还有千层蛋糕，就像伦德家在厄娜坚信礼时为孩子做的那些食物一样。朱利斯或许已经躺下小憩了。她会将孩子带到客厅，然后给他存折。“这是妈妈给你的，孩子。”她就这么说。她会告诉孩子，从他还坐在婴儿车里起，妈妈就拼命工作省吃俭用为他存钱。那时，她会跟孩子坐在一起，为了不吵醒朱利斯，他们会小声地聊天，聊聊如何使用这笔钱。海伦认为邱道夫应该去泰德商业学校。她想象着邱道夫穿着坚信礼的套装的样子，想象着他成为一个目标远大而沉稳的年轻人，就像萨尔克维斯特夫人的马丁那样，只是比他更英俊。马丁其实长相一般，但人比较好相处，聪明又可靠。他现在是一个部门的负责人。邱道夫难道会比他差？

“哦，小家伙，”海伦抱起邱道夫时说道，“你是我的孩子，你是妈咪的小乖乖。”她把孩子抱得更紧了，把孩子的小手放到自己的脸颊上，“可怜的妈咪——可怜的妈咪——”

当朱利斯在家的时候，海伦从不这样跟孩子讲话，从不称自己为妈咪。有一次朱利斯把邱道夫抱到腿上，用头顶着他说道：“怕爸比吗？你会粗鲁无礼地顶撞爸比吗？”海伦把小家伙抱开，尖声说道：“别这么傻，你晓得他现在还太小，怎么跟你玩游戏？可怜的小家伙！”

她从不认为朱利斯是邱道夫的爸爸，也不知道为何朱利斯这么说的时候，自己会不开心。

六月末的某个周日。

海伦坐在窗户边的桌子旁，阳光透过窗户洒进屋子里。她双手交叉放在胸前，阅读着一本平装本的《Nat Pinkerton》——那是朱利斯带回来的书。

她很享受那一刻。一周的洗涤工作已经完成，床单和窗帘干干净净的。她穿上那件旧的蓝色印花连衣裙，上面有她很喜欢的白花装饰。炉子上准备着食物。她就这样等待朱利斯回来——朱利斯跟一些朋友出去了。屋子里弥漫着拉皮斯克斯炖菜的香味和咖啡香，令人胃口大开。花园里飘来百花的香气，桌子上花瓶中的黄玫瑰也散发出淡淡的清香。之前，天气晴朗，海伦推着婴儿出去晒太阳，发现房子后头大大的灌木丛那儿开出了第一簇鲜花。

她从书中抬起头来，往朱利斯回家的必经之路看去，看到一把亮红色的丝绸阳伞。清澈的水和清新的绿色都因为灰尘和阳光的遮掩而变淡。那把阳伞沿着道路往这儿移动过来，伞下是一位穿着白色套装的女士。

也许是某个从镇上来的人，来寻找夏天休假时的住所的，海伦这样想着。走廊传来阵阵脚步声，之后响起了敲门声。

海伦打开门。

“早上好！这里是约翰森工程师家吗？”

“是的。”海伦回答道。

那是位年轻漂亮的女士，一头秀发，体态丰腴，阳伞在她脸上和上半身映出淡淡的玫瑰红阴影。她身穿白色亚麻布套装，裙子很短，脚上穿着白色的袜子和鞋。

有一会儿，她站在那儿没有出声。海伦正要告诉她家里所有的房间都订出去了，这时那位女士却突然开了口：“你领养了一个名叫邱道夫·厄达尔的孩子吗？我是他妈妈。”

海伦无法言语。那位女士收好阳伞，斜立在走廊的地板上，一边转着伞，一边说道："我觉得自己应该过来看看他。我想他了。我觉得自己必须过来，看看他过得怎么样。"

"哦，当然，请进。"海伦说道，"这种情况，快进来……"她收拾好桌子上的书。

那位陌生人打量着海伦。

"我这就带他出来。"海伦说道，"我不知道——他好像睡着了，这个点，他通常在睡觉。"她走进屋内又出来了。来人跟在海伦后面。

她们会去公园听乐队演奏，这是早已定好的事情。

"哇，你的花园真迷人。"陌生女士称赞道。她们走到碎石路那儿的婴儿车旁。那里芍药和长径的黄色百合悬挂在旧床上。

"哦，他在这样的条件下成长！"那位母亲说道，一时弯下腰去，从风帽下看着熟睡的孩子，"他都长这么大了，我的小邱道夫。真可爱！"

她们回到屋子里，那位母亲拿出小手绢擦拭着湿润的眼睛。她坐到厨房的摇椅上，轻轻地擦拭着脸颊，又用手拧了一下。海伦还是坐在之前的椅子上。

现在她一直在哭，你会发现她实际上没那么漂亮，你还可以发现她脸上抹过粉。她坐着，腿几乎要到膝盖那儿了，脚似乎要从白色的帆布鞋里露出来。亚麻布的夹克外套里面，配着一身瘦瘦的起皱的白色工作服，透过工作服，可以看到里面穿的蕾丝贴身内衣，系着红色的缎带。她看上去不像那些惹了麻烦后学乖的人。

"这样冒昧前来看他很奇怪。"她说着，抬头看着海伦。

"是的，我希望你能注意到他跟你上次看到后发生的变化。"

“我也这么想的！可怜的人儿，一出世就是个可怜的小家伙！在医院的时候，大家都说他活不下去。天啦，我对他太坏了——那时他跟洛维莎姑姑在一起。可怜的人儿，洛维莎姑姑根本就不知道如何来照料一个婴儿。每次我去看他的时候，总会想那是我最后一次见到这个生龙活虎的孩子了。现如今——”

“长得多像他的父亲啊！”那位母亲的声音有些颤抖。没有孩子的海伦听后感到心中一阵刺痛，她始终保持着沉默。

“哦，真像——真像——真像。”那位母亲说道。

海伦低下头看了看，一边用手掌在桌子边缘来回摩挲着，一边说道：“不，对你姑姑而言，带着一个孩子确实很不容易，我觉得她不知道该拿这么小的孩子怎么办。”

“哦，是啊。对她来说实属不易。”

她们静静地坐了一会儿。

“你自己没有孩子，是吗？我听我姑姑说过……”

“我曾经有过一个小女孩，”海伦快速回答，“可是，她夭折了。自那以后，就再也没能有孩子。”她再次低下头。

门开了，是朱利斯。他顿了一会儿，惊讶地望向来人。

“这位是邱道夫的亲生母亲。”海伦告诉他。

“哦，是吗？早上好！”朱利斯握住客人伸过来的手打了声招呼。

她起身说道：“你就是邱道夫的养父喽。”

“啊，是的啊。”朱利斯有点尴尬地笑了笑。他不笑的时候更好看，因为现在前面的一些牙齿掉了。他是个身强体壮的家伙，一双犀利的褐色眼睛，卷卷的额发是棕色的。

“过来，看看你的孩子，好吗？”

“好的。现在的天气十分晴朗……”她看向他的脸颊，“你情不自禁地会渴望……现在我看到他来到了多么好的地方，遇到了多么善良的人……”女士再次用手帕擦了擦泪水。

“啊……”朱利斯有些许尴尬，“啊，邱道夫这个小家伙！”他随意说着，“我并不了解所有这样的事情，提醒你……我正好听过这些，你知道吗，我的妻子……”他猛地回过头看向海伦，“她是个例子。这是她该做的事情，难道不是吗，海伦？”朱利斯哈哈大笑起来，对她们眨了眨眼睛。

“哟，一边去！”海伦说道，然后从搁物架上拿下盘子，“我们正准备吃饭，你要是不介意的话，一起？”

“谢谢！”来人说道，“其实，我刚想问你们这附近有没有餐馆之类的地方。我在这儿没有熟人。”

“荣幸之至，女士，请留下来吃个便饭吧。海伦，我把汉森夫人留下来吃饭了。我去拿一瓶啤酒来。”说完，朱利斯便跑出去了。

“如果你留下来的话，等邱道夫醒了，你还能看一看他。”海伦一边劝，一边摆放好刀叉。

席间，朱利斯心情不错。邱道夫的母亲范妮·厄达尔也渐渐和大家熟络起来。她谈了自己的情况：曾经在斯托哥顿报社工作，就是在那儿，她遇到了邱道夫的父亲，现在，她在一家大型家禽场当出纳员，貌似跟员工也相处得不和睦。在讲到屠夫那个又胖又自负的妻子，看到范妮言行举止不可能如其他人那样时，朱利斯笑得更大声了。

喝咖啡的时候，海伦听到婴儿的哭声，两个女人一起跑出去抱孩子。

范妮见到自己的孩子喜极而泣，她觉得他可爱极了。她把孩子抱到大腿上，喂他喝稀粥。看着孩子专心地吃着勺子里的燕麦粥，范妮一直笑着。她自己太笨拙啦，以至于都将食物撒到桌子和孩子的围兜上。她慌忙把孩子举起来，尴尬地盯着孩子白色套装裤腿上的食物，一会儿不知所措地看向海伦和朱利斯，一会儿又转过去看了看衣服上的污渍。海伦忍俊不禁，朱利斯则拍着大腿哈哈大笑起来。

“那是你的孩子！你怎么还搞不定？好笑……”

不得不换海伦给孩子喂饭，之后海伦又给孩子换上白色罩衣，戴上亚麻布帽子。他的亲生母亲仍然沉浸在喜悦之中。孩子是如此迷人！

厄达尔女士跟海伦他们一起去公园听音乐。海伦先洗干净了邱道夫的脏衣服，并熨好裙子。朱利斯很自豪能够跟魅力无限的女士一同外出。午后的阳光下，厄达尔女士撑着红色的阳伞更是别有一番风情，脸庞和上衣看上去透出淡淡的玫瑰色。她和朱利斯在前面边走边聊天，海伦则推着婴儿车在他们后面一两步远，安静地跟着。

海伦、朱利斯和范妮推着婴儿车里的邱道夫，一起走向浮动码头。范妮再三感谢他们，感谢他们让她度过了这么美好的一天。

一整晚朱利斯都处于呵呵傻笑中。

“她是理想型的人。”他不断说道，“人很机灵。”

“我觉得她就是会显摆。”海伦说道。

“显摆？你这样觉得？”朱利斯笑得更厉害了。他坐在床边脱了袜子，用胳膊圈住刚要上床的海伦：“谁都没有你端庄，你就是我的唯一，你懂的！”

“那是你喜欢的类型，我看得出来。”海伦一边尖酸地说，一边从朱利斯的臂弯中挣脱出来，躺下后又说道，“我觉得你肯定希望娶一个那样的妻子。”

“妻子吗？别搞笑了！肯定不是那种！我可不是昨天才出生的毛头小子。你才是适合结婚的人选。”

虽然还有些恼怒，但海伦还是接受了他的拥抱。就在海伦快要睡着的时候，模糊中听到朱利斯自言自语：“天呀，她确实是理想型，那个厄达尔女士！”

5

整个夏日平静地溜走了。海伦把房间租给了从克里斯蒂安来的两个年长的单身女士。她们会用普里默斯炉做饭，而且不需要等待。这样一来，海伦就有闲暇坐到走廊上慢慢工作，制作厄娜送来的那些窗帘。她找了个借口没将房间租给厄娜，因为她不喜欢知道自己的人住在楼上。厄娜在离胡维克稍远一些的地方租了房子。有时海伦跟其他两位女士出去的时候，就会找育婴女佣在家帮忙。女佣是个开朗又安静的年长者，孩子们都被照顾得不错。年长的女孩喜欢在走廊里来来回回地推着邱道夫坐的婴儿车。他们被女佣细心照料着长大。海伦从花园采来一盘浆果，送给孩子们。一个周日，亨丽特也来了。她跟海伦一起喝咖啡，十分热情好客，并且说邱道夫是个特别可爱的孩子，自己的小孩也比不上邱道夫可爱。

朱利斯现在工作的那艘船的旅程比之前要短，因而那个夏天他经常回家，然而，即使他回到岸上也很少待在家里，总跟朋友出去，然后醉醺醺地回来。而且，海伦管他拿钱也不像从前那么爽快，海伦为此十分生气。

但是海伦基本上不在乎她丈夫的堕落。其实，朱利斯本质上是个善良的家伙，愿意帮忙分担家务，即使喝醉了，回来也会竭力表现良好。总之，他们相处得还算融洽。有时他会带回来一些刚捕上来的新鲜的鱼让海伦烧，海伦还会辅以欧芹奶油、涂满奶油的松脆面包片以及从花园里摘的土豆。朱利斯会喝上半瓶啤酒，然后小睡一会儿。在家里，除了海伦自己买的锁在碗橱中的白兰地外，她不让他喝其他的酒。晚饭时，海伦会为朱利斯倒上一杯。朱利斯也愿意遵守这一规定，从不在家里喝高了，要不然，海伦也会阻止他。

只有一次出现了麻烦。那是九月初的一个周日，范妮又来探望邱道夫。那晚，朱利斯带回一条不错的鳕鱼。整整一周，他都在为海伦采覆盆子，让她做果冻，海伦就用做果冻剩下的覆盆子做了一道特别的菜，留着晚上吃。那天早上，朱利斯还没起床，范妮就过来了，到他起床时，海伦跟范妮两人已经在花园那边。后来的情形就是朱利斯带范妮到西埃斯顿散步，海伦则一个人在家打扫卫生，准备晚餐。

晚餐席间，朱利斯开玩笑地请范妮女士喝一杯，范妮也答应了。海伦只好把酒瓶放在桌子上。趁此机会，朱利斯多喝了几杯，范妮也毫不避讳。这种情形之下，海伦又不可能赶客人走。一开始她觉得范妮是个贵妇，社会地位也比他们高，并不是说有孩子让她显得特别贤淑，而是她父亲是小学校长，也许给过她良好的教育。可是现在她却坐在那儿一杯接着一杯地喝酒，一边说着胡话，一边痴痴傻笑着，跟朱利斯闹腾着。好吧，也许她本身就是个轻佻的女人，对遇到的每个男人都这样示好。

晚餐过后，他俩提议趁着好天气出去划船。邱道夫感冒了，而且他正在长牙齿，身体有些虚弱，因此海伦不能一起去。厄达尔女士建议海伦找个人帮忙暂时照看一下，但从她的语气中海伦听到了不情愿的意思。最终只有范妮和朱利斯两人走了,海伦则独自一人在家带邱道夫。孩子流鼻涕,断断续续地哭着。她把孩子抱到腿上,不停地摇晃着,以减轻他的痛苦,又在厨房来回走着,轻哼着小曲哄他,还不时用脸颊去蹭一下孩子的脸:"你是我的小宝贝,对不?我一个人的小宝贝。你是我的。"

海伦无法理解为什么这个女人会经常出现在这里,也许是因为她生下了邱道夫,但她来的时候,又几乎从不看孩子一眼。她想要去游泳、散步或摘花。毫无疑问,她就是想在星期天找个能去的地方。

有一次,范妮提到她姑姑想要一起来看邱道夫。海伦同意了,如果厄达尔老夫人能来的话,绝对欢迎。约定的那天,海伦买了一大块肉,她想为老夫人精心准备一顿饭,因为老夫人并不经常出门。结果范妮却带了另外一个朋友过来,并且希望约翰森夫人不要介意。她之前就曾经说过可能会带某个人过来。那位朋友跟范妮还真是一路货色。

真可怕!可怜的邱道夫长大后会因为拥有这样一位母亲而感到羞愧。海伦觉得如果范妮能不出轨的话,那还真是件怪事。

"小托迪,你可千万不要为这些事情费脑筋。"海伦对婴儿车中的孩子说道,"你是我的孩子,知道吧。海伦才是你妈妈,对不对,小乖乖?"

范妮最后一次来看孩子的时候,海伦特别同情她。那时正值十一月,天气特别糟糕。范妮只穿了一件薄薄的灰色的格子套装,根本不含羊毛。也许是春天的衣服,款式过时了,脏兮兮的,有些纽扣还掉了。里面穿着一件针织的开襟羊毛衫,一件很薄的大红色缎子工作服。浑身淋得像个落汤鸡。海伦拿了件衣服给她换上。当她把范妮的衣服挂起来烘干的时候,发现范妮的靴子开裂了，里面的袜子全是洞。

那天朱利斯不在家，因此海伦也没打算做饭，但是她煮了一些浓咖啡和鸡蛋，还做了羊奶酪麦饼。范妮好像好多天没看到食物似的，狼吞虎咽起来。她眼中泛着泪花，但是一开始并没有说遇到什么事情，只是问能不能喂邱道夫鸡蛋。邱道夫还是很怕见陌生人，一看到范妮要抱他就尖叫起来。海伦没办法，只能把孩子抱到自己腿上。邱道夫坐在那儿很安静地吃着麦饼，他的亲生母亲则坐在那儿看着他，眼泪簌簌地往下掉。海伦有点愧疚地说道："总有一段时间，孩子很害怕见陌生人，长大的话就能记住你，那时……"

那位母亲突然大哭出来。

"我只是不知道下一次是什么时候！"

"我现在失业了。"她继续说道，"要找到另外一份工作谈何容易。我甚至都怕见任何人。我连衣服都没有，什么都没有。"

事情一点点地明朗起来。她现在失去了自己的工作，因为她的账户出了差错。屠夫的老婆发誓说不管范妮去哪儿，都会告诉她的雇主这是个什么样的女人。因为屠夫喜欢范妮，这惹恼了屠夫的老婆，可是这也不是范妮能控制的事情。再说，屠夫那个老鬼，经常借机跟范妮在一起，想想都恶心。可是范妮又不能太直接地阻止他，要不然会被炒鱿鱼。那个母夜叉去跟洛维莎姑姑说这些事情，说的是偏向自己的那个版本。洛维莎姑姑听了之后大发雷霆，范妮因此也不敢再出现在那儿了。她有个朋友在诺伊贝格租房子住，现在范妮就跟她在一起，但是她不可能在那儿长待，因为塞尔玛自己也不宽裕。她那儿有个缝纫机，也许范妮可以找些缝纫的活儿做做。

海伦想要安慰这个可怜的女人，可是又找不到可说的话，只能再煮了一些咖啡。海伦在那儿缝衣服，让范妮一直说着，直到她情绪稳定了些。邱道夫现在已熟悉了来人的脸，也不再害怕了。海伦把孩子抱起来，和他做做小把戏：你拍一，我拍一，大家一起动动手。他现在十一个月了，长了六颗牙齿。当海伦把他放到地板上后，邱道夫开始在地上爬起来。他很招人喜欢，常常逗得人笑得不行。

屋外下着倾盆大雨，她们只能懒懒地待在家里。范妮把邱道夫抱到腿上。孩子柔软可人，把玩着范妮衣服上的纽扣，还试着用嘴去咬它们。范妮把孩子举到下巴那儿说着“咯吱——咯吱”，孩子笑得快呛到了。

在这样的雨天，要到大半夜才能回到镇上，况且让范妮一个人顶风冒雨孤零零地走到诺伊贝格街的朋友家寄宿，海伦有些不忍心，所以就留她住一晚。海伦准备好了晚餐，然后给邱道夫洗澡。范妮看着孩子玩水的样子，接着把洗完澡干干净净的孩子放到婴儿车里，然后摇着车哄孩子睡着了。

“宝贝，宝贝！”她一边说，一边哭泣，“如果我能自己抚养你那该有多好。你一定能理解妈妈，像海伦这样的陌生人都能如此疼爱你，你可知道我的感受——你亲生母亲的感受？”

冬天就这样过去了。海伦再也没有听到过邱道夫母亲的消息，即使在孩子生日或圣诞节的时候，范妮也没有出现，海伦甚至不知道她现在的地址。

三月份的时候，朱利斯在克里斯蒂安的一家工厂找到了一份工程师的工作，于是他想把德鲁巴克的房子卖了，那样就可以搬到镇上去住了。遗憾的是那里现在没有房源，朱利斯只好跟一个同事合住一间房。海伦还留在德鲁巴克。朱利斯周日的时候会回来，但不是每周都回。

海伦不太在意这些。她讨厌搬去镇上。即使比以前更少见到她丈夫，她也一心希望这种情形能持续下去，一来，她害怕搬过去范妮·厄达尔会经常串门；二来，她也很喜欢现在的地方，喜欢这里的房子和花园。朱利斯想要离开这里，她感到很惊讶。

孩子现在这么可爱，对海伦而言就是最好的陪伴，她不需要其他的东西。可怜的小家伙！他那么弱小，还患有软骨病，而且很容易感冒。海伦很担心孩子会得支气管炎，因此带他去看了两次医生，但是，谢天谢地，只是普通的感冒而已。

“他身体比较弱。”医生说，“如果约翰森夫人悉心照料的话，孩子就会茁壮成长。不需要担心。”

春天到了！这是邱道夫生命中见到的第二个春天。他现在可以喊“妈妈”了，看到桌子上的面包和起司还会说“片包”、“鸡丝”。海伦抱着他出去工作，他会指着看到的动物叫“猫咪”。到商店里，海伦会把邱道夫放到地上，他能拉着海伦的衣服自己站着。对此海伦感到很骄傲。他不像其他孩子那样圆圆胖胖的，医生说身体太胖对孩子也不好。整个镇上的孩子都没有邱道夫那一头棕色的卷发。

花园的灌木丛中出现了淡黄色的大大的花蕾。绣线菊径做的篱笆透出一股柔和的绿色。燕子围绕着房屋，闪电似的飞过，又叽叽喳喳地俯冲下来，从屋檐下的燕窝里啁啾地进进出出。

海伦沿着屋子外面的花圃走着，想去看看报春花的花蕾长多大了，看看水仙花长势如何。她抱着孩子走了一会，然后把他放到被阳光晒得暖暖和和的砂石小路上。海伦往前走了大约三四步，蹲在那儿，等邱道夫走过来。邱道夫站了一会儿，害怕得快要哭起来，腿有点往下弯，向海伦伸出了胳膊。突然，他鼓起勇气，发出类似燕子的吱吱声，摇摇晃晃地往海伦那儿走了几步，扑到海伦的怀里。

海伦欣喜地抱紧孩子,小家伙也为自己的进步感到高兴。他们一遍又一遍地走着。邱道夫越玩越起劲儿。

时间又过去了六个月,黄色的玫瑰丛完全绽放了。海伦可以坐到草坪上一边缝东西,一边照看着邱道夫。孩子欢快地蹒跚学步,跟朱利斯从镇上买回来的一匹木马玩耍。在原来的房子里时,海伦就给木马取好名字了,叫雅各布,可是邱道夫却叫它雷克尔。

6

七月的一天,海伦正在熨衣服,身后厨房的门突然开了,来人正是范妮·厄达尔。

她改变很大,整个人容光焕发,一副眉开眼笑的样子,可以看出心情很好。她人很漂亮,穿着打扮也很用心,很上档次。那衣服是裁缝缝制的华达呢套装,脚蹬棕色带皮带扣的高筒靴,一头金发用发网扎着,戴着淡蓝色的帽子。

"你怎么还这么忙!"范妮大声打招呼。海伦注意到就连她的声音也与从前大不相同。

"我的托迪啊!我亲爱的宝贝!你长得真好,都这么大了。来这个妈妈这儿,让我看看你。亲妈妈一下啊。"

邱道夫现在不害怕陌生人,直直地走了过来。可是他亲生母亲一直亲他,他有些不乐意地咕哝起来,用小手推开了范妮的脸。直到看到巧克力和大大的泰迪熊,他才乖乖地坐到范妮腿上去。

海伦叠好熨的衣服,将熨斗放回炉子后面,又整理好衣服,收拾好这一切之后,她把咖啡壶拿出来。

“哇，咖啡！”范妮·厄达尔惊呼起来，“真心不错！哦，能够再次坐到这里我是多高兴啊！我曾经如此渴望这一切！”范妮看向海伦的脸庞，眼睛发出喜悦的光芒。

“这次你无论如何也无法猜到我给你带来什么消息。”范妮说道。当时海伦正在倒咖啡，拿出刚取来的维也纳面包。范妮·厄达尔沉默了一会儿：“我要——我结婚啦！”她说完，弯腰看着邱道夫。孩子正把小圆面包浸到她的咖啡杯中。

“不错哦！”海伦回道，依然坐着没动，“最近的事儿吗？恭喜恭喜！”她慌忙补充道。

“谢谢！已经是两个月前的事情了。”范妮很快回答道，“你都没法儿想象我找了个多好的丈夫，约翰森夫人！真不可思议！他是奥地利人，也许是匈牙利人。他的名字叫博格，所以，我现在是博格太太了。”

“就这样。”范妮不可思议地轻声说道，“那不是他的全名。我真的不知道说什么好了……当安宁袭来之时——哦，他的经历丰富……鲁道夫也很激动……他人特别风趣！你知道吗，他曾经参加过战争，受过伤，经历过好多事情，可怕的是他再也站不起来了。现在他不敢回德国，也不敢回奥地利，所以才会来这个国家，做一些鱼的买卖。而且还会给报纸写文章……”就这样范妮一直往下讲自己的故事。

海伦想着：我的天啊！上帝才知道你遇到个什么可疑的人。

“重点是，”范妮一边说，一边抱紧了孩子，“我来要跟你说的是，我丈夫鲁道夫特别喜欢孩子，他希望我们能把邱道夫接回去一起住……”范妮动情地吻着孩子的头发。

海伦默默地愣坐在那儿。

“我知道一开始你会很想他。”范妮安慰道，“但是你可以来看我们，是吧，托迪，海伦可以到镇上看我们。”

“到下周我们才能把公寓准备好。”范妮继续说道，“所以我现在不会带他走，一周之内，我们会过来接他，到时候鲁道夫会跟我一起来。”

“但是你已经好心地把他送给我抚养了。”海伦轻声说，“你肯定能理解，你不能就这样把他带走。”海伦无意中伸出手去抱孩子。

邱道夫安安静静地开心地坐在他母亲的腿上，玩着她的手包。

“对啊，不过那是以前。”范妮轻快地答道，“那时我太糊涂了，不知道自己该何去何从，可是现在一切截然不同了。”

海伦坐在那儿，惊呆了。

“可是我们收养了他，当作我们自己的孩子。”她单调地继续说道。

“当然，亲爱的约翰森夫人，我知道你的感受。可那是之前的情况。你肯定清楚，你不能拒绝一个母亲要回她亲生儿子的要求，对吧？今时不同往日，我有能力抚养他。”

海伦无言以对。

“我理解你一开始无法接受。”范妮说道，“但是，你毕竟只是他的养母，他并不是你的亲生孩子。你如此喜欢他，就一定能理解我作为亲生母亲的感受。”

海伦并没有回应。

“我很能理解你的感受。”这位亲生母亲继续说道，“可是他是我的孩子，你知道的。”她又爽快地说道，“你可以收养其他的孩子，那些失去母亲的孩子。我很乐意向收养机构推荐你。”

海伦把目光从邱道夫身上转到他母亲身上。

“我只是在想你这样做合法吗?”海伦几乎有些威胁地问道。

邱道夫的母亲坐中午的船回镇上去了。海伦仍然无法消化刚才发生的事情,就那样发着愣。

小孩子在屋子里玩玩具,蹒跚地走来走去。海伦几乎不敢去碰他,害怕自己多抱一下,对他的爱就会更深一层。

那天晚上邱道夫睡着后,起居室的门响了。就像一年前那样,同样的两名年老的妇女进来了——其中一个在政府工作。海伦告诉她们发生的事情,向她们询问自己是否必须归还孩子。

桑德女士对此并不能确定,但是,她觉得根据挪威法律,海伦不是通过合法途径收养的小孩,故不能拒绝此要求。

海伦喃喃自语:“可能会有其他的途径……那个母亲自己不合格呢。”

“那怎么可能!”另外一个女士打断了她的话说道,“这才是重点。有那么多的例子说明,一个不负责任的女孩在准许抚养自己的孩子后,是如何改邪归正的。没有什么比做母亲更能让迷途的女人回头是岸了。”

“有那么多被遗弃的孤苦无依的孩子可以慰藉您的母爱之情。除了你可以收养的孩子外,还有很多孩子需要您的母爱和关怀。”

海伦那天晚上就给朱利斯写信,告知他周日必须回家一趟,有重要事情商讨。

朱利斯的看法跟起居室那些女士的看法一致:如果孩子的亲生母亲想要回孩子的话,他们没有理由拒绝。但朱利斯主要谈的是范妮的婚姻,这似乎让他感到很好笑。啥样的人才配她呀!那个博格真有点可疑之处,也许是个间谍。

后来他们去了花园。朱利斯觉得自己既然回来了,就给旗杆重新刷个颜色吧。他把旗杆放到地上，一边谈论着范妮和博格的事情，一边刷着油漆。海伦抱着邱道夫站在一旁，沉默不语，面色难看。左邻右舍的女人们都把头探出窗外，提着建议，劝说海伦很容易就能再收养一个孩子。海伦紧紧地抱着邱道夫，直到孩子开始大哭起来。她的脸色更难看了。

朱利斯觉得这个主意不错。这次他们要好好挑挑，找个真正正派的家庭的孩子，那样他们就不会做这种不靠谱的事情了。也许会从某个未婚女人那儿收养一个孩子，因为这样的人通常不会把孩子要回去。

海伦把邱道夫所有的衣服都洗了一遍，仔细地折叠好。所有的衣服都干干净净的，装了两大纸箱子。日子一天天地过去。每天早晨，海伦都会被同样的情绪惊醒，然后沉浸在自己的思绪中。她几乎听不进去小孩子的声音，也不会回答孩子的童言稚语。

那一周的时间，海伦期待某些事情能阻止它：也许那个丈夫会改变主意，也许事情无法改变。她不能像之前那样面向孩子，跟他讲话，陪他玩耍。晚上孩子入睡后，海伦会坐在厨房的桌子旁边，眼睛一眨不眨地盯着夏夜的天空，几乎屏住了呼吸，想象着要是从未……

将近三周过去了。终于有一天范妮和她的丈夫来了。那是个矮个儿的胖男人，棕色的卷发，褐色的胡须，一双棕色的眼睛，洁白的牙齿中间有些带蓝色的东西。他看上去很和善，一直面带微笑，对着邱道夫打着响指："波比！波比！"范妮整个人容光焕发，喜气洋洋的。

海伦把邱道夫的东西打包收拾好，又拿来了那件缝着狮子纽扣的蓝色外套和水手帽子。范妮帮孩子穿戴整齐。

"托迪，现在跟海伦妈妈再见吧！宝宝，亲海伦妈妈一下，说再见。”

可是孩子无法理解，他不知道自己即将要离开这个家。

“再见，再见。”范妮·博格说道，“真的很感谢你们。记得快点来看我们。再见！”

那个德国人一直面带微笑，绅士地弯了弯腰，然后抱起了小家伙，范妮则提着那些盒子。他们走了。

窗户依然开着。海伦听到小家伙的哭声。他们现在到了坡道脚下。“妈妈！”邱道夫哭喊着。海伦站在房间的角落里，靠着墙壁没有往外看。

7

海伦去了两次克里斯蒂安，本来打算去看看邱道夫，可是又做不到。她沿着斯维尔德鲁普街一直走，经过博格家现在住的地方，希望能够看到邱道夫跟其他小孩子在人行道上玩，可是却没有看到他的身影。

显然，范妮不可能让小家伙出来，怕他可能会被汽车撞了，或者发生其他的不测。可是真正到了那儿，海伦又不敢鼓起勇气见见范妮。她觉得自己像个乞丐一样。

海伦像往常一样回去了。她去了墓地，然后才回头。她犹豫不决，要不要拜访伦德，最终决定不去了。她有几个问题很想跟伦德律师请教，包括钱的问题。朱利斯把他们准备给邱道夫的钱都挥霍光了，就连伦德律师给的那几百克朗也一个子儿都不剩了。

海伦第三次去镇上的时候，去了博格家。最近她梦到过孩子好多次，虽然记不清楚梦的内容，但是梦中确实有什么不对劲儿的地方，因而被吓醒了。

八月底，天气异常炎热。街道上的空气混合着灰尘，似乎凝固了。博格家那个黄铜门牌上刻着外国人的名字，楼梯上充斥着难闻的味道。海伦按了门铃，等了很久，她又摁了两三次门铃，就在转身离开之际，门开了一条缝，但门被一条链子锁着。

“原来是你啊！”范妮高兴地喊起来。她砰地解开链子，打开门：“约翰森夫人，您能来看我真是太好了！快点进来。我以为你完全把托迪和我给忘了呢。请原谅我们这里的状况太糟糕，我没料会有客人来。”

她穿着衬裙，那是一件很脏的紧身衣。她带海伦参观的房间也散发着一股难闻的味道。靠墙角摆放着一个长沙发床，没有整理，被子稍稍整理平了。

房间里很空，除此之外，一扇窗户下还摆着一张典雅的桌子。海伦曾经在商店里看到过这种美式的桌子，顶盖可以卷缩起来上锁。一扇窗户的窗台上摆放着一朵枯萎的温室玫瑰，罐子上还包着褶皱的薄纸和丝带；另一扇窗户那儿放着一个打开的纸盒子，里面缝纫的东西四处散着。

从敞开的门看过去，可以看到乱糟糟的卧室。范妮跑进去，把邱道夫抱了出来，另一只手上拿着一件粉色的夹克。显然孩子被从睡梦中吵醒，小声呜咽着揉了揉眼睛，头发全是汗。

范妮把他放在地上，然后给他穿上夹克外套，绾起头发，并戴上一顶小小的蕾丝帽子。

“看看这是谁，托迪？还记得海伦吗？我真不确定他还记得你不！可怜的小家伙，现在好困。宝宝……”

“邱道夫的生活就是你看到的这种状况。这几天我很累，因为我丈夫的朋友在我们这儿待了几天，我忙于照顾。现在他们去了卑尔根，前天走的，所以那之后我就很随意……

“是的，可怜的家伙。他今天看上去有点虚弱。你是对的，他有点不对劲儿，不过没关系，这都是因为他的胃病。那时他才刚刚感冒，我和我丈夫，还有一个朋友以及邱道夫一起去昔日街，那天他的体温就很高，况且今天晚上又特别冷。”

她冲到走廊上拿着雨衣回来了，然后从架子上的一堆零碎东西里找钱。海伦说不想麻烦她。

“我们也要给自己买点东西，我们也没有吃晚饭。”

海伦跟孩子待在一起。

“邱道夫。”她哄着孩子，“邱道夫，我的宝贝。你还记得我吗？你忘记妈咪了吗？”她趴在孩子面前低声细语，可是孩子却往后退了退。

也许孩子真不记得了。他站在那儿一声不吭，手含在嘴里，看着海伦。老天，他回来都怎么了！脸色苍白，黑色的头发因为出汗而粘在头上。

“哦，我的宝贝，宝贝！”

范妮回来了，买了三小瓶啤酒、一壶牛奶以及一袋维也纳面包，放在了桌子上。

“我们家没有咖啡。”她解释道，“如果我收拾一下去杂货店的话，时间恐怕来不及了，只好买了这些我能够找到的东西。”

邱道夫沿着墙壁跌跌撞撞地走着，不时走到母亲那儿喝点牛奶。海伦想起了往昔的日子。“托迪，坐到妈妈腿上，尝尝妈妈做的菜！”

“天啦，你给他喝没有煮过的牛奶吗？他的胃会受不了的！”海伦惊恐地叫了出来。

可是范妮解释说，她从某处得知新鲜的牛奶比煮过的牛奶更容易消化,营养也更丰富。海伦注意到范妮身上早已没有了当初那种盛气凌人的气势。可怜的人,肯定出了什么状况。不管怎样,她很高兴能够见到海伦。

“我觉得你应该带他去看看医生。”海伦建议道,眼睛从没离开过邱道夫。

范妮说自己也曾想过这事,但是自己很难抽身出去,另外还有钱的问题。去诊所?是的,可是现在是早上,时间太早了。再说到钱,她发现很难维持家用。鲁道夫说克里斯蒂安的消费比欧洲其他地方都高,而且他的钱也不固定,有时手头很富裕,有时候日子过得都很紧巴。范妮继续谈论着她丈夫,继续吹牛皮。她再次提及她丈夫的名字,夸赞他是一位比其他任何人都重要的人,和蔼可亲,举止文雅。但是,海伦看得出来她没有全说实话,海伦认为不管她是感到高贵或开心,可怜的人啊,真实的情况都是相反的。

最终,范妮吐露了心声:她需要为孩子添置一些东西,又不可能向鲁道夫开口。范妮解释道,并不是他不喜欢孩子,他当然喜欢孩子。海伦不能以为鲁道夫不喜欢孩子,可是……范妮继续说:“实话实说,你以邱道夫的名义存的钱,能先借给我吗?”

海伦看着苍白的孩子——不管世人怎么说,那都是她的孩子。他穿着漂亮的蓝色周日工作服,衣服前面却很脏;灯笼裤的一条腿挂在那儿;脖子上围着一条旧丝巾;因为感冒,眼睛深陷进去。

海伦同意了,如果范妮立即带邱道夫去医院的话,她第二天就会把钱送来。离开的时候,海伦抱着邱道夫,刮了刮他的鼻子,又摩挲着孩子的整个脸,吻了吻他漂亮的小脸颊三四次。

几周之后,海伦又去克里斯蒂安看望邱道夫。这一次朱利斯也一起来了，她觉得这样会使拜访变得更正式。

孩子仍然感冒，但是看上去气色不错。范妮说带他去看过医生了，医生确定没有什么大问题。这次房子比上一次干净多了，范妮的穿戴也整齐多了，并因为他们的来访而兴高采烈。范妮邀请海伦他们留下来吃晚饭，喝了咖啡之后，又用香肠和啤酒招待他们。某种程度上来说，气氛很融洽。如果邱道夫能开朗一点就更好了。也许他早已忘记了养父母。

这次博格也不在家，他经常出去旅行，范妮觉得他现在也许在斯德哥尔摩。

九月底，海伦再次来到斯维尔德鲁普街，按响门铃，却没有人开门。博格的门牌仍然在那儿。海伦询问住在对过的人家，那家女人告诉她博格家早已经搬离这儿了，现在房子住着另外一些外国人，没人知道那三四个外国人的信息。那个妇人不知道博格他们现在去哪儿了，听说去了阿斯克尔那儿的某个地方。他们似乎不想让别人知道自己的住址，因为范妮他们经常拖欠房租。你知道那栋公寓对他们来说很贵，不管多贵，他们还是需要那栋房子。他们还欠周围一些商店的钱。至于他们的婚姻，没人相信那些童话故事。那个妇女告诉海伦这些事情。

十月的一个午后，开店的汉森太太劝说海伦跟她一起去一个复兴运动倡导者家拜访。有位从克里斯蒂安来的牧师也去了。他们喝了咖啡，之后牧师做了演讲。海伦觉得演讲很精彩，其实她根本不关心牧师所引起的轰动，可是这个洛维斯托的男人演讲时是这么安详，又充满了智慧。海伦回家途中还在思考着。

匆匆离开山脚下汉森家时已经十点半多了。天气很恶劣，令人厌烦，外面黑漆漆一片，没人愿意在路上逗留。海伦加快了步伐往山坡上走去，刚要踏上门廊的台阶，突然感到墙边有某种更黑的阴影压过来。她没理会,继续向前走去。

“是我,约翰森夫人。”远处传来低沉的声音,似乎含着泪。海伦听出那是范妮·厄达尔。

“我的老天爷——”

那个人站了起来。海伦知道无须再看,她怀里肯定抱着孩子。

“我的老天爷。”海伦再次惊呼。她往前跑去打开了门。那个女人像落汤鸡一样溜进了屋子,站在门那儿。海伦点亮了煤气灯。范妮用雨衣裹着孩子,抱在怀中。

“在我生命中从未……”海伦竟发现自己找不到继续说下去的词语了。她走过去接过那湿答答的一团,孩子的外面整个都湿透了。

“他睡着了。”那位母亲说道,“他睡了有一会儿了。”她继续说道,“我们从六点钟就在这里等着。我去了汉森家,但是那儿没人。”

海伦把邱道夫身上的雨衣和其他外套脱掉,并没有吵醒他,然后把孩子放到床上,解开了孩子的鞋子。老天爷,他的腿太瘦了。

“脱掉你的湿衣服。”海伦温柔地对范妮说,“我给你拿些……”

她点燃炉子,煮上咖啡和牛奶,之后才往起居室走去,点燃了那儿的炉子,整理床铺。直到所有的一切都弄好了,开始做饭时,海伦才跟范妮说话:“今晚你肯定得在这儿过夜了。”

“谢谢你。”范妮温顺地道谢,像往常那样坐在摇椅上。海伦不禁觉得她是一只迷途的猫,现在找到了回家的路,只是这一路充满了千辛万苦。

“我在想——我想问您还愿不愿意再次收养邱道夫，就一段时间。我现在没有办法抚养他了——”范妮说着说着便哽咽起来。

海伦倒了些咖啡，轻轻地把食物递给范妮。

“试着吃一点。”她轻声劝道，一边抚摸着范妮的胳膊。

范妮慢慢地平静下来，流着泪讲述了自己的遭遇。九月份博格回斯德哥尔摩去了，从那之后她就再也没见过他。一开始，博格还会隔三岔五寄些钱和信件给他，可是她读不懂德文，也就无从知道信的内容。博格会说一点点挪威语，她会说一点点德语，尽管如此，她无法理解那些信。之后，来了一些其他的德国人或者芬兰人，他们搬进了她的公寓。他们让她搬到阿斯克尔去，跟一个德国女人一起住——那女人是他们其中某个人的妻子。即便这样，情况也没有得到改善，她和孩子在那儿度过了一段痛苦的日子，因为那个德国女人真是个可怕的母夜叉。最终，前几天她听到他们说鲁道夫已经回到德国了。那个母夜叉对他们态度更加恶劣，把他俩赶了出来。

到现在她才承认跟鲁道夫结婚真是大错特错。鲁道夫曾经告诉过范妮必须得等到战争结束后才能结婚，因为那些报纸。可现实怎么会这样呢？他曾经那么真诚地保证过，而且为人体贴，满怀深情，一开始的时候爱得如此疯狂，不不，应该是一直都是如此疯狂。

范妮哭了很久，沉浸在对博格的回忆中，不时还会说到邱道夫的父亲，说说她跟孩子父亲的故事。海伦从没见过这样的人：范妮似乎不能明白一点，那就是男人都是不可靠的，都是冷漠无情的。她似乎觉得只要是跟她说话的男人就得照顾她，就好像她无法照顾自己一样。什么人！可是世界对她太残忍了，可怜的人！

海伦最后把她安顿在起居室。邱道夫睡在厨房的双人床上，海伦进来躺下的时候，邱道夫醒了。海伦喂了他牛奶和面包，孩子的胃口不错，吃了很多。海伦用温暖的毛毯裹着他，他现在有点暖和了，可就是不愿意跟海伦一起躺着，哭闹着喊妈妈。海伦只好把他送到范妮那儿去。

范妮待了三天。她也许渴望再待些时日，但是海伦表现出了想要她快点离开的意思。范妮对未来并没有打算。范妮能在德鲁巴克找到工作吗？那绝对是否定的。于是海伦建议她去姑姑那儿，和姑姑言归于好，也许那样能找些缝纫活儿，要知道范妮曾经上过女装裁缝课。

范妮离开后的两天，海伦在花园里晾晒改良过洗干净的邱道夫的内衣。他们又回到了过去那种温馨的状态。

小孩子在花园里东倒西歪地走着。这是一年里最好的季节：空气温和湿润，闪耀的阳光飘洒而至，给草地镀上了一层金色的光芒；屋后山脊上的冷杉树，叶子的橄榄绿映衬在深灰蓝的天幕下，煞是好看；雨云在天空中飘动。

突然，邱道夫走了过来，拉着海伦的衬衫，手里还握着某个东西。他的整个小脸因为笑容而闪亮。

“妈咪，妈咪，看——雷克尔！”他说道。

那是他以前的木马，他在灌木丛中发现了它。木马上所有的油漆都退了色，上面都是灰尘，还有枯萎的树叶。

孩子向海伦伸出双臂，说道：“吼啪，妈咪——吼啪！”

海伦跪到地上，将孩子搂到怀里，抱到胸前。此刻，她的眼里噙着泪水，内心深处的某种东西被打碎了，喷涌而出阵阵浪潮。海伦没有意识到，在她生命中从未像现在这样哭泣过，似乎过去那些从未掉下的泪现在全流了出来。

8

她没有意识到的事情还有一件：之后的整个冬天，她以及整个人生都与之前不同了。每一天都充满着深深的幸福，同时又伴着丝丝焦虑。

小小的邱道夫开始记起之前一起生活的点点滴滴了。某一天，他站着盯着缝纫机看了很久，用手感受散发着光泽的轮子，突然打了个响指惊叹道："啊，一定是这样！"每次他在海伦做针线活儿时去捣乱，海伦总会这样做。邱道夫走到炉子那儿，伸出手想要触摸一下："啊，原来如此！"有东西吃的时候，他会说："酒——饭，妈妈。""坐在你腿上。"

邱道夫一直在不断地学习，几乎每天都会学一点东西。这个孩子如此暖人，幽默风趣。海伦感到非常幸福。

这是她的孩子，海伦再也不会让他走了。一想到范妮·厄达尔女士也许哪天还会回来要回这个孩子，海伦的脸色就变了。她想着到时候自己该怎么说，肯定不好讲的。她会质问范妮，一个连自己都照顾不好的人，如何有资格照顾孩子。天啦，绝对不能！那个女人绝对不可以再次动邱道夫一下！她已经对邱道夫造成如此大的伤害！孩子跟她在一起的时候，退步很严重。

退步，那是医生的原话，医生说是退步。这个孩子的胃状况不乐观，还有支气管炎。可是医生也说了，只要精心照料就可以让孩子恢复正常。

海伦一直照料他，所以没有多余的时间去做正常的家务活儿。二月份的时候，银行新的账户上只存入了四克朗钱。她会做浓稠的胡萝卜甘蓝汤、清水粥和黑麦粥。目前邱道夫还不能喝牛奶。他是如此喜欢喝牛奶，每每都苦苦哀求海伦，所以海伦拒绝他的时候经常会眼泪盈眶。她用暖和的油擦拭邱道夫的后背和胸部。一旦咳嗽严重了，哪怕是白天，海伦也会陪邱道夫躺着，不这样的话，孩子不会老老实实地躺在被子里。她会脱去外面的衣服，跟孩子玩耍，唱歌给孩子听。当孩子睡着后，她才偷偷起身去干家务活。现在情况有了改观，邱道夫可以不需要人陪伴了，留下精心挑选的食物让他保持安静也没有问题了，当然巧克力和糖果是绝对禁止的。只是，孩子烦躁发怒的时候，海伦就不得不陪他玩耍，有时会唱上好几个小时的歌。

邱道夫让海伦备受磨难，与此同时，孩子也越来越依赖她。

冬去春回。海伦内心欢喜，她认为只要邱道夫每天都能出去走走，他就会越来越强壮。她匆匆忙忙地为孩子做了新夹克。那件他穿着回亲生母亲那儿的蓝色衣服简直破得不行了，于是海伦决定用自己冬天的外套为孩子重新做一件新衣服，虽然那件衣服款式不流行，却鲜亮如新。秋天的时候再为自己做衣服也不迟。海伦计划着自己如何做衣服，海军蓝……也许她可以剪下旧皮毛披肩，为外套做装饰。

最近邱道夫又咳嗽了。有一天夜里，他咳了好久之后，突然出现了像百日咳患者那样的哮喘声。

又是人间五月天，天气和煦，花园里的草坪渐渐转绿。大黄茎的植物竞相从泥土中钻了出来，露出漆红色的嫩芽。去年枯萎的牡丹灰色的茎秆上长出了棕色的卷叶。起居室窗户下的床旁，摆着含苞的水仙花，像小小的绿色刀尖。海伦从窗户那儿看到这一切，内心不免升腾起一丝惊喜，可一想到邱道夫，眼泪就止不住往下掉。天气明媚，本是出去玩耍的好时机，可是邱道夫现在却脸色苍白地躺在床上。

小家伙的情况真的很糟糕，一直在咳嗽哮喘，有时甚至都无法呼吸，东西也吃不下去。

医生建议海伦和孩子都搬到大起居室中住。海伦日日夜夜守护着他，抱着他的头，在他咳嗽发作时，陪伴着他，有时会喂少量的蛋奶沙司或清汤。海伦希望他能坚持下去。

五月十五日的晚上，孩子转成高烧。海伦到汉森家给医生打电话。医生来过后告诉海伦孩子得了肺炎。

“你觉得他能撑下去吗？”海伦睁着惊恐的眼睛盯着医生的脸问道。

“希望常在。”医生温柔地回答。听到那种语气，再看到医生脸上的表情，海伦的心里泛出一阵恐慌。从那天晚上一直到第三天，海伦一直在为孩子宝贵的生命而奋斗。到了第三个晚上，孩子还活着，海伦已经精疲力竭地躺在床上。她给发高烧的孩子换了湿敷布，放在他的额头上。也许她不应该躺在那儿，那样对孩子来说太热了，可是让孩子感觉到她在身边，也许能让孩子感到安心。邱道夫已经不能说话了，可在他有意识的时候，会紧紧抓着海伦的手、胳膊或者衣服不放。

邱道夫躺在海伦的怀中度过了最后的时光。第二天早晨，外面阳光明媚，花园中的欧椋鸟开始歌唱，可邱道夫却再也看不到、听不见了。

那天晚上，海伦把可爱的穿戴整齐的小宝贝留在起居室，想到厨房里躺一会儿，这时她看到自己胳膊上有青一块紫一块的瘀青——那是在与死亡抗争的时候，邱道夫抓出来的痕迹。

朱利斯和范妮·厄达尔参加了邱道夫的葬礼。黑纱后面的那位可怜的母亲悲痛欲绝，泪眼婆娑，尽管穿着新的黑色衣服看上去很高雅，可是却给人一种精神崩溃了的感觉。她在格鲁勒洛肯找到了一份不错的工作。海伦再次觉得她像一只迷途的猫。她尽力照顾好范妮，为她准备了阁楼上的房间，她不想把这位母亲安排在邱道夫死去的那间房里。此刻，她找不到要说的话。

葬礼那天下着雨，墓地气氛异常沉闷，一小群送葬队伍打着伞围着还没盖土的坟墓站着。当牧师的铁铲缓缓地将泥土铲到棺材的花圈上时，海伦不得不扶住那位母亲的胳膊。范妮像要一头栽下去似的，像受伤的野兽那样痛苦地呻吟着。

海伦不能哭。最后的那段日子，她的灵魂早就不在了。最后，送葬者回到了海伦家。海伦准备了晚餐：烤小牛肉以及前一天她做的千层蛋糕。这些东西本来是为邱道夫坚信礼准备的，海伦不知道为什么自己会在现在做这些，也许是试着让自己再次感受到痛苦，察觉出自己还活在这个世上。那样她就会哭着记起曾经为自己的小家伙设想的未来。做饭、削土豆、做沙司，海伦每分每秒都会想起这些，但是眼睛里却没有泪。

晚上，雨停了，海伦站在门廊的台阶那儿送客。桦树的花蕾散发出来自天国的香气，稠李的嫩芽透出一股甜甜的味道。范妮想要帮助海伦收拾碗筷，海伦说不用。朱利斯和范妮出去送了客人们一段路程——那些是朱利斯的亲戚，不住在胡维克这儿。

海伦洗完碗，收拾好房间，坐到窗户旁边无精打采地看着春天夜晚的户外。布满云的夜空下，海湾发出温柔的光亮；树梢仍然透明可见，可是阴影却变得越来越浓；所有的花骨朵都含苞待放；花园里弥漫着泥土和万物生长的气息；还有一只没有入睡的鸟儿四处唱着歌。

她想分一分那些报春花——这本是这个春天的活儿，用分好的迎春花做些花环种到墓地那儿。海伦的喉咙哽咽了，眼睛有些刺痛，但这种感觉一闪而过。她试着去想邱道夫的墓地时，此刻她并没有流泪。

海伦无精打采地站起来，慢慢穿过门廊，向开阔的地方走去。有一阵子，她站在那儿大口呼吸着寒冷潮湿的空气，然后又开始漫无目的地走。她走过房子的角落，往山下的小路和海湾看过去。

有两个人正往山坡上走来，他们挨得很近，走了几步后停了下来，亲密地拥抱在一起。

海伦退回到屋子的阴影里，然后轻轻地走进屋里。她的双腿不停地打颤，瘫坐在她经常坐的窗户那儿的椅子中，身上的衬裙紧紧粘在身上：她在冒冷汗。

不一会儿，范妮和朱利斯进来了。

“你真应该跟我们一起去的。”她丈夫说道，“这真是个美好的夜晚。”

海伦无法应答。她搜肠刮肚地想找到一个短语，越难堪越粗俗越嘲讽越好。她尽力从年少时学过的那些低俗肮脏的表达中搜索词语，那些脏话她学过可是却不屑去听。话就在嘴边，海伦却又把它们咽了下去。

朱利斯走到炉子这儿，摇了摇水壶。

“没水了？”

海伦本能地站起来，开始做妻子的本分工作，拿起水壶去烧水。她整个身体抽搐着，她觉得自己不敢冒险走过地板，生怕自己会做出某些可怕的事情来。

“杯子晚上我都洗过了。”她低声说道。

“亲爱的，我可以自己洗这些杯子……”范妮看着海伦的眼睛。海伦又坐回摇椅上去了，人还在流泪，脸色一片苍白，看上去如此不对劲儿。

“我想去睡觉了。”不一会儿，范妮弱弱地说道，“太累了，真是精疲力竭。”因为是尖声说话，她的声音有些压抑。她哭泣着走过去，觉得海伦的目光灼烧着她的后背。

“哎，可怜的人。”朱利斯端了杯微温的咖啡坐到桌子旁，“这一切对她来讲太残忍了。”

海伦一动不动地坐在那儿，并没有抬头，控制着声音说道：“也许刚才你安慰她的时候只是出于一种好心。”

朱利斯震惊了。

“我看到你们往山坡走过来。”海伦面无表情地说道。

“哦……那个……”朱利斯坐立不安，脸变得通红通红的，“那是……”他飞快地说道，“你知道那是无稽之谈。她现在这种状态，我只是拍了拍她安慰一下。你不需要担心。”

海伦身上即将爆发的暴风雨又平息下去。真的，她也不知道为什么自己会那么想，真是无稽之谈。现在她必须习惯那些——朱利斯跟其他女人东扯西扯。这些为什么还会困扰她？现在她很累，很冷，声音也变得尖锐而激动：“我怎么知道你是这样的人，朱利斯！你怎么会看上那个人！那个跟过一个又一个男人的轻浮的女人……天啦！”

“听着，看这里。”朱利斯有些受伤地说道，“我不是开玩笑。你知道的，那个可怜的女人现在疯了。”

“我不惊讶，因为她有哭泣的理由。她现在又怀孕了，这就是事实。”

朱利斯的脸再次红了。

“你怎么能那样说……”

海伦给了他一个嘲讽的眼神。朱利斯站了起来。

“哎，海伦……这真不是件好事，真的，这让你看上去很可悲。可是你必须记住这些：男人像我这样离开家住在外面真不是一件容易事儿，真像单身的同志。而她总会在我的周围出现，接近我，像小猫那样诱惑人。你对我那么温柔，真心好……外遇不代表什么，这一点你得明白……”

海伦直直地杵在那儿，好像成了石头人，脸色苍白得发光。

“是，我知道自己做错了，可是你对我来说不是一直都有吸引力的。你对我来说是很美好，我也经常可以感觉得到。我知道除了你之外，其他人都算不上什么，但是……”

海伦尖叫起来，那是一种很长的单一的声音，像动物的那种撕心裂肺的喊叫声。

“老天！”朱利斯惊叹着，向海伦走过去。

她转向他，整个人处于一种疯狂的状态。

“你滚出去，你走——听见了吗？你去她那儿呀——去你的贱妇那儿！真恶心！上帝，我一眼也不想看到你！我……”

她从朱利斯身边冲过去，拉开起居室的门跑进去，砰地一声关上，锁上钥匙。她把手放在门上，站了会儿，整个身体都在颤抖，然后跌跌撞撞地走了两三步，倒在床上，扯开毛毯和鸭绒被。她跪下来用被子裹好自己的头和肩膀，大声地痛哭出来。她抱着那个邱道夫死时枕的枕头，紧紧地抱着，在无尽的苦痛之中为老天爷哭泣，为她的孩子哭泣。

（丁晓花　译）

贡纳的女儿

1

有一男子名叫维特莱德·格卢姆森，来自冰岛的东峡湾。每逢夏季，他都会四处航行，做些买卖。

他的侄儿名叫约特，乃是斯科梅山谷的基瑟尔·豪克森（早在约特年幼时就被人杀死）之子。为报杀兄之仇，维特莱德开始忙着打官司，并且以此为荣。不过这都是些题外话。约特的母亲名叫史坦芙，年纪轻轻便不幸香消玉殒。于是约特被交由艾尔[1]的图尔比约恩·哈勒格抚养，随后则跟维特莱德住在一起。所幸他对这个侄儿视如己出，爱护有加。

约特很早就显示出男子气概。十六岁过后，他跟着图尔比约恩的儿子们一起当了海盗，不久便因为武艺高强、英勇善战而声名赫赫。大家都认为他是个言出必行的小伙子，非常适合担任领导角色。可他虽然忠实可靠，却不免有些寡言少语，难以很快与人打成一片，因此大部分时间里他都喜欢一个人待着。由于某些缘故（这同样也是题外话），人们还给他起了个“维加[2]－约特”的

① 冰岛西海岸的一处半岛。

② “Viga”的意思是“killer（杀人者、凶手）”。

绰号。

某年夏天，约特已年满二十，便跟随维特莱德远航去了挪威。两人共掌一艘非常适合出海的商船，其中三分之一的份额为约特所有。

2

维特莱德有亲戚住在罗默里克[①]，于是他打算前去探望一番，反正他也要去挪威收购建筑木材。当船驶入福尔登湾[②]时，不觉夏季已经接近尾声。

适逢海面平静无风，又刚下过整天的雨，大伙儿只好从弗里加河[③]汇入峡湾处逆流而上，齐心协力划着船在诸岛之间穿行。此刻黄昏将至，薄雾已尽皆消散，并缓缓飘上了山顶。维特莱德和约特伫立在船头，举目眺望着远处的陆地。那里不仅有茂密的森林覆盖，河岸两侧还分布着一片片农场，只是数量有限，面积也多半都很狭小。

河口附近停泊了若干条小渔船，拖着锚在那里摇晃不止。瞥见大船在雾霭掩盖下的诸岛间悄然而至，紧张的渔民一个个看得目不转睛。维特莱德主动跟他们打招呼，又问他们从何而来。眼看大伙儿都是些本分的商人，渔民们纷纷回答说自己是瓦丁[④]贡纳手下的佃户，而贡纳便是河畔的大庄园主。维特莱德又问他们当晚可否帮忙带路，领着大伙儿去那儿，得到的答复也是肯定的。

---

① 现今挪威东南部地区，位于该国首都奥斯陆东北方向二十五英里处。

② 古斯堪的纳维亚语中奥斯陆峡湾的名称，原文中为“Folden”。

③ 一条小河，如今更名为阿克尔河（Aker），流经奥斯陆。

④ 即现今的沃伊恩（Vøyen），位于阿克尔河（Aker）西岸、奥斯陆城的中心。

因此，这些冰岛人奋力划桨，继续逆流而上，在一位渔民的指引下直奔瓦丁。

船抵达目的地时已是夜色昏暗。大厅里，贡纳正端坐在一张高椅[①]上。只见他体格魁梧，相貌堂堂，不仅留有一头灰白的长发，而且大胡子齐胸。壁炉旁边则坐有两名女子。其中一人正借着火光纺纱。她一身黑衣，尽管已是青春不再，可面庞却依然明亮、白皙如故。另外一人则是个花季少女，双手搁在膝头，就这么百无聊赖地坐那儿。

维特莱德赶紧走上前去跟主人打招呼。还没等他把事情的原委讲完一半，贡纳早已站了起来，不仅对他们的到来表示欢迎，还吩咐两位女子准备食物和酒水。

话音刚落，两名女子纷纷起身。年长的那位马上开始忙个不停，又是召唤女佣，又是前后跑来跑去；而年幼的那位则只是站在炉火旁仔细端详着这群陌生人。没想到，光亮下的少女竟是如此美丽，但见她高挑身材凹凸有致，纤纤细腰，胸部丰满，一双灰色的大眼睛，长发几乎垂及膝弯。那黄色的秀发浓密又柔顺，却并不十分有光泽。她的手掌挺大，却是又白又嫩，还戴满了戒指。她头上扎着一条金质发带，浑身上下珠光宝气，远远超出一般女性在日常生活中佩戴的数量。

此时，年长女子已端来一个硕大的角制杯，里面盛满了蜂蜜酒。她把它递到年轻女子手上，并开口道："现在该你了，维格迪丝，快对客人的到来表示欢迎吧。"

被唤作维格迪丝的女子接过角杯，顺着条凳依次走下去，先

① 庄园主家中的"宝座"，也是体积最庞大、雕刻最精致的一件家具，通常留给族长或尊贵的客人坐。

是递给维特莱德，接着又端给其他所有人。最后，她终于来到约特的面前。

约特原本坐在靠门最近的条凳末端，后来却因为浑身湿透才走到了炉火旁。当时，他身上裹着斗篷，正用手攥住一角。由于黑发耷拉在前额，维格迪丝几乎看不清他的脸，只注意到他眼眶深陷、眼珠为深蓝。

当少女将角杯递过来时，他便任由斗篷从肩头滑落，而且一边喝酒，一边从杯口打量着她。少女似乎并不喜欢被人这样盯着看，因为她始终一声不吭，接过杯子就转身回到高凳上坐下。

为能继续观察维格迪丝，约特也只好落座。不一会儿，她不经意地往这边瞟过来，刚好与他的目光撞上。于是，她赶紧撇开视线，脸却羞得通红。可紧接着，她还是忍不住要看他，只是此刻已经敢于回瞪，直到对方的目光先避开为止。

很快到了用餐时间。食物丰盛至极，简直快赶上一场宴会。贡纳原打算派家仆去岸边把船上的人也请过来，因为他说自己的手下夜间会在船边帮忙看守。

对此，维特莱德自然连声称谢，可没等他把话讲完，约特却插嘴道：

"时候已经不早了，咱们的人今晚肯定会一直留在船边。我看就不必劳烦主人家的仆人吧。"

听闻此言，维格迪丝忍不住笑了：

"想必这个冰岛人十分不放心他的财物哩。"

贡纳急忙加以斥责，却显然没有真的生气：

"冰岛人是因为考虑周全才不肯让我们的人帮忙，但对仆人来说真的谈不上什么麻烦。况且，在如此恶劣的天气里划了一整天船，想必他们确实需要一处栖身之所及新鲜的食物。不过，女儿啊，像这样回应家里的客人确实多有不当。”

约特也笑着接茬：

“我敢肯定，她并没有什么恶意。再说，从这么年轻的姑娘嘴里说出的话根本不能太当真。”

另一名女子也对维格迪丝说了些什么，不过声音很轻。而维格迪丝并不买账，只是淡淡地笑着坐下。后来，贡纳还是派人去了岸边，其他人则照旧吃吃喝喝。

众人谈论的话题无非是最近黑压压的阴沉天气。无论在海上或是在陆上，它都是一场巨大的灾难，因为玉米刚好迎来了收割的季节。贡纳说：“年轻的时候，我也经常在夏天去国外，而且最讨厌这种鬼天气，又是雨又是雾的，还没有风。”

约特则马上以歌声做出回应：

“您说的全是大实话，
热情好客的贡纳！
黑压压的天空笼罩着我们，
兰[①]的女儿们都在打盹儿；

跟她们一起嬉戏，
毫无乐趣可言。
倒不如借宿在
友好的大乡绅家里。

女神般金色

① 北欧神话中的海上女神，海神艾吉尔（Aegir）之妻，以其网救溺水者。

装饰了餐桌；
更美丽的人儿
我竟从未见过。

夜色深沉，
我在半醉半醒中徘徊不定。
远处一头芬尼酒黄色长发的姑娘呀
你对鼓舞人心的话竟如此吝惜。"

唱到最后几句时，他的声音明显低沉下来。贡纳此刻已有点醉醺醺的，倒未加留意，不过维特莱德却完全捕捉到了，并马上跟贡纳谈论起自己的航海见闻。没多久，维格迪丝便在一群妇女的簇拥下回到了自己的闺房。

晚些时候，当水手们都已安歇，维特莱德悄悄对同睡一张备用床的约特说：

"你的行为让我感到很惊讶，侄儿；但这样显然不妥，贡纳热情地款待了咱们，而你却在头一晚就拿小曲调戏他的宝贝女儿。"

见约特不吭声，维特莱德又继续说道：

"以前我从不知道你是个多情种子，可今晚才注意到你的眼睛始终没离开过维格迪丝。咱们出海的时间并不算长，还不至于一见到女人就把魂都丢了吧？"

约特还是没有回应，却转过身去背对着他，假装已经熟睡。

3

次日，众人吃过早餐后，贡纳和维特莱德一同骑马去了岸边。

而约特则依旧躺在条凳上，说自己困得很。可是，其他人前脚刚走，他却马上一跃而起，因为他心里只想着去找维格迪丝，好跟她聊一聊。

由于衣服都留在船上，约特此刻依旧是一身旅行装束。只见他披着一件深色的长款连帽斗篷，胸口处以一枚价值不菲的镀金扣固定。里面是一件黑色束腰长袍，所有缝合处都饰以银色和蓝色的刺绣。这倒挺符合约特张扬的个性。也正是这个原因，他在手上、臂膀上都戴满了环形饰物。当然，他也确实相当耐看：身材魁梧，肩宽背阔，蜂腰细如女子，四肢匀称有型。而且他五官精致，生得眉清目秀。美中不足的是肤色稍嫌偏黑，灰色的嘴唇宽厚且往外突出。他的眼睛为蓝色，深褐色的长发则以一根丝带扎在了脑后。

当天阳光明媚，约特刚步入庭院，就看见维格迪丝从屋子北边的草地上走过。他快步追上去，直到树林的边缘处才赶上她。跟维格迪丝打过招呼后，约特问她是否有什么差事要办。维格迪丝说并无任何差事，只是想去林子里面走走，顺便吃点浆果之类。

“那就让我陪你去好啦，”约特主动提议，“你一个人可不安全，因为我听说这些丛林有熊出没哩。”

“我若是害怕的话，就会带上贴身侍从了。”维格迪丝答道，“而且任何情况下我都不会手无寸铁的。”话音未落，她马上从腰带里抽出一柄长长的刀子，递给他观看。但见其手柄以一圈圈镀金丝线缠绕，而刀刃上则刻有卢恩符文[1]。

约特将它拿在手中，看了看说：

---

[1] 又称如尼字母(runes)，由24个字母构成，在中世纪的斯堪的纳维亚半岛与不列颠群岛最为通用。它带有浓厚的宗教色彩，据说每个字母都有魔力，只要善加组合就能产生奇迹，如今早已灭绝。

“这把刀子挺奇特，想必也一定非常古老。你是从哪儿得来的？”

“它一直就是我家里的东西，”维格迪丝回答，“听说，我们有些女亲戚曾经在这树林的高地[1]担任女祭司，但那都是老早以前的事了，谁也不太清楚。我们的奴仆倒是常常端着鸡和羊前去献祭，不过我父亲除了自己的权势和力量，便再无其他信仰。据我所知，我的祖父也跟他一样。”

“我又何尝不是呢，”约特笑着说，“尽管我其实还受过基督教洗礼。”

“那可真是一种奇怪的信仰。”维格迪丝答道，“白色的基督肯定也没多大帮助，因为我听说，他连自己都解救不了，最后还遭到蓝地[2]的敌人杀害。”

“我不知道该如何解释这个，”约特说，“而且几乎也认为他无能为力。但碰巧的是，在丹麦南部有位体面正派的男子，他不仅帮助过我，还将我腿上一处溃烂得吓人的伤口治好了。然而他却不肯接受任何酬谢，于是我为了不得罪他才任由他施行洗礼。”

“噢，你肯定去过很远的地方吧？”维格迪丝问，“你为什么不跟你的叔叔一起骑马去看看从船上卸下的财物？里面应该有你赢得的东西。对了，他们又为什么要叫你‘维加－约特’呢？”

“哦，或许我确实赢得了一些东西，而且还足够好，”约特说，“但我始终觉得，想要争取却未弄到手的才是更好的。”

“对此我深信不疑，”维格迪丝答道，“都说冰岛人不光对财物贪得无厌，而且话也非常之多。”

---

① 这里的高地(high place)指的是异教徒进行血祭等其他仪式的宗教圣所。它们有时设置在树林里，有时则在被夷平的山顶上。

② “蓝”人或黑人栖息地，意指地中海另一边的任何地区。

约特却说：

“我从未听说有谁不爱护自己的财物。不过你倒是称我为守财奴的第一人。”

维格迪丝忍不住笑了：

“从这么年轻的姑娘嘴里说出的话根本就不能太当真哩。”

“我差点要以为你还对我心怀怨恨，维格迪丝。”约特又说，“刚才咱们相遇时，你可没给我什么好脸色看。”

“让眼睛过多地停留在陌生人身上，”她回答道，“那也不是咱们这一带的习俗哩。”

约特也笑了起来：

“我无法想象，维格迪丝，一旦你用金丝带束住头发，你就可以藏在女仆后面而不被发现了。”

“我为何不该戴金首饰呢，只要它是父亲送的?”维格迪丝问。

此刻，两人已来到树林里的高地。它位于一块空地内，四周的草木长得十分茂密。小丘被树立起一圈石头环绕着，而中间的那块就是祭品石。不过，许多石头都已经倒下，到处冒出了橡树、桦树和花楸的幼苗。岩石之间还长着不少高高的丛生植物以及红色的野花，由于有些已经开始结籽，其白色的绒絮纷纷随风飘舞。这些绒絮落在两人的衣服上、头发上，维格迪丝边走边将它们抖掉。

吃浆果的时候，约特对维格迪丝说：

“在四处寻找木材期间，我叔叔打算请求贡纳为大家提供伙食。可是，也许你巴不得我们刚一来这儿便马上离开，因为我认为你并不喜欢我们。”

“家里要接待什么样的客人，这得由我父亲决定。”维格迪丝回答，“他从不会征求我的意见。当然，我的事情他倒是让我本人做主。”

“跟我估计的一样，”约特笑着说，“我觉得你是个任性而又固执的姑娘。”

“他们都这么说。”她回答道，“可你在我眼里也是个大胆而又冒失的小伙子。”

“唉，原来我的名声是这样。”约特说，“现在可以说你我并非敌人了吗？”

“咱们看上去也不像嘛。”维格迪丝回答。随后，两人找了块石头坐下，开始享用维格迪丝挖出的蕨根。然而在起身时，维格迪丝却忘记拿走她那柄女祭司的刀子。约特悄悄把它捡起来，顺手藏入自己的怀里。接着他们边开玩笑边回家，俨然成了一对要好的朋友。

4

维特莱德收购了贡纳的木材。贡纳不仅不肯接受这些冰岛人的伙食费，还邀请他们想住多久就住多久。每次只要维特莱德一提到动身，贡纳便会表示没必要太着急。其实约特心里想的也是这样，而且尽可能找机会跟维格迪丝聊天。

某日叔侄俩单独在一起时，维特莱德又提到了这件事，约特终于吐露出内心所想：

“我的宏愿就是能娶维格迪丝为妻，我从未如此想跟某个人生活在一起。她比我见过的绝大多数姑娘都要漂亮，心胸开阔，又伶牙俐齿，而且我恐怕很难找到更富有的新娘了，因为她毕竟是贡纳的独生女。再者，我相信那个贡纳也挺喜欢我的。”

“他是否肯答应这桩婚事，目前还很难讲，”维特莱德说，“如果你要带着她背井离乡的话。不过若是维格迪丝果真钟情于你，我认为，那才是最重要的，因为小妮子必定会为自己的婚姻做主。毫无疑问，你也该清楚她对你的印象到底怎样，毕竟你们俩经常在一起。”

听闻此言，约特显得若有所思，过了好一会儿才再次开口道：

“女人的心思真的很难琢磨。我经常觉得她很喜欢我，可她转眼就会生气——甜言蜜语中也可能隐藏着欺骗。”

“我不太认为维格迪丝会有欺骗之心，”维特莱德回答，“只是小丫头还很年轻，或许不愿意受到丈夫的管制罢了。毕竟，在我看来她是非常任性的。因此我建议，你在处理这件事情时务必循序渐进，不可急于求成。眼下咱们即将北上去看望亲戚，等到返回之时，你就能明白她心里的想法，包括她是否思念过你。”

“我是不会离开这儿的，”约特说，“除非我知道了这件事的最终结果。”

5

当晚，约特又去维格迪丝的闺房找她，对方正坐在条凳上做针线活儿。只见她穿着一件刺绣很华丽的蓝色睡袍，黄色的秀发随意垂落在肩头，在熊熊的炉火掩映下闪闪发亮。看到约特进门，她赶紧把手里的东西搁到一边，想起身去迎接。然而，约特早已急匆匆地来到跟前，还一屁股坐在了旁边的地毯上。维格迪丝问：

“我父亲不在家，这么晚你跑这儿来找我有什么事吗？”

“最近几天我都没怎么见到你，”约特回答，“因此有好多话想跟你聊一聊。”

“可咱们每天都一块儿说话的呀。”维格迪丝说。

“我还有许多话憋在心里呢，维格迪丝，而且最好是单独跟你讲。今天维特莱德说我必须弄明白你的心思，确定你到底喜不喜欢我。很多时候我觉得你在对我表示好感，但某些时候你说的话又那么奇怪，火气又那么容易被点燃，我几乎要以为你内心还埋藏着怨恨了。”

“我怎么会对你心怀怨恨呢？”维格迪丝问。好一阵子，她坐在那里没有吭声，也不去看约特一眼。然而，她终于又开口了：

“真奇怪，你居然跟我说出这些话来。咱们坐在一块儿的时候，我常常觉得你脾气太过急躁，而且很多次都说不清咱们为何争吵，或者你是否在欺骗我。我全部的岁月都是在森林里度过，很少遇见陌生人前来；然而你却到了遥远的海外，又见多识广。没错，我确实常常对你发火。”

“我不太善于跟女孩子讲话，”约特缓缓说道，“可你比其他任何人的陪伴都让我更开心，而且我从未想过要跟其他任何人一起生活。”

见维格迪丝并不回应，约特马上又说：

“如果你愿意，我很快就去向贡纳求亲，让他将你许配给我。”

维格迪丝仍然没有吭声，而约特则一把搂住她的脖子，开始亲吻她的嘴唇。见姑娘并未做出反抗，他索性将对方抱得更紧些，还顺势拉她坐到了自己的腿上[①]。这时，维格迪丝却突然泪如雨下，不仅挣脱他的怀抱，还远远地跑向炉火边。她在一张凳子上落座，满头披散的秀发活像是轻柔的面纱，在火光下直闪耀。

---

① 当时，如果一名男子将异性抱坐在大腿上，他实际上是在按照既定步骤做出求偶行为。这种举动有着重要的含义，因此也就不难理解为何维格迪丝会被吓哭。

约特心想，恐怕没有哪个男子见过更美的画面吧。他随即跟了过去，将手搭在排烟柱上，直勾勾地看着她说：

“惹得你流泪真是太糟糕啦，我美丽的姑娘。不过，现在能告诉我答案吗？”

“请给我点时间。”维格迪丝恳求道，“先依照先前的安排，去看望你们远方的亲戚。等你们返回停泊在这里的船上时，我就会告诉你答案。我基本认为自己会满足你的心愿，可那意味着我要远离父亲，将他孤零零地丢在这里。再说，我觉得这件事也太突然啦。”

“根本没你想象的那么突然。”约特说，“我来这里都已经三个礼拜了。我并不清楚人的命运究竟受哪些神灵支配，可是诺恩三女神[1]早已将咱俩的紧紧编织在一起。关于这一点，从咱俩在高地上闲聊的那天起我就明白了。”

“从你的脸色看，我又知道你已经在生气。”维格迪丝回答，“我还年轻，眼下考虑婚姻大事未免太早了些。”

一听这话，约特扭头便走：“我相信咱们的年龄已经足够大。不过我算听明白了，你压根儿就不清楚自己心里是怎么想的。”

维格迪丝赶紧起身，追上前去说：

“你照我的话去做，暂且稍稍等上一段时间，毕竟我也不希望你求婚遭拒。再说，到目前为止我似乎对你了解得还太少，而你却要带着我远离自己拥有的一切。”

突然，她搂住约特的脖子，主动亲吻了他。可随后她又将对方推出门外，叫他赶紧离去。

---

① 北欧神话中命运女神的总称，为姐妹三人，大概是巨人诺尔维（Norvi）的后代，而这个巨人就是夜之女神诺特（Nott）的父亲。

6

接下来的两天，维格迪丝在闺房里一直闭门不出。这时，恰好有位客人前来造访，他便是格里夫森[①]的卡雷。

卡雷刚从特隆赫姆[②]回家，因此了解到不少有关拉德的伯爵哈康[③]（最近才被一名叫做卡克的奴仆杀死）和国王奥拉夫[④]的新闻事件。当晚，维格迪丝终于来到大厅内，就坐在卡雷身旁，两人很快像故友般亲密地交谈起来。

卡雷非常年轻，不仅皮肤白皙，而且长得高大英俊。目睹维格迪丝居然陪着这小子喝酒，约特自然感觉十分不爽。于是，他找个机会凑上前去，对她说：

“你对这位格里夫森的卡雷怀有怎样的情感，自己倒是清楚得很啊。”

“那倒不假，”维格迪丝回答，“卡雷跟我从小一块儿长大，能再次见到他我实在很开心。”

当晚剩下的时间里，约特始终对卡雷怒目而视。每次只要卡雷称赞了什么，约特必定立刻以一个更值得称赞的东西将它比下去。最终，众人的话题转换到了马匹上。卡雷又开始夸耀他那匹

---

① 以前叫做“Grefsin”，如今已更名为“Grefsen”，位于奥斯陆中部，流经沃伊恩的阿克尔河对岸。

② 挪威西海岸特伦德拉格地区的城市，位于尼德河河口处，自奥拉夫·特吕格弗森统治时期起便成为中世纪挪威国王的所在地。

③ 特隆赫姆地区的君王（约 970—995 年），曾奋力抵抗基督教的保守派异教徒，也是该地区最后一位异教统治者。

④ 这里指的是奥拉夫·特吕格弗森，挪威伟大的民间英雄、第一位基督徒国王，在位时间约为 995—1000 年。

名唤“斯隆夫”的种马。此马是由贡纳饲养长大，后来当作礼物赠送给他以示友好的。

约特却回答说早已见过，因为前不久为完成收割的农活，他们曾帮忙从森林里把马群赶回家。他坚持认为，自己从格里姆伦达尔[1]的阿恩之子手里买下的那匹种马更棒。而且他还说，这匹马名唤“阿尔瓦克”，自己不相信在本地还能找出比它更好的牲口。

“卡雷的那匹马看着倒是挺不错，”坐在约特身旁的老头突然开腔，“可去年和今年却接连逼得他离开了斗马场。不过你也很糊涂，”他悄声对约特说，“如果还敢在这屋子里夸赞来自阿恩之子的任何东西的话。”

“这是为何呢?”约特忙问老头。

对方却回答：“瓦丁和格里姆伦达尔之间一直有着很深的宿怨，因为埃约夫·阿恩森曾打算娶维格迪丝为妻，不想却遭到拒绝。”

“关于这件事我倒完全没听说过。”约特说，只听老头又继续讲道：

“贡纳其实挺乐意招埃约夫为婿的，据说是维格迪丝本人不肯答应。对此，任何人都不会觉得意外，因为阿恩之子的丑行远近皆知，而且大伙儿传言维格迪丝跟卡雷自幼便熟识。打那以后，阿恩的儿子们便时常恐吓贡纳，却难免心怀忌惮。要知道，贡纳或许已上了年纪，但也绝非软弱可欺。”

约特不再吭声。他坐在那里密切关注着维格迪丝和卡雷的一举一动，不禁陷入了沉思。过了好一会儿，他才走到卡雷跟

---

① 位于瓦丁的西边，在一条流经格里夫森的河对岸。

前说：

“今晚大伙儿已经聊了这么多，若是把我们的马牵来较量一番，让所有人看看到底谁会赢，那肯定非常有趣，你同意我的建议吗？”

“乐意奉陪，”卡雷笑着回答，“不过这几乎毫无必要，因为附近的人全都心知肚明。”

这时，维格迪丝突然插一句：

“你可千万别糟蹋了那匹花高价钱买来的马哦；尽管另一匹马会更棒，但或许它也算得上足够好。”

一听这话，约特勃然大怒：

“我并没有你想象的那样害怕拿自己的财产冒险——就让卡雷秀一秀他的马在比赛中的表现好啦。明天我们都把马赶过来，假如阿尔瓦克无法获胜，我是断然不会带它回冰岛的。”

“埃约夫肯定也不会把它收回去。”维格迪丝笑着说。

“我不可能要他那么做，”约特回答，“一旦这匹马吃了败仗，我就会宰掉它。”

突然，他从手臂上取下一枚金环，猛地扔进屋子中央的火堆里，并高声喊道：

“维格迪丝，你今后再也不能当面说我太吝惜自己的财产了吧？”

可维格迪丝却弯腰拾起火中的饰环，递给他说：

“行为像个无知的傻瓜同样可怕。”

约特接过金环，又朝着围在门口的一群奴仆扔去，还说无论谁捡到便可据为己有。人群中顿时出现一阵骚动。首先抓住金环的人很快被打翻在地，看样子这次盛宴将会以一个大丑闻收场。维特莱德急忙冲向侄子，拉住他的手臂，并且严厉地斥责了他一顿，可约特却只是笑了笑。最后，在一片喧嚷声中，协议终于达成：卡雷和约特的马将会在次日展开较量。

7

整个地区的人全都跑来观看这场斗马比赛，其中还包括不少女性。而比赛双方碰头的地点则选定为瓦丁附近的一片草场。

约特率先抵达，左手牵着马，还握着一根棍棒。只见他戴着头盔，腰悬一把短剑，身穿一件质地上好的鲜红斗篷，并且斗篷的肩膀处分别缀有金饰。他将斗篷脱下来放在一块石头上，里面便露出了红色短款束腰外套。阿恩的儿子们也在场，他们跟约特又是打招呼又是握手。

据一位优秀的相马人所言，约特的种马体型庞大，样子十分耐看。而它也冲着拴在场地周围的其他马匹发出大声的嘶叫。

眼看过了很久卡雷都没有露面，阿恩的儿子们开始不停地冷嘲热讽，说他肯定是为接受打赌一事感到后悔了。随后，约特也加入到他们的逗趣阵营。

这时，卡雷终于出现，跟在一起的还有贡纳和维格迪丝。他全副武装，甚至穿了件锁子铠甲。他的肩膀上裹着一块熊皮，手里不仅拿着棍棒，还有一支长矛。

一瞅见另外一匹种马，阿尔瓦克立刻认出了对方，而且必定是回想起森林里的某次邂逅，因为它突然挣脱了约特，摇着尾巴试图从圆形场地逃走。站在周围的人群忍不住大笑起来，而约特则快步追上前去，用左手死死抓住马的鬃毛，同时拿棍棒对着它的背部和腿部一阵痛打。他的脸早已涨得通红，此刻毫不留情地把马驱赶到前面。

“斯隆夫”一下子就把对手打倒在地，又是用前蹄猛踢，又是拼命啃咬。可怜的阿尔瓦克惨叫连连，再次试图逃脱。约特见状，气急败坏地从腰带上拔出剑，直朝阿尔瓦克捅去。然而，由于他在草地上跌了一跤，剑刃竟刚好切开了“斯隆夫”的肚皮。意外的摔倒也让他被两匹马压在身下，当时的场面别提有多难看。维格迪丝大声叫喊，要求他们把马匹分开。于是卡雷赶紧冲上前，拿矛柄打了一下自己的马，这才使得它瞬间跃起，将阿尔瓦克释放。约特的马也趁机挣扎着站起来。经受了一顿严厉的惩罚，它早已浑身是血，终于不顾一切地飞奔着朝森林里逃去。而此刻，“斯隆夫”的内脏正不断从约特刺破的伤口处往外流泻。

由于约特的头部遭到踢打，鲜血直往眼睛里灌。卡雷伸手扶他站起来时，对他说：

“我从未见过有人在斗马比赛中把自己弄成这副样子。你还得赔我的马哦。”

“现在就赔给你，”约特嘴里回答，脚下却踢起一堆土块，“都怪你裹着那块熊皮，活像林子里的丑陋怪物，让我的马都受了惊吓。”

“你休想唬我，‘维加－约特’，”卡雷说，“尽管你或许真的在冰岛杀过人。”话音刚落，他马上调转手中的矛，把尖尖正对着约特。

约特的剑依旧握在手中，他不仅将矛杆砍为两截，还伤了卡雷的手臂——虽然只是轻伤。卡雷把剩余的一段矛杆扔掉，也抽出剑来，直取约特。可就在这一刹那，约特却突然后仰着昏倒在地，并且有鲜血从口中喷涌而出。原来是先前被两匹马踢得太严重了。

这时，维特莱德走上前来，还攀住卡雷的肩膀与之交谈。他说自己甘愿赔偿卡雷的马以及手臂上的伤,并且让对方说个价。

“我不会接受你任何赔偿,冰岛人。”卡雷回答,“我算是看明白了,你的侄儿就想找我打一架。”

“我真不希望我们跟贡纳的朋友之间发生冲突,”维特莱德说,“他理应受到更好的回报。”完了他将卡雷拉到一边,继续聊了起来。

而贡纳则拿起长矛,一下子洞穿了“斯隆夫”的前胸。

阿恩的两个儿子,科尔和埃约夫,合力将约特扶起来。不久,后者便逐渐恢复了知觉。至此,卡雷早已跟着维特莱德离开了赛场,走得无影无踪。约特抹去脸上的血迹,开始四处寻找维格迪丝的踪影,却见她正蹲在那匹死马旁边,轻轻拍打着它,哭得格外伤心。

约特走过去,笑着问她:

“现在你对这场斗马还有什么说的不,维格迪丝?”

维格迪丝哭得更伤心了:

“我不想跟你说话。”

“你是担心那个格里夫森的卡雷会像他的马一样挂掉吗?”约特又问。

“今天自取其辱的人可不是卡雷吧?”维格迪丝回答。她将马脑袋上的鬃毛理顺,又摸了摸它的鼻口,“我现在跟你已经没什么好说的。”随后她站起来,哭着走向父亲,跟着他们一起离开了斗马场。

阿恩的两个儿子也走到约特跟前,邀请他跟自己一同回家。

“那可不行,”约特回答,“我若因此破坏跟贡纳的交情就太不妥当。”

“我在想,”埃约夫说,“贡纳是否会更担心破坏了他跟女婿的交情呢。”

“你口中的女婿是指谁?”约特问。

“自然是卡雷啊,”科尔也插入一句,“尽管还不确定这小子是否舍得花钱娶她,因为毕竟她已经让他得偿所愿了。”

“毫无疑问,那都是胡扯。”约特说。

“我也这么看,”埃约夫接住话茬,“我们的牧工曾经跑来报告,说去年春天他瞧见卡雷骑着马趟过小河,去林子里跟维格迪丝幽会。他还说两人当时就腻在一起。”

“你们的牧工,他绝对是在胡说八道,”约特又来了一句,转身就要离开。可埃约夫马上询问站在身边的人:“格里夫森的卡雷上哪儿去了?‘维加-约特’有话对他讲。”

然而得到的答复却是:“哦,他跟着另外那个冰岛人去了瓦丁。”

约特把目光扫向那座庄园,默默伫立了好一阵子。他的模样狼狈极了,不仅脸色苍白如尸体,而且到处沾满血迹。他一转身,差点没再次跌倒在地。阿恩的两个儿子赶紧抓住他的手臂,又扶着他爬上一匹马,这才带着他直奔西边的格里姆伦达尔而去。

8

对于约特入住格里姆伦达尔一事,维特莱德颇有几分不悦。几天之后,他骑着马赶过去,发现侄子正躺在楼上的房间里。

“我现在已经与卡雷和解了,”维特莱德说,“也恳求你别再破坏跟他之间的和平。”

约特并不答话,过一会儿才问:

“关于这件事,瓦丁那边的人都怎么说?”

“没什么，”维特莱德回答，“贡纳正如我们预料的一样，只因他为人心胸宽广。可若是真能听听他对你这种行为的看法，我恐怕多半开心不起来。”

好半天，约特躺在那儿一言不发，只是不停地扯被单上的绒毛。接着，他将阿恩家牧工所看到的场景告诉了维特莱德。

“那不过是埃约夫家牧工的一面之词——哪怕他所有的羊也都那么说，”维特莱德批评道，“散布这种谣言一直是妒忌的老娘们儿惯用的伎俩。侄儿啊，你跟这种人交往可没有什么好处。”

“经此一事，您总该能察觉出贡纳对我的态度如何吧？”过了片刻，约特又问。

“眼下并非提起这类问题的好时机，何况你还躺在这儿呢。”维特莱德回答，“我希望你马上跟我回瓦丁去。”

“我背疼，”约特却说，“暂时还不便骑马。”

“既然你能一路骑过来，那么肯定也能骑回去的。”维特莱德说，“其实，你不太乐意返回瓦丁，这也不足为怪，因为在这件事情上你并未赢得什么面子。可你却必须回去，这是我的建议。阿恩的儿子企图怂恿你跟贡纳反目成仇；他们自己没胆量单独出击，却把你推到前面充当挡箭牌。就让他们安安稳稳地坐在壁炉旁纺羊毛好啦，你千万不要去管这些阴谋诡计。”

然而，约特依旧坚持说自己无法骑马。阿恩的儿子们本想邀请维特莱德留下来用些酒饭，但后者不仅婉言谢绝，还即刻赶回了瓦丁。

果不其然，当维特莱德跟贡纳提起约特，说侄儿对维格迪丝倾心已久，贡纳回答：

“我极不愿看到咱们之间居然出现了敌对行为，因为我非常尊重你，冰岛人，而且我也很乐意相信约特·基瑟尔森比在这里所作所为表现出来的要好。可是，我不想让女儿跟着她漂洋过海，更不想从格里姆伦达尔找女婿。”

9

随后，维特莱德又劝说过约特好几次，试图让他离开格里姆伦达尔，但每次约特都说自己病得很厉害，不仅吐血，脑袋还很疼。他表示，自己将无法陪同维特莱德去罗默里克了，而且当他从那里折返、准备回到冰岛时，自己希望能继续留在挪威。听闻此言，维特莱德索性也不情愿走了。“因为，”他说，“如果你跟阿恩的儿子混在一起，他们肯定会引诱你做出一些令自己蒙羞的事情来。”

“你就放心地走吧，叔叔。”约特回答，“我目前的身体状况足以北上罗默里克，之后我还打算去寻找国王奥拉夫，并且见见那些留在宫廷里的同胞①。至于阿恩的儿子，他们根本没有要求我帮任何忙，仅仅是向我表示友好而已。”

“你保证会北上吗？”维特莱德问。约特立马对他做出承诺。于是，维特莱德从附近离开后，便直奔冰岛而去。他跟贡纳以极其友好的方式告别，并且相互赠送了很丰厚的礼物。他还送给维格迪丝一枚金质饰针，外加一面南方工艺的镜子；而对方也在离别之际回赠了他一件用红色丝绸绣成的斗篷。

---

① 冰岛人若是将挪威国王视作盟友的话，就经常会去王宫里住一段时间。

10

晚秋时分，当地有传言说“维加－约特”已经回来了。他跟一位名叫海斯特洛肯的图尔比约的男子同住，地点就在格里姆伦达尔和瓦丁之间的森林里。不过，他却经常跟阿恩的儿子们待在一起。

某日傍晚，有个小男孩来到瓦丁，问能否和维格迪丝说句话。他名叫赫尔吉，母亲是个贫穷的妇女，家住离庄园不远的林子里。他说母亲卧病在床，不知仁慈的维格迪丝可否随他过去一趟，看看能不能提供点什么帮助。维格迪丝则回答，艾莎（她的养母，负责掌管瓦丁的家庭琐事）才是更好的大夫，让她去会比较合适些。可小男孩坚持说，母亲很想和维格迪丝聊聊，而且有话要对她讲。因此，维格迪丝只好穿上斗篷，跟着赫尔吉出了门。

当时外面已是一片漆黑。两人刚开始顺着马路走，可后来小男孩却转向林子的边缘，说是田野里太潮湿，根本无法穿行，因为毕竟到了十月底的最后一天。刚进入森林，就看到牧道上迎面走来一名男子。维格迪丝便询问他是谁。

“是我，”男子回答，“约特。”

赫尔吉想抽回小手，然后赶紧跑掉，可维格迪丝却将它紧紧攥住，问道：

“是他派你来找我的吧？”

小男孩没有吭声，约特马上接茬：

“是我的主意。他本打算去请艾莎，然后我便吩咐他这么做，好让我能跟你说上话。因为，我估计如果想单独跟你聊聊，直接去瓦丁找你几乎是徒劳。”

“所以你就选择这种奇怪的方式找我。”维格迪丝提出抗议。

“喔，我实在想不出别的法子，”约特说，“我在庄园周围已经转悠了很长一段时间，就是为了等机会见见你。”

小男孩再次试图逃走，可维格迪丝还是抓住不放。于是约特只好替他求情：

“就让小家伙走好啦，我想你也不至于害怕跟我待在这儿，何况我还会把你送回庄园里。”

“走吧。”维格迪丝对赫尔吉说，接着又转向约特：

“你既然把我引到这林子里来，到底有什么要说的？”

“你心里很清楚我想对你说什么。”约特回答。

见维格迪丝没吭声，他又继续说道：

“我现在才明白，离开你的时间越久，我就越是渴望见到你，而且一辈子都不会把你忘掉。”

维格迪丝哭着回答：

“那么你为何要跟我父亲闹翻呢？”

“纯属巧合罢了。”约特说，“这一带的人都在传言：格里夫森的卡雷很快就要来娶你。”

“难道你以为，就像在我房间里聊天时那样，我仍然还会接受你吗？”维格迪丝说，“你做的头一件事就把我们之间的一切都毁掉了。”

“没错，那确实挺糟糕的。”约特回答，“不过关于卡雷这件事，我想决定权还是在你父亲，对吧？”

“贡纳绝不会逼迫我嫁给任何人，除非那是我自己的选择——他早已答应过我的。”维格迪丝说。

“那么，你肯嫁给我吗？”约特忙问。维格迪丝答道：

“我当然肯，只要能促成的话。”

“啊，如果无法促成此事，那才是奇了怪呢。”约特开心地说着，一把将她揽入怀中。他在一条树根上坐下，又拉维格迪丝坐在自己的大腿上。而维格迪丝则勾住他的脖子，并主动送上香吻。如此一来，约特便再也不肯松开她，还一个劲儿地热烈激吻。这让维格迪丝不禁感到有些害怕，只好推说自己得回家了。

“最好是我跟你一起回去，那么今晚就能遇见你父亲。我打算尽快跟主人家贡纳把这件事处理完善。”

“千万不要，”维格迪丝恳求道，“你孤身一人，而且除了矛便再无其他武器。”

约特笑着说：“噢，你觉得那还不够吗？假如我和贡纳之间最后打起来，那可真是糟糕透顶了。”

维格迪丝想了想，才开口道：

“我听说，北边有许多冰岛人跟国王待在一起，这些人有你认识的不？”

“我当然认识，”约特回答，“托拉尔夫·图尔比约恩和基瑟尔·图尔比约恩也在那儿，他们都是我养父之子。”

“你能不能北上一趟，去找他们谈谈？”维格迪丝问，“假如他们愿意替你出面，你跟我父亲之间的问题就会容易处理得多。”

“你有点急着让我去这些地方走一遭哩。”约特说着，又把她拉到腿上坐下。可维格迪丝却开始哭了：

“我只是担心，如果你独自去提出求婚，恐怕难免出差错。你是那么桀骜不驯，而且贡纳此刻正在气头上。你若是找个能给予帮助和建议的人陪着一起，总会合适得多。”

约特将她从腿上推开，于是她开始往家里走，边走还边哭个不停。约特则跟在后面一步之遥。过了好半天，他才开口道：

“我会照你说的去做，维格迪丝。不过你也知道，随着冬天来临，这段旅途将是十分漫长。况且，图尔比约恩兄弟是否肯跟我南下，现在谁也说不准。要真那样的话该怎么办？”

“呃，那你就只能靠自己了。”说着，维格迪丝转身握住他的手。两人一同朝瓦丁方向走去。约特答应她，自己即将北上，而且次日便会启程。他们在大门口依依惜别，不过离开前约特说还想跟她再见一面。他双手握住维格迪丝的秀发，将它缠绕在自己的脖子、双手上：

“你明天一定要去高地一趟，因为我都好久没见过你的模样了。今晚光线太暗，不过明天我会赶在日落之前到达。还有，你丢过一件东西，就是咱们上次在那儿见面的时候，你得把它拿回去。我一直小心保管着。我原以为，如有必要，这也能提供一个去见你的借口。”

“我真想不起那是什么。”维格迪丝回答。约特则笑着说她应该去瞧瞧。然后两人就各自离开了。

11

维格迪丝进屋时，由于天色太晚，所有人都已经安歇了。她直接回到房间，然后艾莎很快端来牛奶和面包。趁她用餐的当儿，艾莎便问起了阿斯特丽德的情况。

“明天你还得亲自去看看。”维格迪丝回答，顿了顿又说，“我今晚并没有走到那儿。”

“怎么回事，难道你迷路了不成？”艾莎问。

“倒也不是，”维格迪丝回答，沉默了片刻，才继续说道，“我在附近的田野上碰见约特，然后就聊了起来。”

有个女佣（她名叫图尔比约格，乃是庄园管家的妻子）正在旁边擦洗水壶和平底锅，一听这话便忍不住开口了：

“简直闻所未闻，那个约特还在附近闲荡吗？我敢打赌，他可没安什么好心。”

“哦，并没有那么严重，真的。”维格迪丝笑着说。

“可要当心他呀，维格迪丝，”女佣继续说着，人已来到条凳前，“不久他又会说自己诱奸了你，他可做得出。”

艾莎叫她住嘴，然后开口道：“还是别再跟‘维加－约特’有任何瓜葛，毕竟谁也无法预料将出现什么后果。”

“哎呀，姑娘又不是小孩子，她都已经满十八岁了。”图尔比约格说，“最好让她也听听，然后她才晓得提防。在附近待着的时候，约特曾编出一些歌谣，内容都与维格迪丝有关。可假如人们傻到竟然会相信它，那真是太糟糕了。而且，谣言就是约特散播的，说什么卡雷已经诱奸了维格迪丝。所有人都知道，他这种行为简直就像小孩子，一旦够不着某个东西便开始诋毁。”

“约特可从未说过，”艾莎忍不住插一句，“那些谣言都是阿恩的儿子们制造出来的，是他们在四处恶意中伤人。”

维格迪丝坐在条凳上，脸色随着两人的话语变得红一阵白一阵。“我绝不相信约特说过我任何闲话。”她说。

这时，图尔比约格却开始唱了起来：

“我抚弄着她的秀发
温柔地调情，
当时我坐在美丽的人儿身旁
就在她父亲的大厅内。

我们俩单独待在一起——

屋子里静悄悄。
那美妙的一晚哟,
将永远停留在我心中。”

“可我从未听说埃约夫·阿恩森是个吟唱诗人哩。”她说。

维格迪丝并不答话,于是图尔比约格又继续唱道:

“它们无声地停落,
这些森林里的大鸟——
正是季节晚期,
夏日已然流逝。
鲜红色的浆果
她带我尽情品尝。
那种消遣啊,
远胜过捕鸟的战利品。”

“我今晚听的歌谣已经够多了。”维格迪丝只说这么一句,便去床上躺下休息。艾莎陪着她睡在同一张床上,她很清楚维格迪丝整晚根本没睡着,可对方却只是静静地躺着,一言不发。

次日,维格迪丝来到贡纳面前,在他身旁落座。她问:

“假如约特·基瑟尔森,也就是维特莱德的侄子,来这儿向您提亲,您会怎么回应呢?”

“等他先来我家再说吧,”贡纳回答,“然后我会给他一个长记性的答案。眼下他却根本就不敢露面。”

“可是,他和卡雷之间的问题已经解决了的呀。”维格迪丝说。

“维特莱德已经跟卡雷讲和了,”贡纳回答,“但不是约特。还从未有人敢以这种卑鄙的方式回报我的友好。”

“他压根儿不知道埃约夫与我们之间发生过的事呢。”维格迪丝说。

“咳，现在他该完全明白怎么回事了，”贡纳回答道，“而且还明白很多尚未发生的事。不过，眼下我和卡雷已决定去海斯特洛肯找他。我要敲光他嘴里的牙齿，看他以后还能不能编出什么歌谣来。”

“千万不要……”维格迪丝吓坏了。可是贡纳却命令她：

“以后不准跟他讲话，而且我再不想从你口中听到任何与他有关的事。”

维格迪丝没有吭声，接着便退了出去。

12

维格迪丝整天都坐在自己的闺房内，心里满怀恐惧和困惑，也不知道该不该去跟约特见面。然而，临近日落时分，她还是裹了一件深色斗篷，走入庭院里。

由于前一晚天降寒霜，此刻峡湾上空还飘荡着一层白色的雾霭。太阳高挂在正南方的山顶之上，正散发出耀眼的光芒。庭院里空无一人，维格迪丝站在那儿犹豫片刻，便匆匆离开了庄园，直奔北边的森林而去。这一切神不知鬼不觉。

当她赶到高地时，约特早已等在那里。只见他一身旅行装束，斗篷和武器都被解下，马也被拴在了一棵树上。他用手遮挡住刺目的阳光，跑过去迎接维格迪丝，并且对她说：

“现在看来，连太阳都不愿让我一睹你的芳容哩。欢迎到这儿，维格迪丝。”

约特双手搂住她的臀部，将她推到了阴暗处。可维格迪丝却奋力挣脱，还把手背在身后：

“我已经在这儿了，不过有些奇怪的问题要问你。告诉我，附近真的在流传关于我跟卡雷的闲言碎语吗？”

约特回答——脸却突然变得通红：

“那也是我昨天问过的问题：他是不是真的快要娶你了？”

“我实在不该来，”维格迪丝回答，“我原以为他们都在撒谎，可如今恐怕是被说中了。”

“我听不懂你的意思。”约特说。

于是，维格迪丝又接着说道：

“要么是你把我们之间说的话传了出去——我从未想过你会向任何人透露半个字，要么那些四处流传的小调便是由你编出的。”

眼看约特不吭声，维格迪丝转身就要离开。可约特却又追了上去，说：

“其实，我真希望自己从未编过那些小调。可是，你不知道当时我心里有多难受，我简直以为已经失去你了。在此等情况下，很多人都难免说出一些让自己后悔不已的话来。”

“啊，现在最让我后悔的就是对你说过那些话。”维格迪丝回答。

“别这么说，”约特恳求道，“以后你再也找不到责怪我的理由了。”

“我知道，”维格迪丝回答，“因为这是咱们最后一次说话。”

约特伸手搂住她，可她却想把他推开。于是约特一把捉住她的两只手腕，说：

“就算我编出了一两首歌谣，问题也没那么严重吧。如果你因为这个就要离我而去，只能说明之前你根本不爱我。”

“你同样不怎么爱我，”维格迪丝怒不可遏，“你一听到别人毁谤我，便马上信以为真，还到处乱传。”

“我可没有到处乱传，”约特回答，“而且我也从未相信过。”

“一切都会如你所愿的。”说着，维格迪丝用力挣脱他的怀抱。

“我不想再听你说这些，”约特大声喊道，又开始吻她，“难道你已经忘记昨天坐在我腿上允诺过的事情了吗？”

突然，维格迪丝对着他的脖子猛咬一口，这才将自己的脸避开片刻。

“现在我改变了主意。”她说。

“我绝不能让卡雷动摇你的感情，”约特气得咬牙切齿，“若是得不到你，那我活着也没什么意思。”说完，他不顾维格迪丝拼命挣扎，猛地将她抱了起来，一直走进树林深处才放下。在那里，尽管维格迪丝抗拒了很久，但最终他还是粗暴地占有了她。事后，维格迪丝不说一句话，甚至连眼泪也没有。约特摸摸他的手掌和脸颊，却感觉到一阵冰凉。

他起身拿过斗篷，将她的身子盖住，然后又亲了亲她。此时天气已变得非常寒冷，约特呼出的气息很快形成一团白雾。太阳早就落山，可南边的天际依旧鲜红如血，与绿树交相辉映。

“是时候离开这儿了，”说着，约特想把维格迪丝扶起来，“今晚咱们最多能走到大湖附近，然后在那边找个地方歇息。”

这时，维格迪丝终于开口：

“你这卑鄙小人，如果让我父亲逮住杀掉，简直是死有余辜。”

她爬了起来，便朝家的方向走去。约特赶紧跟上，说：

“你跟我走吧，这对咱俩来说才是最好的安排。我知道自己深深地伤害了你，可如果咱们失去对方，那才是降临到你我头上的最大不幸。”

维格迪丝头也不回，既不吭声，也不抹泪，而这在约特看来可谓最糟糕的预兆。最后，他一路尾随着她到了瓦丁。

当两人靠近栅栏时，维格迪丝突然弯下腰，捡起一块石头扔向约特，并骂道：

“滚开，禽兽！”

石头刚好击中约特的嘴巴，虽然并不太严重，却足以砸出血来。他说：

“我还会再恳求你一次，我的小玩伴，不过先让你花点时间考虑一下。等到夏季来临，我会再来问你愿不愿意嫁给我。”

“‘维加－约特’，到时候你会发现我跟你的决心一样坚定。”

说完，维格迪丝进了屋，然后直接去自己的闺房里躺下歇息。艾莎很清楚她整晚都没怎么入睡，而且在梦中还发出阵阵呜咽，可她对于此前究竟发生何事却只字不提。

约特返回高地，解开缰绳，骑着马扬长而去。他完全无视刚刚开始的恶劣天气，马不停蹄地飞驰了一整晚，先于早晨抵达哈克山谷[①]，又从那里赶往罗默里克，然后再直奔特隆赫姆。鉴于他在跨越群山的旅途中历尽艰辛，义兄弟们（即图尔比约恩之子）都认为他能活着抵达简直是一大奇迹。

13

此刻，维格迪丝就坐在瓦丁的家中，满腹悲伤，根本没什么能让她高兴起来。她几乎不吃不喝，而且也不梳妆打扮。她时时刻

① 挪威地名，大约位于奥斯陆北边十五英里处。

刻在想着“维加－约特”对自己做过的坏事。每到晚上，她都害怕带着这些思绪入睡；天快亮时，她又害怕再次起床，去面对跟别人一起劳动、闲聊的漫长一天。她自言自语道：

“现在，我就像一只小鸟在地上扑棱着折断的翅膀。它不仅无法从跌落的地方离开，而且满眼所见全是自身流出的鲜血。我只要一回顾往日的情形，眼前的惨状就会记得更加清晰。我只要一回顾在这里度过的快乐无忧的日子，这件事情似乎立刻就会袭上心头。”很多时候，她觉得最好的解脱方式便是沉入河底，一死了之。随着冬季渐渐过去，她竟然发现自己怀孕了。

某个夜晚，艾莎和其他女佣已经熟睡，而维格迪丝还清醒地躺着。她悄悄起身，披上一件斗篷便来到了庭院里，然后沿着一条通往河边的小路走下去。

维格迪丝之前从未在夜间独自外出，因此这比她想象的还要令人沮丧。当时正是春分时节，外面风雨交加，而且黑得无法区分天地的界限。好在乌云之间时不时会露出一道缝隙，然后透出点点星光。她还没走多远，就感觉自己偏离小路，摸到了田地里，可又看不清脚下踩的是什么。偶尔，她会蹚过融化的雪水，或者将一只脚踏入坑内，不过更多的时候她还是走在湿滑而僵硬的地面，因为这段斜坡向下通往弗里加河，上面的积雪早已被雨水冲刷干净。没过多久，她完全分不清自己身在何处，小河跟庄园到底又在哪里。本来瓦丁和小河离得非常近，可在黑暗中它却显得那么遥不可及。最后，她在冰冻的地面上滑了一跤，并且直到撞上个什么东西、又将它一把抱住才好不容易停下。她猜想那是一棵冷杉，因为枝叶将她的脸都划破了。摔倒的时候，她甚至能感觉到肚子里的胎动。

维格迪丝蜷缩在树底下，浑身又冷又湿，仿佛一直躺在雪堆中。她朝里面爬了爬，以便更好地躲避雨水。可是寒风呼啸着透过四周的树梢直往下灌，黑暗中充满了可怕的声音。她根本不知道，在周围徘徊并发出尖叫的到底什么东西。

她静静地躺着，直到天空露出第一线曙光。这时，她瞥见身边不远处的下方有一道陡坡直通往小河，而黑乎乎的河面则漂满了浮冰。她的勇气早已荡然无存，因此只得返回庄园去。由于天色已亮，它倒也不算远。一回房，她立刻脱掉衣服并倒在床上，样子狼狈极了。她心想，这样游荡一整晚多半会引发致命的疾病，那简直是最好不过。

上午的时候，艾莎问她：

“孩子，你的衣服怎么会湿透了呢？”

维格迪丝回答说，自己半夜里去了牛棚一趟（当年牛群患有疾病），“外面太黑，我几乎找不到回屋的路。”

艾莎也不再多问，只是说维格迪丝应该提前告诉她一声。

某日，艾莎说维格迪丝肯定是病了，因为她的样子变化挺大，而且坐在条凳上有气无力的。她热切地恳求义女向自己倾吐心声，可维格迪丝却叫她不要为此事烦忧。

这年冬天，由于贡纳患病，前来拜访的人并不多。随着季节的推移，在艾莎的悉心安排下，瓦丁除了她和维格迪丝便再无其他女性。维格迪丝又给自己做了一件系带的外套，并且将它穿在连衣裙里面。大部分时间她都足不出户，因此除了艾莎，便再无旁人留意到她的状况。当然，艾莎什么也不敢对外讲。

14

新春来临时，维格迪丝便提出夏天她要跟艾莎搬到牧屋里去住。贡纳刚开始表示反对,但最终还是同意了,当然这还多亏艾莎好说歹说。夏天一到,两人立刻动身去了森林,并且带上一名叫什科夫特的侍从。他是艾莎的儿子,也是贡纳手下重获自由的奴隶,专门负责照料马匹,同时保护牛群不受野兽袭击。

某天傍晚,艾莎正站在门口让奶牛入棚,突然维格迪丝慌慌张张地赶过来说:

“贡纳已经到山坡上了……我不知道会发生什么事……他看到我这副模样一定会杀了我的。”

“快去床上躺着,”艾莎回答,“我会告诉他你病了——反正他不会待太久的。”

维格迪丝依言照办,在贡纳逗留的两日内她一直卧床不起。而贡纳则说,鉴于她们上山的时间如此之早,无论是维格迪丝生病,或是山上缺少牛奶,这些都不足为奇;要知道,夜晚仍然会结霜,且林子里几乎还没什么牧草。

不过,经此一事,艾莎终于决定应该找维格迪丝聊聊,然后给她些建议。于是,某天趁维格迪丝坐在条凳上擦洗奶桶的机会,艾莎对她说:

“让我来吧,你现在可不能这么卖力地干活儿。”

维格迪丝猛地把桶丢到地上,近乎疯狂的眼神简直把养母吓坏了。只听她尖叫道:

“别再跟我提起一个字,否则我不知道会对你做出什么事情来!”

打那以后,艾莎便再也不敢跟维格迪丝说起它。夏天就这样悄无声息地慢慢过去。

某个夜晚,维格迪丝又从床上爬起来,独自离开了小牧屋。当时盛夏刚刚结束,天空无风且多云。她在围场上走了一阵子,到达栅栏时已有些力不从心，于是只好躺下来稍作喘息。一匹暗褐色的马儿正在林子边缘啃草，它并未和其他牲畜一起，而是待在房子附近。因为备受宠爱，它也格外喜欢维格迪丝。它跑过来嗅了嗅她，在她躺倒在地时还一直守在近旁。随着腹中剧痛略为减轻，维格迪丝又重新站了起来，沿着牧道向前走去。在此期间，那匹马儿也始终跟在她身后。每当疼痛袭来，她便伸手搂住马儿的脖子，倚靠在它身上，而马儿则会转过脑袋，轻咬她的肩膀和后背，并且站着不动。

最后，维格迪丝终于抵达一大片黑乎乎的水域。高空中的云朵间有个缺口，其倒影被映在了山湖里，而其他一切则幽暗又沉闷。她一度发出大声尖叫，可由于从对面悬崖传来的回音十分恐怖，她生怕被人听见，便赶紧用斗篷的一角堵住嘴巴。她把它咬成碎片，又拿羊毛屑塞了一满嘴，以为这样必定能让自己窒息而死。这时，她听到附近有条奔流的小溪，而且一睁眼，她又发现天色即将破晓。湖面荡起了黑色的微波，可她却无力爬过去，还感觉越来越难受。

初升的太阳已经开始有些刺眼。没多久，维格迪丝就分娩了，然后在昏迷中躺了好长时间。不过，她总算觉得身体逐渐变得暖和起来，还能听见婴儿的哭叫声。她看了看，那是个男孩。她一下子缩回触摸的手，却取下裹在头部和肩膀的方巾。白色的方巾上带有绿色条纹，不仅被汗水和露水湿透，更沾染了斑斑血迹。她将它裹在婴儿身上，把他推到两块石头之间，再以苔藓和小树枝覆盖着。做完这一切，她艰难地挪动到小溪边喝了些水。

水边有块光秃秃的大石头，已经被阳光晒得发热。维格迪丝把背靠在上面，稍稍休息了一会儿。然后她才站起来，拖着沉重的步子返回小牧屋。

她发现艾莎焦急万分，而什科夫特则还在外面寻找自己。她一到家便躺倒在床上。好几天她都发着高烧，病得非常厉害。艾莎悉心照料她，还用热黄油按摩她的乳房，可两人对于所发生的事却只字不提。

此后，维格迪丝便再也不肯去森林，整日都窝在屋内。尽管这样，艾莎发现她的悲伤丝毫没有出现减弱的迹象。

15

夏季即将结束时，天气逐渐变得非常炎热。到了夜晚，牛群再也不肯回家，而是随性躺在森林里。因此，艾莎和什科夫特只得在群山和沼泽之间进行漫长的搜寻，好将它们统统赶回畜棚。

维格迪丝极不情愿独自留在牧屋内，可她对森林又心怀恐惧，一出门便迫不及待地要回去。于是，每天大部分时间她都坐在门槛上往外张望。牧屋地势很高，四面都有山峦和森林，而她老是有意无意地瞥向南面的农田和峡湾。某天傍晚，她正百无聊赖地坐在那儿，那只将脑袋搁她腿上躺着的小狗却变得焦躁不安起来。突然它一跃而起，“汪汪”叫着窜过草地，接着维格迪丝就瞥见一名男子跳下马并将它拴在栅栏上。她惊得一下子站了起来，打算跑进树林里去躲藏。可就在此时，该男子刚好转过身，而她也认出那正是约特。他大声呼唤，叫她不要害怕。

维格迪丝站在门口一动不动，并回答说：

“我心里清楚得很，自己根本用不着怕你。”

约特停住脚步，打量了她好一阵子，才缓缓问道：

“你这话什么意思？”

维格迪丝冷冷一笑，却并不吭声。

约特倚门柱而立，眼睛直盯着地面，一边用矛尖撬起土块，一边对她说：

“我现在得赶回家去，因为我亲戚的一艘船就停泊在滕斯贝格[1]。我心知肚明，要想求你原谅我对你犯下的一切过错，这确实是强人所难。但是同样地，假如你现在肯跟我走，你得到的荣耀和厚爱将超出之前我给过的任何女人。”

维格迪丝忍不住又笑了：

“你的承诺毫无价值，约特。你曾经用花言巧语来引诱我，还让我遭受最难以启齿的羞辱和无法忍受的伤痛——没有哪个姑娘的遭遇会更悲惨。谁要是嫁给你，那可真是莫大的荣耀啊！你带来的荣耀无非就是寻衅滋事、杀死别人的马、诱奸少女以及编造谎言和歌谣罢了。而且你似乎也只有胆量干这些，你这可恨的魔鬼。”

约特扭头看着别处，回答道：

“你确实有足够的理由这么骂我。可我以前也做过其他更光荣的事——你曾经还很想听的。若是了解到这些，我在你眼里就不会如此丑恶，以至于你再也不愿一次次地亲吻我。自从上次见面以来，我就没怎么感到快乐过，心里一直非常渴望再次见到你。”

“你大概以为，”维格迪丝问，“我坐在这儿是为了等着再见你吧？”

约特抬头注视着她的脸说：“没错。”

有好一阵子，两人都不再吭声。然后约特又问：

“告诉我，维格迪丝，我在附近是不是真的有个孩子？”

---

① 挪威最古老的城镇之一，位于奥斯陆峡湾西面，是当时重要的海盗交易中心。

维格迪丝笑着回答：

“那倒很有可能，可惜我却一无所知，因为我并未去打听你那些破事。”

约特的脸气得通红，却仍然努力保持冷静。维格迪丝又说：

“快去编些宣扬男子气概的歌谣，吹嘘你跟姑娘单独在一起时多么勇敢吧。不过别指望附近的人能相信你——这儿可没人会在乎一个嫉妒的求婚者的流言蜚语。”

约特站在那里不吭声，不知道该说些什么，可又不甘心就此离去。他很明白，维格迪丝根本不可能改变主意，而且自己再次拥有她的机会也十分渺茫。在他看来，失去她实在是一件令人痛心的事。这时，他想起那把女祭司的刀子，便从怀里掏出来递给她说：

“你还记得去年丢了这个吗，就是咱们头一回在高地的时候？”

维格迪丝接过刀子，突然身体往前一探，猛地刺向约特的咽喉。刀子扎中他的锁骨，不仅划破了衣服，还割开了皮肤，于是鲜血立刻流了出来。约特一把将她抓住并拉入怀中，好一会儿才说：

“听着，维格迪丝，我现在就可以把你带走，但我并不想强迫你。还是跟我一起走吧，无论你怎么伤害我，我都会以德报怨的。”

维格迪丝在他怀里回答：

“你就等着我在航行途中死给你看吧。”

约特亲了亲她，说：

“那么我祝你开心，但我永远也不会淡忘自己的伤痛。”

维格迪丝回答：

“祝愿你不得好死，长命百岁、凄惨痛苦——跟所有你爱的人一起。也祝愿你亲眼目睹自己的孩子以最不幸的方式死掉。”

约特只好松开她，黯然穿过草地。他解开马绳，但又转过身来，呆呆地凝望了她好一阵子，这才牵着马步入森林，骑着绝尘而去。直到许多年后，其间发生了不少的事，他和维格迪丝才再次重逢。

16

维格迪丝和艾莎直到晚秋才从牧屋返回庄园。接下来的冬天，维格迪丝的身体也只是略微好转。然而，眼看格里夫森的卡雷和他的亲人开始与贡纳商议，让他把自己许配给卡雷，她又感到非常不安。她恳求暂且将此事延缓一段时日，理由是自己还不愿这么年轻就嫁人。最后，贡纳答应次年秋季之前给卡雷答复，不过维格迪丝心里明白：父亲对于这桩婚姻早已拿定了主意。

维格迪丝说夏季不想再去牧屋里住。春天的某个傍晚，她去外面的草地上漫步。当时太阳即将下山，天气很好，适值桦树刚刚长出嫩叶，又有鸟儿发出声声啼鸣。树叶和小草香气扑鼻，她觉得自己该四处走走，以便努力忘却伤痛。

庄园南面，有位妇人住在一栋小木屋里，她是贡纳的某个家仆之妻。当维格迪丝经过时，她正坐在门槛上用绕线杆纺纱。于是维格迪丝便停下来跟她搭话。听到屋子里有个小孩在啼哭，维格迪丝说：

“那孩子好像哭得非常伤心——但她不可能太幼小。因为我发现新生婴儿的尖叫十分恐怖，完全不像人类发出的声音，倒更像是猫或猫头鹰什么的。”

妇人进屋去把孩子抱在怀中。那是个小女孩，看样子也就两三岁，母亲刚一抱着她便马上安静了下来。不一会儿，她溜到地上，四处跑着采摘野花。可她实在太过幼小，一弯腰就被连衣裙绊倒在地。维格迪丝连忙把她扶起，女孩便拿手里的花儿相送。可惜花儿不是带柄摘下的，因此维格迪丝很快就把它扔掉了。这时，小女孩的母亲开口道：

“这些花儿的名字叫做‘夜与昼’[①]。摘一朵给我吧，维格迪丝，我就会替你算算命。”

维格迪丝依言照做，只听对方又说：

“它先有两片深色花瓣，然后又有两片浅色的。我注意到最下面的花瓣中间颜色浅、边缘颜色深。这意味着你刚开始会遭遇巨大的悲痛，但后来又会享受到许多快乐。然而，靠近最后一片花瓣的深色边缘是个不祥的征兆，它预示你的晚年将会很凄惨。”

维格迪丝回答：

“我想，那可是个不祥的预言，我并没有要你帮我算命哩。不过，我还是得对你做出酬谢。”话音刚落，她从胸前取下一枚小小的金丝胸针递给妇人，然后又继续往前走。

草地上有块石板，周围长着一些花楸树和野蔷薇，底下的草丛中则到处是“夜与昼”。维格迪丝走过去坐下，双手抱住膝盖，又举目朝峡湾那边望去。由于此刻太阳已经下山，整个南边闪闪发亮，显得格外壮观。她一直坐了很久，心里却丝毫也不舒坦，无论是记起约特，还是想到自己偷偷藏在森林里的那团东西。她时常琢磨它是否依旧在那儿，又或者它完全被吃掉了。她记得很清

---

① 即三色堇，花朵通常每花有紫、白、黄三色，是欧洲常见的野花物种，也是冰岛、波兰的国花。

楚，当晚自己躺下的地方有许多蚂蚁和臭烘烘的爬虫出没。尽管她对自己产下的婴儿没有丝毫温情可言，但一想到它被蚂蚁爬遍周身，直到最后痛苦死去，还是会觉得异常恐怖。

直到夜幕降临，她才突然起身，几乎以奔跑的速度往家里赶。到达庄园附近时，她迎面撞上艾莎，只听对方说：

“你可把我吓坏了，孩子，眼看你很久都没有回来，我尽在胡思乱想，因为你现在是那么地怕黑。”

维格迪丝回答：

“我现在不光怕黑，怕森林，就连待在自己家中的闺房里都怕。我的人生不幸至极，最好的法子就是一死了之。”

“别再说这些吓人的话了，”艾莎说，“一切都会好起来的。你还这么年轻，完全可以忘掉自己的委屈。也许，所有人都认为你还是个黄花大闺女哩。卡雷挺喜欢你，跟他在一起你肯定会过得安逸而又体面的。”

“眼下在我看来，那才是最最糟糕的。”维格迪丝回答，“我觉得倒不如干脆将自己的耻辱公之于众，哪怕父亲把我从家里赶出去也好。我明明无法不去想那些悲惨的遭遇，却要强颜欢笑，装得跟以前一样快乐，简直再没什么比这个更难受的啦。况且，即便附近的人还以为我是个纯洁无污的少女，那对我来说也于事无补，因为咱们三人都清楚不是那么回事。我的身体上已经留下秘密的印记，眼看卡雷开始催促着求婚的事，我真不知道该如何解救自己。”

当晚，两人单独坐在闺房内，维格迪丝又提起这件事，对艾莎说：

“养母啊，难道你从未想过要去南方，回到居住在海湾里的亲人身边？你常说他们的出身可丝毫不低于我们！”

艾莎回答道：

“我也不知道亲人们是死是活，而且无论去寻找他们或是改变自己的状况，现在都为时已晚。你为何突然间问这个呢？”

维格迪丝沉默了许久，最后终于说：

“小时候，每当我心里难过时，就会跑去找你，然后坐在你的大腿上。现在时隔这么多年，我还是觉得跟你艾莎比跟其他任何人都要亲密。”

艾莎没有吭声，于是维格迪丝又接着说：

“现在我挺后悔把那孩子丢掉，因为每晚它都用恐怖的尖叫把我惊醒。不过正如我所期望的，厄运也会让我变得铁石心肠。”

“你这话什么意思？”艾莎问。

“它是我最好的复仇方式，”维格迪丝回答，“如果约特的儿子能亲手结果他的性命。在我以仇恨和痛打养大的恶狗面前，他不可能轻易逃脱，直到狗的利齿洞穿他‘维加－约特’的喉咙为止。”

听了这话，艾莎的声音变得非常低沉：

“现在我就想知道你是否真的要那样做。”

“我当然要，”维格迪丝回答，于是继母接着说：

“那么我最好告诉你，去年夏天你生下的那个婴儿此刻就在我儿子什科夫特家。”

维格迪丝惊得一下子从条凳上跳了起来。她站在那儿，好半天默默无语，脸色如同死尸一般惨白。接着，她突然跌倒在地，把脑袋靠在桌子上哭泣不止。

艾莎说：

“谁也没必要知道这件事，而我的意思是继续把它隐瞒下去。我之所告诉你，是觉得你有可能想见见自己的儿子。”

然而维格迪丝躺在地上悲痛难当地说：

“我原以为自己已经如此悲惨，人生再也不可能变得糟糕了。可如今，当我知道那男婴就在这儿，而且我随时都可能瞧见他，我觉得自己在这一带再也无法继续待下去。真倒霉，只怪那时我太疲惫、太难受，根本没有力气把他扔进湖里。不过我还是无法相信你说的是实情。”

于是，艾莎去箱子里取出一块亚麻布，将它递给维格迪丝。维格迪丝抬眼一看：它跟那天晚上一模一样，不仅依然染有血迹，而且褶层还粘着苔藓和泥土。她猛地将它扔在地上，哭着说：

“现在我父亲会全部知道的。如果要我恳求什科夫特或任何其他人帮着保守秘密，那我更情愿去死。我从未想过你们会把我坑得这么惨。”

艾莎回答道：

“那天清早，我醒来的时候发现你不在自己的床上，简直吓坏了，于是赶紧吩咐什科夫特出去找你。后来他发现那个男婴并将他抱了起来。我们觉得孩子长得实在好看，什科夫特便主动提出要收养他。我告诉你这些，是因为我觉得你听说自己有个漂亮的孩子在世，可能会稍稍感到安慰些。”

“好吧，该来的总会来，”维格迪丝说，“反正我也厌倦了这种日子。”

艾莎则回答：

“你千万别做傻事啊。尊贵的出身毫无用处，一个注定要受辱的人终将堕落。那就是我的宿命，我会一五一十地告诉你，然后还得由你自个儿来做决定。”

17

于是，艾莎开始讲述自己的故事：

“我父亲名叫哈拉尔德·戈尔德比尔德，住在西兰岛[1]的南部。我经常跟你说起我的童年，那时生活是多么美好和幸福啊，我与姐妹们！英格丽德和阿斯特丽德都已长大成人，而我还只有十三岁。有天傍晚，我们在侍女的陪同下去海湾里游泳，恰好碰见几艘船从那儿经过。这些人都是厄兰岛[2]的海盗。他们纷纷跳上岸，将我们抓到了船上，姐妹三人无一逃脱。船队的主人是三兄弟，他们分别占有了我们三姐妹，因为他们很快就看出哪些姑娘出身高贵。老大名叫阿格瑞姆，当晚便跟我发生了男女关系，之后他又霸占我长达两年之久。三兄弟很快分开了，其他人都要赶回家，可阿格瑞姆却整年在海上漫游，不肯离去。他勇猛、强壮，长得也挺英俊，但对我十分粗鲁，只因我从不会向他表露出丝毫的爱意。之后我再也没有见到过两位姐姐，也没有听说过她们的任何音讯，因为每次问起，阿格瑞姆什么也不肯说。

他四处巡游，并且赢得了许多胜利。他把我关在甲板下的一间舱室里，为防止我逃走，还拿走我的衣服，然后送我一大堆昂贵的毛皮、被单和首饰等物。当时，船上有个名叫阿斯比约恩的丹麦小伙子，我便怂恿他拿着全部金子带我逃走，没想到被阿格瑞姆发现了。他不仅杀死阿斯比约恩，之后对我的态度也更加

---

① 丹麦最大的岛屿，跟瑞典南部的斯科讷隔着海峡相望，岛上最大的城市为首都哥本哈根。

② 面积仅次于哥特兰岛的瑞典岛屿，位于该国东南海岸外波罗的海中，因海盗业和中世纪文化而享有盛名。

恶劣。

有一回，我们正停泊在南部群岛[1]附近，一些挪威海盗也把船停在旁边，然后阿格瑞姆就倒下了。这伙人的首领正是你的父亲贡纳。我被他牵着走出舱室，便直奔甲板上阿格瑞姆的尸体而去。想到这混蛋之前每晚都将我的头发系在他的脖子上入眠，我跪下来，将根根发丝都在他体内流出的鲜血中洗了一遍。我从未觉得洗头发能如此痛快。

随后，贡纳问起我的姓名及家族情况，因为他觉得我必定出身优越，跟我的美貌一样不凡。我们待在一起聊了一天一夜。贡纳允诺送我回到丹麦的家中，还给我穿符合身份且品质最好的衣服。他对我是那么仁慈，终于逐渐赢得了我的好感。他说希望自己能休掉妻子，然后从我亲人的手上把我迎娶过门。可我却宁肯跟他在一起也不愿回家。我留在他的船上，最后居然有了身孕。他对我更是呵护有加，因为阿芙索尔并未给他生下一男半女。

贡纳把我带回瓦丁的这座庄园里。当时，适逢伯爵召集各位大乡绅备战，他只好依依不舍地离我而去。可他吩咐阿芙索尔好好照料我和孩子，并将他视如己出。分别后，我孤零零地留在家中，内心的酸楚和思念简直无以言表。我生下儿子的时候，阿芙索尔和她的养母就在旁边，两人马上抢走我的孩子并让人丢弃在外，却逼迫全家所有人对贡纳说是死胎。而且阿芙索尔还威胁我：要是我胆敢告状的话，将会死得凄惨无比。不久有消息传来，贡纳由于身受重伤，很长一段时间内都将无法回家。阿芙索尔便派人把我送到了奴仆们住的屋子里。其中有个奴仆名叫斯瓦特，

① 即赫布里底群岛，地处苏格兰沿海，呈弧形，分为内、外赫布里底两个群岛，中间相隔北明奇和小明奇海峡。

他竭力保护我不受其他人侵犯，在别的方面也对我很好，却把我强占为妻。后来，阿芙索尔在森林里给了他一间房子——就是什科夫特现在的住处，并且尽量让所有人都知道我已经当了奴仆的妻子。

等到贡纳终于回家时，她又把我跟斯瓦特同居的消息告诉了他。听闻此言，贡纳不禁火冒三丈，打算将我们两人一起杀死。可我却将惨遭丢弃婴儿等其他一切原原本本诉说了一遍。于是，他不仅把阿芙索尔赶出家门，还恳求我离开斯瓦特，回来帮他管理家业。我却建议他不如另找一位新夫人，因此他便迎娶了你的母亲赫蒂丝。当时她可比我年轻貌美得多。你知道，在你出生的时候，她因为难产而不幸离开人世，于是我又恳求贡纳让我来抚养你，他欣然同意了。你也看到的，打那以后，我一直帮忙管理这个家，而贡纳也很善待我的儿子，还给了他们自由之身。自从我认识他以来，所有事情他都为我着想，简直无可挑剔。”

18

维格迪丝说：

“你跟我讲了这么多，最令我感到奇怪的是你受她们摆布，居然甘愿跟那个奴仆生活在一起。我真该请求贡纳用野马将他撕得粉碎。”

艾莎却回答：

“对于贡纳而言，娶一位富有且出身高贵的夫人要比让我当填房体面得多。不过最让我动摇的是自己有了斯瓦特的孩子，我决不能再让人把孩子从身边抢走。”

“你的性格可跟我不一样，养母。”维格迪丝说，顿了顿又开口道，“他娶了我母亲也不见得有多高兴，而当他得知我生了这个孩子就更不会高兴的。”

“贡纳健在的时候，就让那男孩留在如今的地方吧，”艾莎说，“之后你可以把他领回来，从他身上找到些许安慰。我们总会想出应付卡雷的法子的。”

维格迪丝叉着手搁在大腿上，眼睛直盯着炉火。“我再也不愿继续生活在悲伤和恐惧中，老想着摆脱困境的办法，”她说，“我宁可大胆接受最坏的结果，反正它也不会比我现在忍受的更糟。”

突然，她拿起方巾走向门口，将院子里劈柴的一名仆人喊了过来。

“把这块布拿给什科夫特，”她命令道，“告诉他今晚过来一趟，并且将那个和方巾一起找到的东西还给我。”

交代完毕，她又回到原地，在壁炉旁边坐下。艾莎就坐在她对面。两人好半天都不说一句话。最后艾莎终于开口了：

“什科夫特很晚才会赶到。咱们最好还是先睡吧。”

“那么你先去躺下休息好啦。”维格迪丝回答。

艾莎不吭声，也没有动。过了一会，维格迪丝又说：

“你现在就去睡，艾莎。”

从她的语气中，养母已听出再加以阻拦并非明智之举，便独自先躺下了。可她压根儿睡不着。维格迪丝呆坐了一整夜，除去每次炉火即将熄灭时会添些木柴，她始终不曾挪动一下。夜晚就这样悄然过去了，最后公鸡纷纷开始啼鸣。

没多久，外面终于传来敲门声。

“去，艾莎，开门。”维格迪丝命令道。

艾莎依言照办，什科夫特便走了进来。只见他怀里抱着小男孩，用一块毛皮裹着。维格迪丝起身拿过一支松木做的火把，将它点燃。而什科夫特则揭开孩子身上的遮盖物，又将他凑到火光前。这时，熟睡的孩子被惊醒，突然开始大叫起来。

维格迪丝端详了小男孩一阵子，却并没有抚摸他。就年龄而言，他显得又小又瘦，深色的头发很长，眼睛则是浅蓝色的，长得像极了约特。

什科夫特把小男孩放在地板上，想让维格迪丝看看：有人扶着的时候他已经能自己站立，却还无法行走。他一直哭个不停，还紧紧抓住养父的衣服。

维格迪丝将火把丢进壁炉，又像之前一样坐在那里。眼看小男孩始终安静不下来，什科夫特便说：

“他是因为想睡觉才哭的，不然的话可乖得不得了。”

“那就让他躺下吧，”维格迪丝回答，“否则他会把整个屋子里的人都吵醒。”

于是艾莎把他抱在怀里，准备送到床上去，可维格迪丝却突然说：

“我不想让他睡在那儿，你得另外给他找个地方。还有你，什科夫特，就去大厅内躺着休息吧。我会为此奖赏你的，并且远高于那孩子的价值。”

艾莎只好将孩子放在条凳上，然后自己睡在旁边。维格迪丝则继续呆坐到天亮。

19

一大早，艾莎·哈拉尔德斯达特就跑去找贡纳，当时他还躺在床上。艾莎挥退了所有的家人，并坐在他的床头。两人私密交谈了很长一段时间。然后贡纳终于起床，穿好衣服，便直奔维格迪丝的闺房而去。

看到父亲进门，维格迪丝赶紧起身，只见她面色苍白，显得惊恐万状。可贡纳并不怎么开口，而艾莎则始终陪在他身旁。他走过去，看了看孩子说：

“他的父亲是谁，这显而易见了。”

维格迪丝并不回应，于是贡纳又说：

“我经常觉得很难过，因为自己只有一个孩子，且没有子嗣。但我相信我一直对你怜爱有加，从未过于严厉苛刻。我满以为在自己离开人世之前，都可以让你过得幸福并受到尊重。然而，我宁可绝后，也不愿在晚年还听到别人说你放荡，并看着你的私生子在这栋房子里长大。”

维格迪丝回答：

“的确，父亲，你还不如没有我这个女儿。”

贡纳不再吭声，转身便出门而去。

20

日子一天天过去，如今的瓦丁已显得十分沉静。庄园里只留下了少量仆人，而且在附近也很难看到贡纳及其家人的踪影。贡纳始终对这件事耿耿于怀，因此苍老得很快，腰变弯了不说，身体也日渐虚弱。

小男孩被安顿在庄园里，由艾莎照看着。她对他喜欢得不得了，可维格迪丝却不会流露出丝毫的温情，也不曾给他起任何名字。她依旧很悲伤，从未走出过瓦丁的庭院大门。

某日，维格迪丝和艾莎在厨房里烤制食物，小男孩则在旁边来来回回跑个不停。他已经两岁了。艾莎给他做了两个小面包，并且让他看着自己是怎样烤的。这令小男孩喜不自胜，蹦蹦跳跳地缠着两人要他的面包，最后终于不小心打翻了粗粉箱。维格迪丝一把将她抱起来，又是摇晃，又是一顿打：

“你除了淘气什么也不会。”

孩子大哭大叫，最后维格迪丝把他丢到条凳上。

“坐在那儿别动，”她说，“保持安静。我可不想听到你为这点事哭闹。”

她又回到揉面钵旁，为面包的准备工作忙活了好一阵子。然后，她对艾莎说：

“这孩子不会给我带来什么快乐，而且我几乎觉得他将成为所有人的祸害。他长得一点儿也不像我，我连生下他的时候都没哭过。不过，大概他的父亲也好不到哪儿去。”

“你千万不能这么说。”艾莎回答。

维格迪丝不再吭声，又开始继续干活儿。小男孩哭得眼泪根本停不下来，却拿一双小手遮住脸蛋。发现母亲看他的时候，他索性躺倒下来，还将脑袋瓜埋入搁在条凳上的几只口袋中。

不久，艾莎去了外面。维格迪丝便从烤盘里拿起小面包，走上前递给小男孩。

“现在安安静静地把这些吃了。”说着，她把它们放在他的大腿上。小男孩终于停止哭泣，又看了看自己的母亲。他用手指拨弄一下面包，发现还很烫，不禁感到害怕极了。见此情形，维格迪丝轻轻地在他头顶抚摸了两三下，但随后又叫他出去找艾莎。

21

那个冬天缓缓流逝，却并未发生任何值得讲述的事情。

春分刚过，峡谷中的阳光开始变得越来越强烈，因此一到白天，屋顶上的积雪就会融化。大伙儿都忙着在各自的林子里伐木。某日早晨，贡纳骑马带了一名仆人赶往森林的西边，因为他的家仆们在那里做工。

中午时分，艾莎和维格迪丝在大厅内忙着往餐桌上端饭菜，艾莎往门外看了看，说：

"贡纳已经回来了，可他骑马的样子好奇怪呀，想必不是喝醉就是生病了。"因此她赶忙跑出去迎接他。维格迪丝刚从灶台上拿起粥锅，正准备摆放勺子，突然就听见艾莎一声惊呼。此刻他们已经进屋，什科夫特和另一名仆人一左一右搀扶着贡纳，而艾莎则在一旁不停地搓着双手。维格迪丝这才注意到父亲脸色苍白，就连胸前的白胡子也沾满鲜血。

她赶紧丢下手里的东西，飞速跑到父亲身旁，询问究竟发生了何事。

贡纳示意他们把他扶到条凳上，又将脑袋靠着墙坐了好一阵子，才开口道：

"事情是这样的：我跟格里姆伦达尔的埃约夫搭了一下话，然后觉得很不投机，便再也不想理睬对方。"

维格迪丝忙问：

"埃约夫被干掉了吗？"

"没有，"贡纳回答，"但我的死期肯定不远。"

艾莎和维格迪丝脱去贡纳的衣服，又查看了一番他的伤口，终于证实他所言非虚。维格迪丝说：

"您快告诉我们，父亲，这到底怎么回事？"

贡纳回答：

"也真是凑巧，我跟埃约夫居然会在林子里遇上，然后他拿一些跟你有关的言语来挑衅我，维格迪丝。你也猜得到，我完全无法保持冷静，任由他当面提起我女儿的耻辱。”

维格迪丝没有做声，然后他们将贡纳扶到他的床上。而他则吩咐什科夫特赶紧去北边把家仆都带回庄园，因为眼下根本无法预料阿恩的儿子们会做出什么事情来。接着他又说：“埃约夫还信誓旦旦地说要让维格迪丝做他的情人。”

艾莎坐在贡纳的身旁，而维格迪丝则把跟随贡纳的那名仆人奥拉夫叫到一处角落，责问道：

“你是怎么保护主人的，奥拉夫？”

“我已经竭尽所能了，”奥拉夫回答，“而且贡纳也正如您所期望的那样保护自己。我们各自干掉了一个，但是对方共有六人。眼看贡纳遭到致命一击，我赶紧跑过去，在他跌落马背的瞬间及时将他接住。然后敌人就骑着马逃走了。”

“你知道他们逃往何处了吗？”维格迪丝又问。

“我只知道格里姆伦达尔位于距离盖特斯塔德[①]树林最近的小山湖旁，他们给它起名叫‘孩儿湖’，”家仆回答，“而他们就在那边的山脊上伐木。”

维格迪丝沉默了片刻，才说道：

“我猜想，埃约夫肯定觉得晚餐前自己打了个漂亮仗。眼下这头猪多半吃得饱饱的，正呼呼大睡呢。”

随后她便出了门，回到自己的闺房。她打开储物箱，取出那把女祭司的刀子，在头上系了一块深色方巾，还穿上一件黑色斗篷。步入庭院，她又从小棚屋内找出滑雪板和手杖，便滑着雪穿过田野，来到森林附近，接着再顺着林子的边缘直奔盖特斯塔德

① 挪威东阿格德尔郡的一座村庄。

而去。而后她转向房子的北面，沿着庄园背后低矮的山脊前进。由于树木底下的雪层很坚硬，滑雪板行进得异常轻快，没多久她便瞥见小山湖周围那片白色的平地，以及格里姆伦达尔的人建在那里的小木屋。

地上留下的痕迹表明，之前不仅有许多人行走，而且还有木料被拖动过。到处洒满了木屑、树皮和一缕缕稻草。然而，四周却看不见一个人影。维格迪丝借着树丛的掩护，蹑手蹑脚地向小木屋靠了过去。她脱掉滑雪板，偷偷往里面张望。

只见门口放着一把斧子和一面盾牌，她认出那些都是埃约夫的东西。小木屋仅有三根原木那么高，里面的空间异常狭窄。进门后，她发现有两名男子正躺着睡觉，其中一人正是埃约夫。

维格迪丝先朝另一张充当卧榻的条凳走去。她一只手抓起男子盖在身上的斗篷，紧紧裹住他的脑袋；另一只手则抽出刀子，猛地刺入他的咽喉。该男子当场毙命。然后她才转向埃约夫躺着的地方。

维格迪丝把手放在他的胸口上，将他摇醒：

“快醒醒，埃约夫，你很快就能得到自己一直寻找的东西。瓦丁的维格迪丝专门赶来跟你偷情了。”

埃约夫从睡梦中翻然醒来，无奈小木屋里光线太暗，他什么也看不清楚。维格迪丝又说：

“不错，我的确失去了贞操，因为眼下已经来到你的床上。”

话音未落，她一刀向他捅去，并且这次也没有失手。随着埃约夫往后倒下，鲜血立马从他的咽喉处喷涌而出。维格迪丝又接连捅他两刀，甚至刀子也懒得拔出来，便松开了手柄，探身看着他如何惨死。她将双手从这些鲜血中抹过，然后在他的头发上擦干。直到埃约夫终于咽了气，她才走出木屋，穿上滑雪板，并穿过森林迅速离去。

天气变得更加寒冷了，维格迪丝的移动十分迅速，因为现在一路几乎都是下坡。然而，由于双腿直打哆嗦，再加上埃约夫在她手下惨死的场面历历在目，她又时不时必须暂停片刻。在她看来，自己仿佛并不只是为贡纳之死报了仇，而且还对一名男子行凶。该男子在她面前无力自卫，正如她本人在约特面前时一样。这个念头令她感到心烦意乱，她甚至没察觉自己跑得有多快，也差点因此迷失了方向。

巧得很，就在维格迪丝翻过某处斜坡时，一不留神转入一条伐木小道，竟然跟科尔·阿恩森及其数名仆人撞个正着。当时，他们正驾驶着空空如也的运木雪橇，一看到她便大声叫喊。科尔和另一名男子还跑到雪地里来追她，只可惜雪层的硬度不足以承受他们的重量，而他们又没有滑雪板。于是维格迪丝赶紧转入岔路，穿过灌木林直奔下方的一条小河，然后滑 上冰面——也顾不得它颜色灰暗且浸透了水分。薄冰勉强承受住她的重量，但也被滑雪板压出长长的裂纹。不过，她总算顺利越过，并成功甩掉了仇人。

经过这次遇险，维格迪丝再也不敢停顿，直至抵达自家庭院为止。然后，她直接跨入大厅，来到贡纳的床前。他已经睡着了，而艾莎就坐在旁边。维格迪丝大声呼喊：

“快醒醒，父亲，我有好消息要告诉您。现在我已尽力做了件能洗刷咱们耻辱的事，因为埃约夫·阿恩森被我干掉了。”

贡纳让人扶他从床上坐起来，而维格迪丝则把事情经过讲述了一遍。然后，贡纳叫她弯下腰来让自己亲一下，并说道：

“现在你已经表明自己是个勇敢又有男子气概的姑娘——这也是我曾经希望你能证明的。对于你被那个冰岛人诱奸一事，我已不再心怀愤怒。但愿你和你的孩子一切平安。”

维格迪丝又告诉他自己刚刚遇上科尔，贡纳忙问她是否被认了出来。

“我不确定，”维格迪丝回答，“但他会认出那把女祭司的刀子——我把它留在了埃约夫的身上。”

听闻此言，贡纳说：

“我已经没什么能力保护你们了，而什科夫特也许要很久才能把仆人们带回来。你最好马上带着孩子赶往格里夫森；我信得过卡雷，他必定不会忘记我对他的好处。可是，奥拉夫却必须带走我这里的所有财产，然后藏入河底的那个深潭中——就在我们外仓所在地的小山南边。”

“眼下我是不会离开您的，父亲。”维格迪丝说，但贡纳却回答：

“我的愿望是你能保全自己和孩子，因为我不想看到咱们这个家族灭亡。我已经没什么力气，而且也活得够长久了。你们赶紧去格里夫森吧，你和艾莎。”

艾莎说：

“我不太会踩着滑雪板赶路，而且此刻也不想离开您，贡纳。您是个好主人，无论对我还是对我的家属。现在也还说不准，科尔是否今晚就会来这儿袭击我们。不过维格迪丝必须走，卡雷肯定会竭尽所能地帮助我们的。”

事情就这么定了。艾莎将会陪在贡纳身边，因为他们根本无法劝服她置身事外。维格迪丝则回到自己的闺房，叫醒孩子并给他穿好衣服。她将最值钱的财物、黄金和首饰都搜集起来，装进一个皮囊，又放入一些面包和熏肉——因为动身前根本来不及喂孩子。接着，她把孩子抱在怀中，回到父亲那里跟他告别。贡纳分别亲吻了他们俩。随后，她又深情地辞别艾莎，并祈祷着彼此还能有重逢之日。

22

到了外面，她穿好滑雪板，又用皮带将它们紧紧地捆在脚上。之前她还专门挑选了一根末端带有长铁椎和圆环的手杖。她用一块方巾将孩子紧紧地绑在背后，便迅速滑出庭院，直奔北面而去。

此刻太阳就要落山，因而雪层已变得十分坚硬。虽然她身后背着孩子，但滑雪板几乎没有在地上留下任何痕迹。她赶到河边，沿着它逆流而上，直至最后找到一处冰层较为安全的地方。她继续往上爬坡，走得十分艰难。经过白天早些时候的奔波，她也感到浑身疲惫。等终于到达高处，她才停下来回头张望。只见峡湾上空红通通一片，目力所及之处毫无生命的迹象，可整个乡村到处都是森林和灌木林。

维格迪丝继续朝着格里夫森方向攀爬，她行进得并不快，直到星星出现了才终于抵达那片住宅。她走进院子，却看不到一点灯光，而且所有的门都关得死死的。维格迪丝走上前去，用滑雪杖敲了敲，可根本没人出来应答。除了奶牛在牛棚中弄出响动，便再无任何活物发出的声音。她这才明白原来人都不在家。

站在那里考虑下一步该怎么办的当儿，她顺便把孩子放下来，也好让自己喘口气。这时，孩子却使劲抓住她的斗篷，还用小手指了指南边。维格迪丝举目一望，才发现瓦丁所在的位置早已火光冲天。那火势越来越大，其中更有一团黑色的烟雾在升腾。小男孩显然给吓坏了，一边呜咽，一边将小脑袋埋入妈妈的怀里。

维格迪丝抱起他说：

“此刻他们正活活把你的外祖父和养母艾莎烧死。你看仔细了，孩子，一辈子也别忘记。”

只见大火蔓延得非常快，无数烈焰喷得老高，将浓浓的烟雾都染成了红色和金色；粮仓也被点着，干草和谷物化作点点火花，打着旋儿不停往上飞。整个天空被映得如同白昼，甚至连她立足之处都毫不例外。突然，她发现许多人踏着滑雪板，正急速穿过田野，直奔河边而来。她觉得不能多作耽搁，并且最好是赶紧躲进森林里。

维格迪丝重新把孩子绑到背上，让滑雪板以最快的速度往前赶。她暗自琢磨着，最好先沿着从房子延伸出来的小道行进一段距离，那样任何追赶者都无法轻易发现自己留下的痕迹。于是，她马上折向北边，因为她知道在峡谷对面的“大湖[①]”旁有人居住，而且后面的人可能不会追那么远。

进入森林时天色已是漆黑一片，她只能凭借雪地反射的微光在树间穿行。由于走的是上坡路，且崎岖不平，她向前跌倒许多次，把脸和双手都给划破了，鲜血直流。夜晚十分寒冷，可她却毫无知觉，因为浑身汗水淋漓，心脏又如同打鼓般怦怦乱跳，她感到体内简直快要炸开。更糟糕的是，孩子一直吊着她的脖子，在攀爬的过程中差点没把她勒死。

也不知过了多久，她发现自己终于到达山顶，而路也变得好走了些——只是看样子之前似乎从未有人打这里经过。回过头，维格迪丝透过树冠之间的空隙依然能瞧见南边的火焰，可颜色却比先前暗淡多了。

---

① 即现今的玛利道斯湖，位于挪威奥斯陆，是弗里加河的源头。

不一会儿，小男孩又开始呜咽，说自己又冷又饿。

“快别哭，小家伙，”妈妈说，“咱们很快就会赶到有人住的地方，那时你就可以吃上粥，然后好好睡一觉。”

“真的很快就能到吗？”小男孩问。

“是的，咱们很快就要到了。”维格迪丝回答。

她解下斗篷，缠绕在孩子身上——让他活像是躺在睡袋里，然后将他紧紧地捆在背后。这时，她看见坡面有一大片平滑的白色冰层，便以滑雪杖充当制动器，沿着斜坡向下曲折行进。由于地面高低不平，每次她猛然将滑雪板停下，就会感到双膝一阵颤抖，而汗水也顺着身体直往下淌。夜空繁星点点，可森林里却还是黑得可怕，因为月亮只有等到黎明时分才会出现。

最后，她看到下方有一块白色平地，料想那必定就是湖面。她找到一条下坡路，便滑了上去，不想却被一棵树给撞倒。而且，她发现左脚滑雪板的皮带竟然也断掉了。幸好她身上带着把刀子，于是她又把孩子放在雪地里，然后割了些藤条尽量把它修好。

过了好半天，她才准备继续赶路。背起孩子的当儿，她突然问他：

“你冷吗，儿子？”

“不冷。”他回答。维格迪丝摸了摸他的那双小手，却觉得像冰块一样。她又接连捏了几下，可他竟然没有任何感觉。于是她猜想多半是被冻伤了。她把他放在自己的大腿上，开始不停地用雪块揉搓，直到他疼得哭起来为止。她尽量在背上将他裹得严严实实，这才迅速滑过湖面，直奔西北方向而去，只因她记得那边有一些房屋。

这时，她感觉自己在照料孩子的时候也被冻到了。湖面刮来一阵凛冽刺骨的北风，由于维格迪丝逆风而行，它直接穿透被汗水浸湿的衣服，让她觉得跟赤身裸体无异。她一直沿着西岸下面前行，同时四处搜寻房屋，却始终一无所获。最后，在一处白色的斜坡上，她总算瞥见自己误以为是房屋的建筑。她上前一看，发现它原来是一间位置偏远的谷仓。此刻，维格迪丝已是筋疲力尽，根本无法再挪动半步。她找到仓门，见它是开着的，便取下滑雪板，径直走了进去。谷仓内伸手不见五指，也丝毫不比外面暖和，但她还是伸手摸索了一番，终于发现某处角落有些稻草。她将自己全部埋在里面，可惜稻草像冰块一样刺冷，竟无法带来丝毫温暖。

小男孩问是否已经到了，又问他是否马上就能吃上热粥。

“房子的主人都不在家哩。”维格迪丝回答，“你困了，这我也知道，可咱们必须躺下睡觉。他们很快就会回来的。”

“我好饿啊。”小男孩说。听闻此言，她从包里摸出一点面包和熏肉，细细嚼碎，然后塞进孩子嘴中。吃完东西，他马上安静多了，但依旧冻得瑟瑟发抖。维格迪丝亦是如此。突然，她解开胸前的衣服，让孩子贴紧她那光溜溜的身体，再用斗篷把两人裹紧，最后尽量将稻草堆得高高的。孩子终于沉沉睡去，由于他对着维格迪丝的胸口呼吸，她也渐渐觉得暖和了一些。她偶尔睡着一会儿，却又突然惊得跳起来，因为她梦见自己正在黑暗的雪地里艰难跋涉。这不禁吓醒了孩子，于是她便轻声呢喃，正如其他妇女哄小孩子那样。

之后，他们又继续躺了很久，她甚至能听见墙壁在冰冻中发出的破裂声。透过一处裂缝，她看到月光已经倾洒在雪地上。这时，小男孩又醒了，说是口渴。她也感到有些渴，便寻思着得去外面取些雪，同时看看四肢冻伤的自己还能否挪动。可孩子却大哭起来，怎么也不肯让她离开。因此她只好抱着他朝门口走去。

“现在，住在这儿的人总算回来了。”孩子说。维格迪丝这才发现南边远处的湖面上有些男子，手里都拿着火把。她赶紧出门，再次穿上滑雪板。可走出一段距离后，她突然觉得躺在谷仓内或许更安全。接着，她又开始琢磨这次逃亡之旅如何是个尽头。眼下她已来到一条河边，便顺着它不断前行。她曾听说有条河源自哈克山谷并最后汇入湖中，因此认为只要有足够的力气，自己必须沿着它走，直到寻得有人居住的地方为止。可问题是，她根本不知道那会有多远。她越走越累，看样子最后将不得不带着孩子躺倒在一棵松树底下，再也无法挪动分毫——甚至顾不上考虑一切严重的后果。然而，她依旧没有停止脚步。她穿过一个又长又大的湖泊，又一次顶着刺骨寒风前进。这时，她听见远处有狼群凄厉的吼叫声，于是赶紧加快了速度，可心里却想着也许因为天气太冷，狼群并不会嗅到她的气味。

最后，她终于再也听不见狼的动静，传入耳朵的就只有山坡下的河水声——此刻她就在它表面的浮冰上滑行。月光明亮又清冷，将雪地上幽黑的影子拉得很长很长。她忽然瞥见树丛底下有黑乎乎的一大片，而力气也刚好完全消耗殆尽。于是，她立刻爬了过去，尽量折下许多云杉细枝铺上，再把双腿蜷缩在身下，将孩子搂在怀里，又用斗篷将两人裹紧，以尽可能地给他保暖。做完这些，她将下巴贴在孩子的脑袋上，便完全不省人事。她就这么一直坐在那里抱着他，时而酣睡，时而打盹儿。

23

天色渐亮，维格迪丝才发现自己正坐在一处高耸的山脊上，头顶是直插云霄的山脉，而脚底则是一条蜿蜒于峡谷中的湍急河流。小男孩睡得很香,看上去似乎也未受到任何伤害。维格迪丝觉得自己必须设法找到有人住的地方,但又不知道自己身在何处,再加上她疲惫不堪,又心情沉重,因此并没有移动身体。

过了一会儿,她终于极不情愿地想要起身。可刚一挪动,就听附近"锵"的一声脆响,接着一支箭透过树的间隙激射而来,深深地钉入自己藏身的这棵云杉树干里。箭杆还在兀自震颤不止,一名踩着滑雪板的男子已循着它的方向出现在了眼前。一瞧见她,他便迅速停下脚步,而且由于太过吃惊,半天都没能说出话来。最后他终于问道:

"有人吗?"

维格迪丝根本没力气回答,于是他便径直走到近前。看到她怀里还抱着孩子,他更是显得吃惊不已。他块头挺大,卷曲的金黄色须发留得很长,身上穿着兽皮,腰带上插着一柄斧子,肩上背着一张弓,而手里拿着一支长矛。

他跟她搭话,又问她为何要来这么远的地方,可维格迪丝只是呆坐在那里望着他,根本无法做出回应。这时,小男孩突然说:

"他们把我外祖父的房子给烧掉了。"

"什么时候的事?"男子问,"那房子又在哪儿?"

"我是从瓦丁来的,"维格迪丝终于开口,"就在今晚。"

"你今晚赶了这么远的路?"对方说,"我简直从未听说有女子经历过如此糟糕的旅程呢。"

不一会儿,他又继续说道:

"你们得赶紧找间屋子休息。我的住处虽然简陋了点,却比这儿强多啦。"

他将维格迪丝扶起来,一手搂住她,然后准备去抱那孩子。可小男孩死死抓住母亲,怎么也不肯靠近陌生男子。维格迪丝只好说自己可以抱他。于是，男子继续将她搂住，一路搀着她朝下边的小河走去。没多久，他发现她几乎无法站直身子，便取下她的滑雪板，将它连着维格迪丝和孩子一同抱了起来。就这样，维格迪丝在迷迷糊糊中前行了很长一段距离，最后三人到达一处狭窄的山道。它一直通向一间小木屋，男子终于在那里将她放下。突然，他又开口了：

“你的那只手已经冻伤得非常严重。”说着还举起她的左手。维格迪丝这才发现，它不仅颜色发青，而且几乎透亮，简直就像冰块一样。他脱掉她的鞋袜，用雪在她身上按摩了好长一段时间，可那只左手依旧看着挺吓人。最后，他只得放弃，并扶她去屋内的床上休息。他用角制容器灌了她一口酒，尽管她的手疼痛难忍，但还是很快便昏昏睡去。

天快黑的时候，维格迪丝终于清醒。她发现壁炉里燃起了火，周围坐着三名男子，虽然个个衣着破烂，却是装备精良，浑身珠光宝气。其中一人她在森林里见过，而另外两人却不认识。

她手上的疼痛明显加剧，因此几乎无法咽下他们端来的食物。随着夜色渐深，它竟然变得越来越严重，不仅整条手臂有痛感，甚至还蔓延到了胸部。

早晨，她先前见过的那名男子（他叫伊鲁格）问她感觉如何。维格迪丝回答说自己从未经受过这般痛苦，并问他是否认为还有康复的希望。

伊鲁格看了看她的手，觉得情况很糟糕。维格迪丝便说：

“那么你得帮我砍掉这三根手指。”

伊鲁格注视她好半天，最后还是断定她说得有道理。就这样，他的一位同伴将她紧紧地抱住，让她无法动弹，而伊鲁格则亲自将她左手中间的三根手指齐齐截去。维格迪丝连哼都不哼一声，只是在事后说了句：

“我认为，你是个坚定的男人，伊鲁格，而且手脚相当利落。”

伊鲁格替她包扎好伤口，又安顿着她躺下。她难受了一段时间，但随后便开始康复，并且终于可以向三人敞开心扉，叙说自己的艰苦旅程了。

24

住在小木屋里的这三名男子都是逃犯。维格迪丝清楚地记得之前曾听过这些家伙的名号，而且据说正是因为他们，旅客在这些森林里才很难安全通行。其中两人是兄弟，名字分别叫做伊莱·赫尔莫德和艾纳·哈德兰丁。而另外的那位，伊鲁格，则是来自北部地区。

他是个非常英俊的男人，身材高挑且壮实，手脚不大，五官端正，鹰钩鼻，蓝眼睛，卷曲的金色须发留得很长。

某日早晨，眼看维格迪丝的气色好了不少，伊鲁格趁她独自跟孩子坐在一起的时候来找她。两人聊了片刻，然后他说：

“我跟同伴一直在商量，我们在附近的森林里给自己弄来一个女人并不容易。你的情况比咱们也好不到哪儿去，毕竟你从有人住的地方被赶得落荒而逃。因此我们要做的就是：你和我同床共枕。然后等到春天来临，我就会在较远的湖岸北面给自己修筑一栋房屋。而赫尔莫德和艾纳也会想办法找到老婆的。”

维格迪丝把孩子抱到腿上坐着，回答说：

“我对你太信任了，伊鲁格，从未想过你会强迫我。”

伊鲁格迟疑了一会儿才说：

“强迫你我倒是不至于，可我不明白你为何要拖延，因为最终你还是得选择我们其中的一个，而我又觉得自己最应该得到你。在附近我们取名为‘熊湖’①的那个湖边，有个地方是捕鱼和打猎的理想之所，你和你的儿子都会过得很舒坦，比我找到你时的前景可好多啦。”

维格迪丝却回答：

“假如你肯生活在森林深处一块贫瘠的空地上，远离一切住户，那么相比起人们对于像你这样的男人的预期，你必定更容易得到满足。我无法理解，为何你跟其他两人不愿回到自己的同胞之中。我相信我家乡的所有人都不敢拒绝跟你和好，因为谁也无法跟你们任何一个相比。”

伊鲁格则告诉她，离开森林并非她想象的那么容易。

维格迪丝说：

“对于将我父亲活活烧死在屋内的科尔·阿恩森，我是绝不会任由他把我和儿子从家里赶走的，尽管我只是个孤单的女人，而且年纪不大。我很清楚父亲在临死前把金子藏在何处，因此打算去将它取回。如果你和你的朋友们肯帮助我，我就会跟你们一起分享——正如同志间的习惯做法那样，然后咱们的命运也会差不多了。”

“你是个勇敢的女人，”伊鲁格回答，“但奥斯陆实在离得太近，我们的所作所为在那里可算人尽皆知。假如国王奥拉夫今年冬天没待在哈德兰②，那倒是有可能的。”

维格迪丝又说：

“对于我们而言，这也许是最好的安排。我有充分的理由向

① 位于努尔马卡的基库特(Kikut)附近、奥斯陆和哈克山谷之间。

② 挪威地名，位于兰斯基福德(Randsjford)附近、奥斯陆北边四十英里处。

国王上诉，而且听说他提倡新信仰，对待任何愿意皈依基督教的人都非常友善。不过在我的家乡，许多人虔信众神，还会去雷神托尔的神殿里献祭。我的建议是，由我去觐见国王奥拉夫，如果你们没人敢一同前往，谁能带我走出森林就够了。那样我认为咱们的命运便会有所好转——我保证你们的命运会跟我的一样。”

随后，维格迪丝跟逃犯们进一步商讨了自己的计划。三人当中，最年轻的艾纳·哈德兰丁非常渴望设法赢回他父亲的庄园，而赫尔莫德也说自己早就厌倦了这种艰苦的日子，一心想弄艘大船离开这个国家。伊鲁格却还没准备要屈服，当周围再无旁人时经常会跟维格迪丝搭话，说她必须做他的老婆。她的回答则是，他们或许该等她回到瓦丁之后再谈论这个。最终，伊鲁格还是答应陪同她一路北上，去哈德兰觐见国王。

25

就在国王奥拉夫跟侍从们庆祝圣枝主日[①]的当天，维格迪丝和伊鲁格来到了他的宅邸，并且被安顿在近旁的一处房子里住下。

下午第五次祈祷[②]结束后，两人立刻赶往国王的寓所，然后维格迪丝便请求门卫带她去觐见国王奥拉夫。由于之前她已尽可能把自己收拾整洁，此时走上前去，其举止依旧优美而端庄。她将自己的遭遇清清楚楚地陈述了一遍。在她叙说的过程中，国王的眼睛始终注视着她，直至完毕才说：

---

① 也称棕枝主日、基督苦难主日（因耶稣在本周被出卖、审判，最后被处十字架死刑），时间是复活节前的星期日，为圣周开始的标志。

② 天主教第九时祷告，三时的申初经（即七小时祷告中的第五小时）。

“你遭受了极大的冤屈，维格迪丝，如果你说的这些都是实情的话。我之前也对阿恩的儿子有所耳闻，早就听说他们作恶多端。对了，你的同伴是谁？”

这时，伊鲁格走上前说：

“人们都叫我‘金毛伊鲁格’，大王，最近几年我一直住在南边的森林里。”

听闻此言，国王皱着眉头回答：

“我以前倒是听说过你的大名。若非如此，事情就会好办些。维格迪丝，如果你找了其他发言人，而不是什么逍遥法外的强盗和土匪之类，对于你的诉讼也许更有利。”

“事情是这样子的，尊敬的大王陛下，”维格迪丝说，“当我像个坏女人被从家里赶出来的时候，正是这些人帮助我，还挽救了我和儿子的性命。而且，我一请求伊鲁格，他便带我来到这里。尽管他是一名逃犯，却仍然冒着生命危险这么做。因此，陛下，即便您不肯同意他跟您讲和，在您向我保证让人保护他平平安安回到森林里之前，我接受您任何的帮助都是不妥当的。”

国王只好说，伊鲁格在复活节期间可享有豁免权，之后他们再讨论这些事。他又邀请两人留下来做客，直至所有事情圆满解决为止。接下来的几天里，他跟维格迪丝聊了很多，而她也只好把杀死埃约夫·阿恩森的过程以及此后的经历全盘相告。

复活节前夕，国王派人把她请来；自己则一个人待在大厅里，吩咐她在近旁的条凳上落座。夜色渐浓，他向她问起了伊鲁格，打探他是否就是孩子的父亲。维格迪丝马上给予否定，解释说自己和伊鲁格在那方面并无任何瓜葛。

国王奥拉夫又追问孩子是谁的，此刻人在哪里，而她又为何没嫁人。

“我对他知之甚少，陛下，”维格迪丝说，“他不是本国人。当时我年轻又懵懂，才会被他给诱奸。可我并不想提起他，所以我恳求您，别再问我这个了。”

突然，国王一把抱住她说：

“你不会长时间守寡的，维格迪丝，因为你是如此美丽、聪慧。”

维格迪丝想要站起来，可国王奥拉夫却按住了她，还把他抱到自己腿上。她只好说：

“我的人生已经这般凄惨，我并没有想过要再爱一次。现在我求求您，陛下，请让我走吧，毕竟时候也不早了。”

国王奥拉夫笑了笑，还边亲吻她边说：

“我偏要让你留下来陪我。维格迪丝，你不觉得咱俩很般配吗？况且你做我的情人也绝不会辱没你的。我对你的爱会给予丰厚的回报。”

“这和您的身份可不相称，大王陛下，”维格迪丝回答，“只要您愿意，就可以拥有任何年轻的姑娘，根本没必要喝别人用过的杯子。”

国王又笑了，并再次亲吻她，说：

“你的香唇也同样美味呢，维格迪丝。”

接着，他将她拦腰抱起，轻轻放倒在条凳上，就要跟她行鱼水之欢。

维格迪丝用手拼命抵住他的胸部，并且说道：

“比起您放走我而留下的遗憾，您信仰的神灵因为您的行为而受到的伤痛可沉重多啦。”

听闻此言，国王奥拉夫立马松开了她。片刻之后，他终于起身，说她想走的话便可离开。维格迪丝脚踏在地板上，这时倒不觉得和奥拉夫待在一起有那么别扭了。可国王依旧呆坐着，也不跟她说话。于是，没多久她便起身走出大厅，直奔女性住所而去。

眼看迎来了两个重大的圣日，可在此期间，国王依旧没有跟维格迪丝讲话。然而等到第三天，他又派人把她请来。当时，他身边还有许多侍从陪在一起。

他说自己将派人护送她去格里夫森，助她完成诉讼，从而彻底替她伸冤。他还承诺会帮助伊鲁格及其伙伴谋求和平。说完这些，他将维格迪丝拉到一旁，目不转睛地盯着她问：

“坦白告诉我，维格迪丝，等你回到自家庄园后，是不是要嫁给‘金毛伊鲁格’？”

维格迪丝抬头看着他，回答道：

“陛下，您若是认为我宁可跟狼玩而不肯跟狮子一起玩，那未免把我看得太轻贱了。如今，眼看您对我显示出如此莫大的慈爱，我非常确信再也找不到像您这样的好首领。因此，我还有个不情之请：希望派一名牧师跟我去瓦丁，并恩准我遵照您的信仰接受教诲及洗礼。以前我父亲太过于相信自己的力量，而我曾经也持有同样的执念。可是经过这件事，现在我终于明白您的信仰才是最合理的。”

听她这么一说，国王奥拉夫顿时变得温和多了，并且十分高兴。伊鲁格也接受了洗礼，之后更是留在了国王身边。随着他们的诉讼处理完毕，艾纳·哈德兰丁也和他一样。而赫尔莫德则给自己买下一艘大船，独自去了国外。

国王派出一些侍从跟随维格迪丝南行，其中还包括一名牧师。他们到达格里夫森后，她又受到卡雷的热情接待。此刻她才得知，就在瓦丁被烧毁的当晚，格里夫森的所有人刚好外出赴宴去了。卡雷一瞧见大火，便立即召集人手，前去追赶科尔·阿恩森。双方的遭遇战以卡雷杀死科尔而告终。之后他们花了很长时间来寻找维格迪丝，却没有任何踪迹。于是，他们断定她多半已惨遭不测。

案件由议会进行审理。结果，阿恩的两个儿子之死不会产生任何赔偿金，而他们的代表却必须就杀死艾莎及毁坏瓦丁的房屋、损伤牛群等事项做出补偿，且罚金数额相当巨大。

维格迪丝利用夏天对房屋进行重建。她从容应对一切，很快就凭借勇气和节俭为自己赢得了许多赞誉。她让儿子也接受了洗礼，并取名为欧瓦尔①，因为那晚她曾背着他穿过有狼群的森林。后来，她又找人在弗里加河南面的山上以优质木材修建了一座教堂。

奥斯陆的乡民纷纷接受了这种新信仰，而维格迪丝对于自己的洗礼也非常坚定，尽管其信仰并不十分狂热，毕竟庄园里有太多事情需要她来处理。如今许多年过去了，瓦丁的一切依旧还是那么平静。

我们暂时把故事的焦点转向约特。

26

前面已经提到过艾尔的图尔比约恩·哈勒格，约特·基瑟尔森便是由此人抚养长大。他是个富有的族长，名声非常好。他的妻子给他生了许多儿子，不过都与本故事无关。长子取名为莱丁，如今已不在人世。莱丁的遗孀名叫古淳，被称作“东峡湾之光”，只因她被认为是冰岛最美丽的女子之一。她非常有钱，为人

① “Ulv”等同于“wolf(狼)”。

聪慧能干，不仅对朋友慷慨又忠诚，对家里人也十分仁慈，可就是脾气太急躁，倔强且极其自负。莱丁和古淳只有一个孩子，是个女儿，名叫蕾可妮。人们都说蕾可妮·莱丁斯达特长得像母亲，而且只是遗传了好的方面，因此她深受所有人喜爱。莱丁曾给过她承诺：绝不会要求她违背自己的意愿嫁人。许多男子纷纷向蕾可妮求婚，却毫无例外地碰了一鼻子灰。

跟维格迪丝在牧屋前说完话的那个秋天，约特又回到了冰岛。他听到的第一个消息便是维特莱德与古淳已订婚，并且婚礼将会在冬至过去六周后举行。约特直接回到位于斯科梅山谷的家中，整个冬天都没有外出，也谢绝见客。他并未去参加叔叔的婚礼，很多人对此颇感惊讶。

夏天，当许多人纷纷赶往议会[①]的时候，约特依旧待在家里。维特莱德和古淳也去了议会，在回家的途中还顺便从斯科梅山谷经过。两人并未因为约特没去参加他们的婚礼而表现出任何不悦，只是不断地劝说他跟着一起去霍尔塔[②]。约特反复推辞了很久，但最终还是答应一同前往。

维特莱德大张筵席，于是又有许多人前来道贺。宴会极其丰盛，一切都进行得十分顺利，可大家都说约特显得悲伤且无精打采的。他既不怎么讲话，也不愿参加任何户外运动。

宴会初期的某日，维特莱德穿了一件华丽的绣花斗篷，也就是维格迪丝之前赠送的那件。约特目不转睛地盯着它看了很久。当天晚些时候，维特莱德将脱下的斗篷放在条凳上，约特立刻坐到旁边，将它拿起来并放在膝头展开。眼看维特莱德去而复返，

① 冰岛共和国的国民议会，每年在该国西南部的辛格维利尔（Thingvellir）平原上举行。

② 冰岛地名，原文为“Holtar”。

约特便开口道：

“跟我做个交换吧，叔叔，把这件斗篷送给我，然后说说你想要什么。”

“我可不会把别人送的礼物卖掉。”维特莱德回答。

“那就白给我好啦，”约特说，“之前我也从未要过您任何东西。”

维特莱德起先并没有回应。这时古淳走了过来——两人的谈话内容她已听出个大概，插了一句：

“维特莱德，拒绝你侄子想要的东西可不妥当，咱们应该礼待客人。看看我们多希望你好，约特，快忘掉忧伤，去外面跟其他小伙子做些运动，也让我们见识一下你的男子气概吧。”

她恳请约特站起来，又将那件斗篷披在他的肩上。她说它非常合适，竟像是专门为他量身定制的一般。随后她便走开了。约特披着斗篷站在那儿，只听维特莱德说：

“要不是古淳说好话，你根本不可能得到它。其实没了它只会对你更有好处，而且如果你能把缝制它的人忘掉就最好。”

约特回答：

“我很喜欢那姑娘，可这次我喜欢的却是斗篷，因为它非常合身。谢谢您这件不情愿的礼物，叔叔，那我就不客气了哦。”

他笑了笑，脱下斗篷，又将它仔细收好。随后他便去了外面的庭院，那里许多人正在进行运动。

其中有两兄弟，名字分别叫做奥德·拜内森和西格德·拜内森，都十分擅长彰显男子气概的项目，而奥德还是岛上该地区最强壮的人。约特也非常精通武器，并且勇猛依旧，只不过有些疏于练习。可他还是对比赛产生了兴趣。那些旁观者都说，约特精于讲求速度和灵活性的项目，而奥德在需要力量的项目上最拿手。

“我倒想看看，”约特说，“奥德是不是也能把我摔倒。”

随后两人便扭打在了一起。约特很快感觉到自己的力量远逊于对手，只好将全身力气都使了出来。而奥德则因为太相信自己的蛮力，不免有些大意，结果反倒被约特摔了个四脚朝天。当天的户外运动也以此告终。

当晚，约特被安顿在一间外屋里歇息。翌日早晨，他还赖在床上不想起来，却听见有些女子在隔壁房间说话。其中一人先开口道：

“关于奥德·拜内森昨天被摔一事，你们怎么看？只怕他也不敢吹嘘自己不可战胜了吧？”

另一人笑着回答：

“我才不在乎奥德有没有被打败，但却很高兴是那个英俊青年赢了。”

“你所说的英俊青年是指约特吗？”先开口的那位问，“啊唷，他那张黝黑的脸可苍白得像鬼怪一样。”

“我当然指的就是他，”另一位女子又回答，“因为我还没听说其他人能打败奥德哩。”

约特起来穿好衣服，便走进了隔壁房间。那儿有好几名女子，他很快注意到有一人是他之前从未见过的。只见她穿着一件浅绿色绣花长袍，长得非常漂亮。她个子比较娇小，却丰满而匀称，手脚都不大，白皙的面庞十分清秀，一双明亮的蓝眼睛，可最大的亮点却是那头秀发，因为其长度几乎可以将她完全裹在里面，而且反射出亚麻色的光泽。约特刚进门时她正好在梳头。

约特跟少女们聊着天，可目光却始终停留在最漂亮的那位身上。眼看她头发已经梳好，他便走过去让她把梳子借给自己一下。姑娘依言递给他，他则突然说道：

“刚才称我为英俊青年的是就你对吧？”

姑娘脸色微红，却笑着说：

“我怎么会想到你正在偷听？但你也知道，一个人对于自己从小就认识的旧友，当然总盼着他好，并且说他好话的。”

约特不禁很惊讶，过了片刻才问：

“快告诉我你叫什么名字，因为我真的无法确定自己认识你。”

“噢，那不要紧。”姑娘嘴上这么说，但约特看得出她颇有些不高兴。于是他又说道：

“我们上次见面时你的美貌还不及现在一半——我猜想你肯定是蕾可妮·莱丁斯达特吧？”

“记得在我祖父位于艾尔的家中时，你和别的小伙子没一个人眼里有我。”蕾可妮回答，把其他女子都给逗乐了。不过谁都看得出来，她对于约特的答复挺满意。

她又告诉约特，自己陪图尔比约恩住了很长一段时间，直到前一天才回家。约特便向她打听艾尔的新闻，还跟她聊了很久，因为他觉得该女子不仅有见识，口才也很不错。晚上，他挨着她坐在一起喝酒，聊着聊着，他突然说：

“蕾可妮，你居然到现在都不嫁人，这确实挺奇怪的。我猜想你是觉得任何男子都配不上你吧。”

“并非这样，”她回答，“不过对于此事谨慎些总没有坏处。我不介意自己眼前的状况，也没有急着想要再次摆脱呢。”

约特笑着说：

“那你一定很难取悦，但好在我是不敢去冒这个险的。”

蕾可妮并未回应，两人又开始聊别的话题。次日约特便回家了。

27

晚秋时分，古淳产下一名男婴。维特莱德亲自施以洗礼，并取名为阿特勒。某日早晨，古淳还卧床未起，房间里就她和蕾可妮两个人。蕾可妮坐在母亲的床前帮着包裹孩子。弄好后，她抱着他坐在那儿，又是亲吻又是轻拍，并且说道：

“这小家伙长得又乖又可爱。妈妈，我简直巴不得他是我的而不是您的孩子。”

古淳躺在床上，生气地说：

“赶紧把他抱过来，别再这样胡说八道——要不了多久你自己也会生个像他这样的孩子的。你已经二十岁了，我真不知道你究竟还在等什么，否则为何不能像其他人那样嫁出去。或许你原本可以接受奥德·拜内森，那样的话，我相信你在任何方面都会过得很安逸。”

蕾可妮回答：

“我早就说过，任何男子想要娶我，得所有人都对他赞不绝口才行。”

“那你何不考虑一下首领[①]鲁诺夫的求婚？”母亲问。

蕾可妮笑着说：

“您不是在开玩笑吧，妈妈？听说那老头儿连上下床都要靠家仆搀扶着哩。”

“总有一天你也会变老的，”古淳说，“然后仆人很快就会反感

---

① 此处指的是冰岛异教地区的首领，能行使牧师之职。

像傻瓜一样被呼来喝去。”

“哦，我终究是要嫁人的。”蕾可妮回答。过了一会儿，她又说：

“假如斯科梅山谷的‘维加－约特’前来向我求婚，我可能会满足你们的心愿，接受他——尽管他未能获得人们的好评。那样的话，你们再也不必因为我待在家里而厌烦了。”

她的母亲则回答：

“你都快变得跟莱丁以前一样任性了。如果我还是少女，就决不会选择嫁到那种地方去——那荒僻的山谷里连个行人都没有。”

“但据我所知，那是一座挺不错的庄园。”蕾可妮说，“并且祖父和其他所有亲戚都会很高兴的——与家人保持融洽的关系比什么都重要。”

“是的，维特莱德也会十分赞同。”母亲只好说，“他会很乐意看到自己的侄儿订下这么好的一桩婚事。不过，我原以为你会选择一名更富裕、更有权势的男子呢。”

“如果合并到一起的话，我们的财富不会太少的，”蕾可妮回答，“而且我时常听人说约特具备成为领袖的潜质。”她沉默了片刻，然后又接着说道，“去跟维特莱德说说这件事吧，妈妈——但千万别说是我让您这么做的。”

28

约特一直待在位于斯科梅山谷的家中。冬至前夕，维特莱德突然登门造访。约特热情地款待了他，叔侄俩聚在一起非常高兴。

农场地处一条峡谷中，峡谷的名字也叫做斯科梅山谷。两旁全是高山峻岭，一条小河从底下蜿蜒流过。当时，对面那些斜坡上长满了桦树，还有一片优质草地及渔场。见约特养着许多牛，维特莱德便仔细观察他是如何经营自己的农场，结果竟发现他是个非常不错的农夫，而且其能力与当时的年龄极不相称。某日两人结伴外出时，维特莱德终于对他说：

“侄儿，这里的一切都井井有条，不过我觉得农场上还缺一样东西：你是时候该娶老婆了，娶个能帮你持家的人，毕竟有位女主人的话一切会好得多。你雇的女管家可能确实挺不错，但她已经开始在变老。更何况，假如你去谋求一桩美满的婚姻，自己的财产还会大大增加不是？”

约特却认为老管家打理得相当好，而且自从史坦芙离开人世后，家里的大事小事全由她负责。他便回答道：“我结婚的事根本不用着急。”

“你现在真这么觉得吗？”维特莱德问，约特则沉默不语。于是维特莱德又说：

“真没想到，你居然还对维格迪丝·贡纳斯达特念念不忘。”

约特脸一红，赶紧说：

“我又不知道该去哪儿求婚——我可不想碰钉子。”

“去年夏天你曾和蕾可妮·莱丁斯达特聊过，”维特莱德说，“你觉得她怎么样？”

“呃，”约特缓缓回答，“她人挺漂亮，说话也很有自己的主见。可我从未想过要向她求婚呢。”

“她的聪慧丝毫不逊于她的美貌，”维特莱德说，“而且待人友善，是个能干又勤劳的姑娘。我已经跟她提起过你，也认为你不会在她面前碰钉子。她的婚姻是由图尔比约恩、古淳以及她本人共同决定。老实说，侄儿，我一直认为你们俩会很般配。如果能促成这桩美事，许多人都会非常开心的。”

“我明白，叔叔，您总会劝我做最好的选择，”约特说，“而且您想帮我促成这桩婚姻也是出于一片好意。可我真的不想这么快就结婚。”

维特莱德恳请他慎重考虑一下，却并未再提及此事。经过仔细观察，他发现约特晚上的睡眠很糟，并且种种迹象都表明他内心的忧思十分沉重。

离开斯科梅山谷的前一天，维特莱德又问起约特对于蕾可妮一事的考虑情况。约特回答：

“我真得好好谢谢您的关怀，叔叔。不过这件事还需要您多费点心，因为我终于明白您的建议是最理想的。”

于是约特跟着维特莱德一起回家。古淳和蕾可妮亲切地接待他，并做好了婚姻的一切安排。婚礼于次年春天举行，维特莱德将它办得风风光光的。不久，约特和蕾可妮便返回了斯科梅山谷，婚后的小日子过得十分和谐。

29

晚夏的一天，约特在自家位于山谷上方的草地里忙着收割。当时天气好极了，阳光也十分温暖。跟他一块劳动的还有两名仆人，他们在小河的这边割草，而约特则去了河对岸，并且脱得只剩衬衫和短裤。由于他们离住宅太远，无法每顿饭都赶回家去吃，眼看下午将近，约特打算蹚过小河和仆人们一起吃点东西。这时，他却瞥见蕾可妮正沿着河岸走了过来。她身着那条平常在盛宴上才穿的浅绿色长袍——显然是精心打扮了一番，手里则提着一个非常大的包裹。她先是停下来跟割草的人打招呼，又从包裹中取出什么东西递给他们，然后才踩着踏脚石来到约特所在的河对面。

"这是我妈妈派人送来的蜂蜜酒，"她说，"我想你们在大热天里还得割草，喝了应该会有好处的。"

"可你也不用这么麻烦，亲自拿过来呀。"约特责备道。

"噢，没事儿，"蕾可妮回答，"咱们并不经常遇到这样的天气，而且我也想看看咱们在这儿割的是哪种饲草。"

约特建议去河对岸割草的人那里，因为他们带了食物。但蕾可妮却笑着指了指手上的包裹说：

"你放心好啦，既然你的妻子专门赶过来，就绝不会忘记给你带吃的。咱们去山坡上坐坐吧，那儿的微风轻柔又凉爽。"

随后，她便走上堤岸，还时不时抓起一把饲草拿到鼻子前闻闻。草场上方有片矮桦树林，她也非得去嗅一嗅新叶散发出的清香才作罢。最后，她在岩石堆中找到一处空洞，不仅遮阳，还长满了青草和石南，而且大小刚好容下两个人。于是，蕾可妮把他也喊了过去。

"吃完后，你就可以在这里躺下睡会儿。"她说。

两人吃着喝着，蕾可妮满心欢喜，一直嬉闹个不停。之后约特便躺在石南丛中睡觉，还把手臂放在前额遮挡阳光。蕾可妮见状，立马解下方巾，将他的眼睛给遮住。过了片刻，她突然问：

"你能不能把脑袋搁在我大腿上睡？这样你就不会那么挤。"

约特照做了。他抬眼看着蕾可妮的脸庞——她就光着头坐在阳光里，于是说道：

"你此刻的样子跟我们在霍尔塔见面时很相像。"

蕾可妮嫣然一笑：

“告诉我，约特，你觉得那天咱俩相遇是件好事吗，或者，你把我带到这儿来到底开不开心？”

“你应该能确定我很开心。”他回答。

蕾可妮又继续说道：

“我如何能确定呢？有时候我总觉得有什么事情压在你心里，因为你跟少年时期很不一样。那时的你又疯又野，总是在叫喊、在欢笑，可现在却极少吭声。”

“假如一个人未能适时改掉孩子气的胡闹，那可并不好吧。”约特说。

“以前曾听人们说过，”她又接着说，“你不仅会唱，还会编歌谣。能不能让我听听你创作的某些曲调呢？”

“唉，每次他们说这个，十有八九都是在撒谎。”他回答，“我的那些诗歌并没什么价值。”

“你可以给我念念。”她恳求道。

“我现在都不记得了，”他说，“毕竟那是很久以前的事。”

而蕾可妮却用双手捧着他的脸，又用双膝轻轻摇动他的脑袋，开始吟诵了起来：

“由于思念我睡意全无，
脑海里满是姑娘的倩影。
我的思绪夜夜飘向远方
掠过浑浊的河水，
直至她安然酣睡的闺房
疲惫的翅膀才停歇，
对于黑暗中飞翔的鸟儿
她却不以为然。

——白天它将我的气力尽皆偷走。

有人告诉我这首歌是出自你之手哩。”

“跟它差不多吧，”他回答，“现在我也记不清了。”

“这姑娘是谁呢？”蕾可妮问，“是个不肯接受你的人吗？”

“哎呀，那不过是编出来的，”约特说，“一个人太寂寞了就会浮想联翩。任何人都可能如此。”

蕾可妮略思片刻，又问道：

“与我相比，你还有没有更想娶的人？”

“没有。”他回答。突然，她搂住他的脑袋，弯下腰来亲他。而他则轻轻拍了拍她的脸颊和喉部。

“好吧，现在我也要躺会儿。”说着，蕾可妮从自己大腿上将他的脑袋挪开。

“嗯，躺下吧。”约特边说边给她腾出位置，“这地方躺着可真舒服。”他又再次用她的方巾盖住了脸。蕾可妮躺在他旁边的石南丛中，却用一只手支起脑袋，目不转睛地盯着他。

“真奇怪，你看上去这么困，”她说。见他的衬衫在喉咙处敞开，她便捡起一根桦树枝，在他的胸口和下巴上胳肢起来。约特抓住她的手，又把玩了好一阵子，却始终没有睁开眼睛。

“你脖子上那道伤疤是怎么回事？”她问，还弯下身子去吻了它一下。

“你把我弄得浑身痒痒，”约特说，“我好害怕。”

“你现在该睡了。”蕾可妮说。

“没错，只要你肯消停一会儿，”约特笑道，“我记得你也说过想睡觉的。”

“你真的很累吗？”蕾可妮问。

“是的，我确实很累。”他回答。

随后两人便躺下了，约特很快昏昏睡去，而蕾可妮却坐了起来，呆呆地看着他出神。

30

据说那条山谷荒僻得很，仅有一些家仆和自由民住在斯科梅山谷下面，而再往南边则是一片名为斯瓦塔山丘[①]的农场。农场主名叫奥斯布兰德，他很穷，甚至连维持生活都很吃力。虽说有十个子女，却只有长子到了当帮手的年龄。小伙子名叫哈尔斯泰因，长得高大又结实，不仅干活卖力，对父亲也挺孝顺。可是，在其他人面前他却好争吵，暴躁又多疑。因此他并不受人待见。他常常找约特的碴儿，因为哈尔斯泰因就看不得别人日子好过。约特却不作计较，认为他还只是个孩子，但同时又替奥斯布兰德感到遗憾。他还决定，无论是制备干草、捕鱼，还是入股的货物，一旦哈尔斯泰因拿了太多不该拿的，他就准备亲自予以监督。

有一条流经斯科梅山谷的河名叫斯瓦塔[②]，河床到处是狭窄的沟渠和深渊，但它一到斯科梅山谷的南边就逐渐变宽，形成了一个水池，且出口在一处瀑布中。瀑布附近的岸上有约特最好的田地，玉米可以长到成熟。由于受到山脉的阻挡，谷中降雨量很少，约特考虑在小河中修筑一座水坝，以便给附近的草场和耕地浇水。他于春汛到来的前一年就开始动工了。哈尔斯泰因得知后勃然大怒，说是这对他们斯瓦塔山丘的人危害不浅。他还四处

① 冰岛地名，原文为“Svartaabakke”。

② 原文为“Svartaa”，意思是黑河，在冰岛北海岸注入大海。

跟人诉说约特让他们遭受的冤屈，最后传到约特的耳中，可他却付之一笑，说那孩子只会说些没头脑的傻话。

随后的某日，大伙儿正在忙着筑坝，哈尔斯泰因突然气势汹汹地赶了过来，还径直走到约特面前，命令他立即停工。他声称自己要向议会提起诉讼，也叫人们知道约特根本无权这么做，硬生生地将一个穷人的农场给毁掉。

“唉，你的确应该去趟议会，哈尔斯泰因，”约特哈哈大笑，“你父亲非常清楚，这项工程会令他跟我一样受益，因为他可以随意用我的水。现在你赶紧走开，我可没工夫站在这儿跟你磨嘴皮子。”

“你太嚣张了，约特·基瑟尔森，”哈尔斯泰因回答，“就因为自己在这一带是最大的人物。但是你给我等着，然后便会知道我们有亲戚能解决这件事，而且他们或许丝毫也不比你逊色。”

“是吗？”约特笑道，“那好，你赶紧去，哈尔斯泰因，去跟他们说，我倒也很乐意会会他们呢。”

蕾可妮之前在水池边洗一件羊毛外套，这时也走了过来。只听她说：

“我猜想，奥斯布兰德有好多次都非常高兴，就因为约特是这样的人，又不拘小节——比如去年秋天我们帮他从山上找回羊群那件事。”

哈尔斯泰因的脸瞬间涨得通红，大叫道：

“你是在嘲笑我们偷窃吗，蕾可妮？”

“不，”蕾可妮回答，“我记得当时是约特把你们无法找到的羊赶了回来，并且在我们两家之间划分。我相信，你们对于他的大方之举应该足够满意吧？”

哈尔斯泰因说：

“蕾可妮，你对自己的丈夫感到如此满足，这确实是件好事，因为你对他简直死心塌地。”

蕾可妮正要回应，约特却抢着说：

“你千万别在意这年轻人说的话，而且咱们也没空继续听下去。现在赶紧走吧，哈尔斯泰因。”

哈尔斯泰因这才离去，可没走多久他突然又转过身来，大声喊道：

“你娶了个好老婆，约特，能把这女人娶到手真是你的福气。然而我却听说，你曾经为了个挪威姑娘而赖在尼达洛斯①不走，可人家对你的男子气概根本不屑一顾，还当着你的面接受了别人。”

听闻此言，约特突然发出一声咆哮，并顺手抓起地上的一支长矛，向哈尔斯泰因掷去。矛头刚好扎入小伙子的眼睛，他马上倒地毙命。

约特派一名仆人去宣告发生于斯瓦塔山丘的凶杀案，之后便回家了。蕾可妮也跟着他离去。当天晚些时候，她终于忍不住问：

“哈尔斯泰因口中所说的挪威姑娘是怎么回事？”

“噢，那不过是一桩陈年往事，你完全用不着伤脑筋。”约特说，“别再跟我谈论这个，因为我根本提都懒得提起。”

31

听闻哈尔斯泰因的死讯，奥斯布兰德几乎发狂，莫大的悲痛和恐惧差点没让他昏厥过去。他由此断定约特就是想彻底毁灭

① 特隆赫姆的旧称。

自己，无论是筑坝或是其他所有事。次日约特来到斯瓦塔山丘时，奥斯布兰德早已四处奔走，恳求亲戚们施以援助。他去找过拜内的儿子——跟他的妻子是远亲，求他们帮忙做主。奥德回答说，约特这个人是绝不会为凶杀做出补偿的，倒更有可能做出最恶毒的决定。不过他却表示，自己要让约特学会懂规矩，而且自己对法律颇有研究，又有许多朋友，因而很乐意负责这起案件。之后奥斯布兰德便一直留在奥德那里，直到去议会的时刻来临。

约特也打算去议会一趟，蕾可妮想要随行，可他却让她待在家中，因为她怀有身孕，且旅途漫长又艰辛。而蕾可妮则哭着恳求，说是除非亲眼看到他跟奥德如何解决这件事，否则自己在家里是不会安心的。于是，最后的决定是让她跟着一同前往。两人还带上了儿子，他名叫莱丁，才不过两岁。一家人行进缓慢，结果抵达议会的时间晚了数日。他们寄宿在维特莱德那里。后者在当地有一间小屋，当时和古淳恰好也去了议会。

约特到达后的第二天早晨，年迈的奥斯布兰德正独自在小屋间散步，突然碰见杰斯特·奥德莱夫森，便和他搭讪起来。他自报姓名，又提到了对约特的起诉。杰斯特说：

“我听说，约特原打算为哈尔斯泰因之死做出赔偿的，可就因为奥德，他现在已变得很固执，再也不肯让步。”

两人就此事交流片刻，杰斯特便离开了。奥斯布兰德独自溜达了一会儿，又前后仔细想过一遍，不禁开始担心奥德会坏他大事。这时，他突然想到应该去维特莱德的小屋，好单独找约特谈谈。之后他也真的这么做了。

约特和维特莱德刚刚起床，正和一些顺便来访的熟人坐在那里吃东西。古淳和蕾可妮也在。奥斯布兰德见状，马上又改变了主意，准备再次离去。可约特却在背后喊道：

“你和你的靠山又筹划了些什么呢，奥斯布兰德？难道奥德对你的案子感到厌烦，已经撒手不管了？”

奥斯布兰德站在那儿喃喃自语，结结巴巴，但最后终于憋出一句：当初自己是想私底下问问约特能否为哈尔斯泰因之死做出赔偿的。说完，他竟哭了起来。

约特则回答：

“尽管哈尔斯泰因一直招惹我，但我们还是邻居，而且对于他最终会激怒我这件事谁都不会感到意外。当然，我还是挺后悔杀死了他，毕竟我知道他是你最好的帮手，再加上你现在年老又贫困。因此，我打算给你满额的抚恤金。如果你肯立即接受这个提议，我很快就会兑现。但如果你还要去跟奥德商量，我认为你不会得到多大好处，因为我是绝不会向他做出妥协的。若是你愿意和解，我将派出人手协助你，并帮你搞定家中所需一切，这无论对你还是你的孩子们都不会有任何损害。现在你想怎么做都行，但是要记住：你是第一个让我做出赔偿之人。”

奥斯布兰德当即接受提议，接着维特莱德便替约特称好了银币。离别时，维特莱德还送给奥斯布兰德一条银腰带，于是老人心满意足地回家而去。奥德得知后怒不可遏，破口大骂着把奥斯布兰德赶走。

有关这起案子的传言很多，人都认为“维加－约特”最近莫名其妙地变温和了。而蕾可妮逢人便会称赞约特的宽宏大量，说他从未跟任何人和解，除了这位穷困的老人，而且对方根本无力与之对抗。不过人们都笑她，说约特的对与错不过全凭个人喜好罢了。可即便如此，他的妻子还是觉得这件事处理得挺妥当。

32

从议会回来后，约特和蕾可妮又去霍尔塔待了一阵子。某日，约特骑着马穿过沼泽地，准备去看看维特莱德在那里经营的养马场，却意外撞见带着一名仆人的奥德·拜内森。奥德跟他打过招呼，又说：

“我们走的是同一条路，不如结伴而行好啦。反正你已经跟奥斯布兰德讲和，我们之间建立友谊应该也没什么障碍了。”

约特仅仅回答道，既然对方乐意，他们可以同行。奥德便向他问候霍尔塔的人，还问起了蕾可妮的近况。约特则回答所有人都很好。

两人找到马群，仔细过目了一遍，接着便朝山谷中返回。奥德有没完没了的话要说，显得十分友好，而约特的回答却十分简短。最后他们跳下马，坐着享用随身携带的食物。可刚一坐下，奥德就说：

“约特，我简直无法想象，你跟哈尔斯泰因之间会那样收场，毕竟你是如此友善又温和的一个人。难道真像人们所说的，全是因为你不愿别人提起的那桩婚姻旧事吗？”

“既然你表现得很想跟我结交，”约特回答，“就最好不要打听那件事。或者也许冰岛这一带的谣言就是你散布出去的？”

“我也是从别人那里听说，他们曾经在尼达洛斯见过你，当时你正苦苦追求一位姑娘。而替她准备嫁妆的就是奥斯布兰德这个可怜的老人。”

约特突然一跃而起，手里攥紧了斧子；奥德也跟着起身，将盾牌挡在自己面前，还拿着一支矛进行反击。

“唉，之前你的亲戚是瞬间毙命。”说着，约特把他的矛杆砍为两截，“既然你这么迫不及待地想死，我索性留你一口气儿吧。”话音刚落，他的斧子不仅劈开了奥德的盾，还直接没入对方的肩胛中。奥德应声向后倒地，看样子是活不成了。

跟随奥德的那名年轻仆人吓得面如土色，赶紧飞也似的逃走。约特骑着马返回霍尔塔，将刚刚发生的事叙述了一遍。维特莱德问他打算怎么办，而他却回答说不怎么办，并且认为那些负责奥德讼案的人才会高兴不起来。

没多久，维特莱德便离开了大厅，留下约特和蕾可妮单独在那儿。另外就只有两个小男孩，阿特勒和莱丁，还在条凳旁边玩耍。约特一下子躺倒在床上，而蕾可妮则忙着收拾大厅里胡乱摆放的东西。她一边忙活，一边询问他杀人的事，可他的回答却都很简略。于是她说：

“我真的觉得你可以告诉我，是什么对话内容导致你们之间出现这种结果。”

“哎呀，没什么大不了的事，”约特说，“其实，自从你和我结为夫妻，奥德就始终对我心怀怨恨。”

“我敢确定，你们提到的人绝不会是我。”蕾可妮马上说。

“对，”约特说，“可他一心惦记的却是你。”

蕾可妮走过去坐在床边，看着约特说：

“我相信你们都没有，约特。”

约特愣了一下，正要回答，可她却把手放在他的胸口，继续说道：

“我很清楚，你从挪威回来之后就一直非常沉默和忧愁，并不是因为我的缘故，而且你日思夜想的人也不是我。我对你的悲伤一无所知，也不知道你和奥德之间或是你跟任何人到底发生了什么事。”

约特回答：

“我宁愿你对自己的婚姻感到满意，蕾可妮，而且我确实一直在努力地哄你开心。可如果我心里藏有不可告人的悲伤，它肯定是对我打击最沉重的，因此你不要破坏我内心的平静。”

蕾可妮正要回应，却突然瞥见维格迪丝给维特莱德绣制的那件斗篷。它就摆放在床脚处。她一把抓起来扔在地板上，哭道：

“尽管据说那个挪威姑娘抛弃了你，可你对她的思念超过对我的思念十倍之多，真是枉我始终对你爱得死心塌地。”

约特猛地跳了起来，想要捡回斗篷。可蕾可妮动作太快，早已又将它抓在手里。接着，她直奔壁炉跑过去，打算把它扔进火中。约特急忙在后面追赶，试图夺回，无奈她双手攥得实在太紧。于是，他一手搂着她，另一只手捏住她的手腕，直到将她捏得大叫起来。然而，若非他握紧拳头在她手上重重地打了一下，他恐怕还是无法把斗篷抢走。她倒在地上哭泣不止，可约特只顾拿着斗篷扬长而去。

蕾可妮跑到外面的门槛上坐着，用双手捂住脸，根本没注意到母亲已经悄然站在自己身旁。古淳问她有什么烦心事，她忙回答说没什么。而阿特勒却爬到门槛上说：

“妈妈她哭了，因为她挨了丈夫的打——他在壁炉旁边狠狠地打了她。”

“不是这样子的，”蕾可妮赶紧说。可古淳走进屋内，发现因为自己的父亲对母亲如此无情，莱丁还在地上伤心地哭泣。古淳顿时怒不可遏，开始厉声责骂起约特来：

“那也是我第一任丈夫必须清楚的一件事：他绝不可以动手打我。”她说，“因为他这么做的话我便会离家出走，然后当他拒绝归还我的财产时，我就索性要了他的命。之后其他人再也不敢学他，无论是在世时的莱丁，还是现在的维特莱德。”

“快别说了，妈妈，”蕾可妮急忙阻止，“约特并没有打我，他只是把我拽倒在地，而且争吵也是由我挑起的。”

就在这时，约特出现了。他并未细听古淳所说的一切，却俯身对蕾可妮说：

“刚才我对你太粗鲁，亲爱的蕾可妮。你说得没错，你确实一直对我死心塌地。”

蕾可妮忍不住又放声大哭，还拿方巾捂住脸，猛地起身往屋内走去。约特赶紧也跟在她后面。没过多久，两人一起出来了，但是蕾可妮已不再哭泣。她紧紧地依偎在约特怀里，满脸荡漾着幸福。

次日两人就要回家。按照预定的计划，他们本该待得更久，而古淳甚至希望女儿能待到夏天结束，直到她肚子里的孩子出生为止。古淳考虑了许多理由，认为约特和妻子分开一段时间会比较好。可此刻夫妻俩已是一条心，都情愿回到斯科梅山谷的家中。于是，维特莱德和古淳又提议将莱丁跟自己的儿子一起抚养，因为阿特勒也就大一岁多一点。约特和蕾可妮表示同意，然后就离开了。

一路上，两人之间倒也相安无事。最后一日，他们骑着马来到一处隘口。仆人都走在前边，而约特则在下面步行，帮蕾可妮牵着马穿过山口，让自己的马跟在最后。当时天空灰蒙蒙的，寒冷入骨，并且偶尔还会有一阵雪飑扑面打来。两人像这样艰难行进的当儿，蕾可妮突然对他说：

“我刚才不停地琢磨你在霍尔塔说过的话。如果真是那样，最令你伤心的是被人拒之门外，那么我们主动提出跟你联姻，想必能让你感到些许安慰吧。人们都认为你找到了一门好亲事，多少人求也求不来哩。”

“我并没有感到伤心。”他回答，“但你也能明白，拜内的儿子及其朋友竟然四处散布谣言，实在把我气坏了。”

“我不明白，”她停顿片刻，又接着说道，“假如你不再惦记着缝制斗篷的人，为何还要将它视若珍宝呢？”

“唉，我只是穿着很合适。”他回答。

此刻，大雪不停地往两人的脸上砸，因此他们好一阵子都没有吭声。眼看雪小了些，蕾可妮又问：

“她比我更漂亮吗，那个挪威姑娘？”

“不，”他回答，眼睛眺望着远处的雪景，“绝大多数男子都会觉得你更漂亮。”

“那么她是比我更富有？”蕾可妮继续问道。

“哦，都差不多，我觉得。”约特的语气不变。

“好吧，可你最喜欢的还是她，”蕾可妮悲伤不已，“她到底比我好在哪儿？”

“哎呀，如果说真有什么，大概就是她远不像你这样喜欢刨根问底吧。”约特轻声笑道。

蕾可妮探出身子看了看他，却发现他阴沉的脸色如同周围灰白的岩石一般。两人许久都没有再说一句话。

穿过山口之后，大雪终于停了下来。此刻，眼前是一片开阔又平坦的旷野，其中还分布着泥炭沼泽。约特把缰绳交还给蕾可妮，正要跨上自己的马背，却突然又听她低声说：

“今后我再也不会跟你提起这个，我向你保证。我只想求你一件事：告诉我她的名字。”

约特倚马而立，半天都没有吭声，而眼睛也一直看着别处。

不过,他终于还是以极低沉的声音吐出几个字来:“维格迪丝。”

随后,他跨上马背,跟蕾可妮肩并肩骑行了很长一段时间,且彼此都不发一言。当他们抵达家中时,蕾可妮则更是显得沉默又悲伤。直到深秋产下一子,她的情况也丝毫不见好转。约特亲自为婴儿施行洗礼,并取名为“基瑟尔”。打那以后,蕾可妮才算稍稍恢复常态。

33

次年秋天,当他们从斯科梅山谷把羊群赶回家时,却发现少了一些阉公羊。于是,约特亲自带着一名家仆前去寻找。

之后的第三天,蕾可妮正好站在庭院里,见家仆独自赶着羊群回来,便问约特上哪儿去了。仆人回答说他还留在牧屋内,为的是能把小屋的墙面修补好。

蕾可妮赶紧跑出门,举目眺望荒野的远处。当时晴空万里,太阳照得山坡上的新雪闪闪发光。过了一会儿,她对家里的人说,她觉得自己最好赶往牧屋一趟。理由是,既然约特已经着手修补小屋,那么她便有许多事情要安排人去做,因此还得亲自向他交代清楚。

蕾可妮说这话时,大伙儿之间不禁露出会心的微笑,可她仍然在侃侃而谈。最后,她终于认定自己非去不可。如此一来,他们倒可省去服侍她的麻烦,因为她有一名老奴仆,此人在她还是个孩子时就已经跟着她,而且像条狗一样忠心耿耿。她决定只带着他前往,然后便出发了。

主仆二人于日落前抵达小屋,却并没有见到约特的踪影。不过,他们能看得出来,当天他刚从沼泽里挖来了泥炭,因为他的铁锹和鹤嘴锄就靠在小屋的墙边。两人走进屋内，又发现壁炉里尚有余烬。

牧屋以石块修筑而成，外面再涂抹了一层泥炭，倒是很符合该地区的习惯。屋内靠墙根放着一张条凳，那墙面也是以石块和泥炭做的，而长条凳的宽度足以让两个人并排而卧。不远处还铺有一张床，并且为遮挡外面钻入的烟尘和大风，门口处特别安装了一道横梁，上面挂满兽皮和小毛毯。

蕾可妮等了好一会儿，约特仍然不见回来，于是她便让仆人去牛房内躺下歇息。尽管天气很冷，但眼看柴火实在太少，在丈夫没回来之前她绝不肯往火里添上一根。为抵御严寒，她只好爬上床，将充当门帘的小毛毯扯下来裹住身子，并很快进入了梦乡。

半夜里，她突然被屋内的什么声音给搅醒了。透过毛毯之间的空隙，她发现壁炉里已经燃起一堆火。约特就坐在离自己最近的长凳上，同时屋内还另有一名男子。那人一开口，她立刻听出是自己的继父。只听他说：

“侄儿，眼看你跟西格德·拜内森及其亲属之间的案子尚未了结，我觉得你独自待在这荒郊野外实非明智之举。一旦蕾可妮失去你，那对于她来说简直是一种莫大的悲痛，何况你们的儿子都还那么小。”

约特把脑袋靠在墙壁上，回答道：

“我认为他们还没这么大的胆子，为得到点好处甘冒风险。而且我也很清楚，最终能取我性命的绝不是他们。我知道有个人就盼着我不得好死，相信在此之前我和她还会见面的。至于那以后，无论发生什么事我都毫不在乎。”

“你这是在说些什么呀？”维特莱德问，可约特并没有回应。过了一会儿，他才再次开口：

“也许，让蕾可妮在足够年轻、尚能够抚慰自己的时候丧夫，这对她来说反而更好。”

“那你就不太了解她的脾气啦，”维特莱德回答，“我相信她以后是不会再改嫁的，因为她一直把自己爱的人看得那么重。”

约特又像之前那样默默地坐着，只听维特莱德继续说道：

“你心知肚明，即使你找遍全世界，也不可能再娶到现在这么好的妻子。”

“那倒是事实，”约特回答，“可她双乳间的黑痣偏偏比蕾可妮的全部美貌更让我喜爱。当她把刀刺入我脖子时，我对她的爱超过了蕾可妮搂着我脖子时我对她的爱。寒冬里，我一边骑马翻越多夫勒山①，一边想着她对我的诅咒，内心的伤痛也不及我骑回斯科梅山谷，知道蕾可妮会在家门口说着贴心的话迎接我那么深。我宁可身陷白熊的利爪之下，也不愿去想象卡雷将她搂在怀中的情形。”

一听这话，维特莱德不禁大怒：

“你的行为太过分了，侄儿，而且最糟糕的是你在订婚前从未提起过这些。”

“是，”约特说，“可我原以为自己结了婚就会把她完全忘掉的。到现在我才明白，尽管我曾伤害了她，但这件事对我造成的伤害更为沉重。因为在有生之年，我都得为那个漂亮的姑娘得而复失感到悲痛欲绝。”

“现在我担心的是，”维特莱德说，“你的所作所为辜负了贡纳一片盛情。”

“比你想象的还要严重，”约特回答，“我最快乐的记忆便是跟

---

① 挪威中南部山脉，东西绵延约一百六十公里，南北约六十四公里。

维格迪丝一起在高地上吃浆果，那比我小时候在豪克峰下结果了自己的杀父仇人还要开心。可是，自从上次在那儿见面离开，她就开始承受着莫大的伤痛——尽管我后来意识到这带给自己的伤痛更深。”

维特莱德愤怒地说：

“如果你强暴了贡纳的女儿，那你真的做了一件卑鄙无耻的事。这让我简直不敢相信。”

约特苦笑道：

“或许连我自己都无法相信。”

维特莱德又说：

“这实在太恶劣了，侄儿……”

而约特则笑着说：

“唉，它确实不太好。”

接下来两人沉默了好一阵子。最后，约特终于起身，开始脱衣服，并且问维特莱德是否还不打算歇息。蕾可妮蜷缩着紧靠在墙边，整个人像一片山杨叶般瑟瑟发抖，却双目紧闭，竭力装作熟睡的模样。

约特脱完衣服，将门帘扯到一旁，正要躺下时才突然瞥见她在那里。他的脸瞬间涨得通红，连门帘都掉到了地上。随后，他探出身子，轻声呼唤她的名字。可蕾可妮不仅没有回应，反而呼吸沉重，竟像是睡得很香似的。约特转过身说：

“我恐怕得在长凳上给您搭个铺，叔叔，因为我发现蕾可妮来了。”

维特莱德禁不住发出一声惊呼，可约特却示意他小声点：“看样子她整晚都在熟睡呢。”他给维特莱德铺好床，再也不说一句话。接着，当他准备在蕾可妮身边躺下时，又将手放在她的胸口，以查看她究竟是否睡着。可没想到，她的心脏竟扑通扑通狂跳不止，活像是困在网中的惊鱼。

约特躺倒在床上，不知道该对她说些什么好，于是干脆一言不发。当晚，两人都假装熟睡，却很清楚对方根本无法入眠。

天快亮时，约特倒是真的睡着了一会儿。蕾可妮这才终于忍不住轻声哭泣起来，并最后在泪水中沉沉睡去。她一觉醒来，发现两个男的早已起床，正忙着准备早餐。她便迅速穿好衣服，上前跟他们打招呼。维特莱德忙问她几时到的，半夜是否听见他们的动静。就在这时，约特却突然匆匆起身，说自己得去照看那些马。

蕾可妮回答说自己是在晚饭时分到的，一直躺在那里等候丈夫，然后便睡着了，直到此刻才醒。“你昨晚去哪儿了呢，约特？还有，维特莱德又是从哪儿来？”

约特说自己原本出去料理那些陷阱的，不想在盖格尔沼泽的东边碰见了维特莱德。当时他直奔斯科梅山谷而来，而侍从们就走在前面。约特顺手从门上取下两只松鸡，让蕾可妮拿去煮早饭。她依言照办，还告诉他自己来此的缘由。他则答应会按照她的意愿搭起支架，并听从她有关小屋修葺的建议。随后，她和维特莱德便去了下面的山谷中，好迎接到来的那些侍从。

直至夜色渐浓，约特才骑着马进入庭院。蕾可妮本来伫立在门口的，可一看到他便马上躲进了纺织间。他追上前去，双手搂住她的肩头，让她面对着自己，却见她已是泪流满面。于是，他亲吻着她说：

“我心知肚明，假如自己能欣然享受你付出的厚爱，那该有多么幸福。再也没人会像你这样好了。”

蕾可妮则回答：

“虽然昨晚无意中听见你们说的话，但它对我的伤害并没有你想象的那么深。我所听到过最痛心的，却是你在附近荒野上告知她的名字。”

“那以后咱俩该怎么办？”他问。蕾可妮回答道：

“你想怎样便怎样，因为跟我在一起你总觉得生活是可以随心所欲的。”

约特转过脸去呆立好一阵子。然后吻过她，便默默地出去了。

34

通常来讲，时间能冲淡一切忧伤，在此地也不例外。随着一年年时光流逝，因夫妻俩有许多其他事情要考虑，就连这等伤痛也或多或少被抚平了。在别的方面，他们通常都是友好的伴侣，大部分时间都待在斯科梅山谷的家中，人们很少遇见他们。

约特和蕾可妮共育有三个孩子：最大的便是莱丁，由外祖母在霍尔塔抚养，之后不幸夭折；另外两个分别取名为基瑟尔和史坦芙，而后者更是约特的心头肉。不过遗憾得很，这两个孩子也在一次意外事故中丧生。事情经过如下：

春季的一个傍晚，斯科梅山谷的孩子们都在外面玩耍。其中有些是农场雇工家的儿子，而基瑟尔就跟他们待在一起，拿自己的弓箭进行射靶游戏。当时他七岁，史坦芙才四岁。她一个人在小溪边玩，小溪从场院篱笆外流过，直达斯瓦塔河。这条小溪十分窄小，到夏天甚至会干涸，但此刻正值春天，水流量相对较多。而且，男孩子们还在上面筑了些小土坝——就像他们在河中见过的那样。于是，这便形成了一个水池，最深处几乎能淹没矮个男子的膝盖。

史坦芙一边玩耍一边自言自语，突然发现夕阳照射在小溪对面光秃秃的斜坡上。她年龄还太小，根本记不清什么叫夏天，却以为坡上肯定长有野花。因此，她稍稍往上游走了几步——那里水最浅，便蹚过了小溪。

她在洒满阳光的斜坡上玩得很开心，还采集了石块和石南花，准备给自己建一座养着许多马牛羊的农场。

不一会儿，年纪稍大的男孩子都回家了。只有基瑟尔独自留在那儿，四处寻找妹妹。最后他也蹚过小溪，想看看她到底在忙活些什么。

“哎呀，我得把这些马儿赶回家。”说着，她向他指了指一堆黄色的石块，“你能帮我逮住这匹马吗？它太野了，我真是拿它没办法。”随后，她扔掉最大的那块石头，还跟在后面跑过去。

基瑟尔十分乐意参与游戏，但他却认为妹妹建造的农场太差劲了。

“现在我要去趟挪威，”他说，“好采购一些用来盖房子的木材。”他捡起妹妹的一只鞋，在里面填满干柳枝，再让它漂浮在水池中。兄妹俩给自己建起了一座豪华的农场，可完工时太阳早已下山，并且他们浑身弄得湿漉漉的，感觉非常冷。于是，两人决定赶紧回家，去找点东西填饱肚子。然而，史坦芙因为丢失一只鞋，想到要赤脚蹚过冰凉的溪水，竟开始哭了起来。

“我会背你过去的，妹妹。”小男孩把她放到背上，便踏入溪水中。

“快看呐，爸爸从荒野那边回来了！”史坦芙突然欢呼道。两人都抬头张望，想跟他挥手打招呼。没想到水底隐藏着滑溜溜的冰块，基瑟尔一脚踏空，便带着妹妹一起倒了下去。

约特从对岸的牧道上骑马而来，他也瞧见孩子们，并挥手示意。这时，他发现两人跌倒在水中，却再也没有爬起。他赶紧跳下马，又直接冲下碎石坡。在穿过斯瓦塔河时，激流差点没把他给卷走，不过最终他还是赶到岸边，并猛地扑入溪水中。孩子们躺在水池里一动也不动。他把他们抱起来，这才发现基瑟尔的额头撞上了一块岩石。由于他把妹妹抱得太紧，结果反而将她压在身下，也导致两人不幸双双溺亡。

约特立刻意识到两个孩子没救了，可尽管如此，他还是抱着他们飞奔回家，并喊人准备温暖的毛皮和热牛奶。

一看到孩子的惨状，蕾可妮顿时面如死灰，不过她却说事情不会这么糟，他们很快就会苏醒的。夫妻俩想尽了一切办法，但可怜的小家伙们终究没能活过来。最后，约特默默地走到壁炉旁坐下，把脸埋入双手中。而蕾可妮还是不肯放弃，不仅继续拼命地往孩子嘴中灌牛奶，还不断地用毛料布揉搓他们的身子，全然不顾其他人都说这样已无济于事。

如此过了很久，她终于将两具小小的尸体一起搂入怀中，嚎啕大哭起来：

“我要让他们活过来……我要用自己的身体给他们取暖，直到他们活过来为止。”

她将孩子放回床，又俯下身去，不停地给他们做人工呼吸。约特走过来，用双手搂住她说：

“就让孩子们安息吧，你不能这样对待他们的尸体。”

她用力挣脱了他，嘴里发出一阵阵凄厉的尖叫。她还摘下头上的方巾，开始拼命撕扯自己的头发。接着，她更是猛地冲向门口，准备跳入溪水中。可约特却把她拦腰抱了起来，放到他们自己的床上。他不得不使用蛮力才脱去她的衣服并让她躺下。当晚,他就一直坐在那里抱住她,几乎以为她会疯掉。

天快亮时,蕾可妮总算平静了些。再晚些时候,她终于起身下床,显得沉默寡语,也不再怎么哭了,可是样子却像个从床上爬起来的将死之人,毫无一丝生气。

35

如今,斯科梅山谷每天都被悲伤笼罩,直到新的议会活动再次临近。约特在那里有事要办,原本想带着蕾可妮一同前往的,可她却推说自己身体不适,因此他只好独自上路。

待到约特再次返回家中,蕾可妮又说她在纺织间睡过几晚,并希望获准在那儿独自睡上一段时间。约特便说如果她实在很想如此,自己也绝不会反对。

眼看夏季已接近尾声,可蕾可妮仍然日日夜夜都在纺织间内度过。她不再忙着打理家务,而是一个人待在那儿,不停地走来走去,无所事事。约特让人在农庄附近建了一座小礼拜堂,每天傍晚蕾可妮便会前去跪着祈祷,直至深夜。

然而某日傍晚,当她正要外出时,约特却突然来到纺织间,叫她稍等片刻:"你打算什么时候回到我身边呢,蕾可妮?"

蕾可妮并未回应,于是他又继续说道:

"我觉得,如果咱们一直像这样带着悲伤分居,对你我都不太好。你应该回到屋子里跟我们其他人一块儿生活,并且负责管理这个家。也许那样会让你觉得好受些。"

"我已经没有气力掌管这个家,"她说,"我总认为自己遗忘了什么东西,然后当我反省那究竟会是什么时,我觉得那是我的孩子——他们都不再需要我。"

约特回答：

“那么你想不想回去看望自己的母亲？如果想的话，我会送你。”

蕾可妮则平静地说：

“有件事是我最渴望做的……请你满足我这个最大的心愿。”

“无论你提出任何要求，我都不会拒绝的。”他回答道。

“我的心愿便是：我从此可以不再做你的妻子。”蕾可妮说，“请允许我离开这个家，然后开始禁欲和斋戒——正如别处基督教国家的女性那样。”

约特皱着眉头说：

“我知道，你跟我在这儿一直不太开心。假如当初能预料到现在的局面，我是绝不会把你带到斯科梅山谷来的。可我曾经问过你以后咱们之间该怎么办，你也选择继续跟我一起生活。打那以后，我始终尽可能地对你好，咱们之间也从未吵过嘴，并且自那天起我再也没有对你动过手。这儿的一切事务，你跟我有着同样的决定权，我从未干涉过你的任何行为。我更没有和其他任何女人鬼混，除了跟你之外，我再也没有别人生下的孩子。”

“你同样也没有我生下的孩子。”蕾可妮回应道，突然用双手捂住脸，又开始哭了起来。

“对于这件事，我跟你一样痛心，”约特说，“因此我想知道你现在是否不想继续跟我生活在一起。”

蕾可妮却站起来回答：

“你必须宣布我们的婚姻结束——想必我拒绝跟你共同生活的理由也足够充分。然后你就可以重新娶妻，离开这片荒野。我们在此处一起生活的这些年里，我没见过你有一天是幸福的。”

约特低声问：

“坦白告诉我，蕾可妮，你是否真的渴望离开此地，从此再也不肯让我跟你同床共枕了？”

说这话时，他又拉着她坐上自己的膝头，而她则浑身颤抖，完全无法做出回应。于是他又说道：

“你曾经说过，跟你在一起我就会觉得生活是可以随心所欲的。”

蕾可妮任由他捧着自己的脸，却流着泪说：

“我以为你想要离开我呢。”

约特低头跟她面面相对，说：

“那都很久以前的事了，蕾可妮——况且当时我根本不知道自己离不开你。”

当晚，蕾可妮跟他一起走进大厅，然后又像之前那样呆坐在桌旁。接下来的日子里，她再也没有提起想当修女的事，而是重新跟约特相亲相爱、和和睦睦地住在了一起。不过，尽管只字未提，她依旧会为自己的孩子伤心欲绝。

某晚两人都去了浴室，蕾可妮任由头发披散下来，好让它晾干。约特一把揽在手中，说：

“蕾可妮，我认为你的秀发比以前更有光泽，也更漂亮了。”

她顿时脸色绯红，还迅速缩回自己的脑袋。约特看得明白，她那秀发中的灰色已经跟黄色一样多，而两鬓则更是露出了霜花。

36

转眼一年又过去了，约特发现蕾可妮常常夜不能寐，还偷偷地哭泣。他体贴地问蕾可妮是不是哪里不舒服，可她却不肯相告。有一次他说：

“我觉得,在你肚子里的孩子出生之前你恐怕都不会真正开心。”她一听这话,反而哭得更厉害了。

某天他走进仓库,发现蕾可妮正跪在地上清理一个大箱子里的东西。约特恳求她省省力气,还说他觉得实在没必要这么做。

“不,”她回答道,“我要让家里井然有序,我得在自己能做的时候确保这一点。”

“别讲这种话,”约特说着,还发出一声干笑,“难道你认为自己会死掉不成?”

他让她挨着自己坐在箱子上,然后就听她回答:

“基瑟尔和史坦芙,他们每天都在地板上走来走去,试图爬上我们的床,而且浑身滴淌着水。他们想要我走下床去,躺在他们身边,并将他们搂在怀里。我告诉他们,因为肚子里的这个孩子,我没办法做到。可他们却回答说:妈妈,等咱们这个小弟弟出生后,您就得来到我们身边,给我们取暖,因为您之前曾答应过的。”

“这只是你臆想出的东西,”约特说,“你心里明白,咱们的孩子都跟上帝在一起。唯有那些异教徒才会整晚像那样晃荡,而他们却是受过洗礼的,并且在基督教的土壤里安息。别说这样的话了,快把它从脑海中忘掉吧。”他再次恳求她。

“我能很清楚地看到他们,就像看你一样。”她回答道,“现在他们已经走过来抓住我,冰冷的身体几乎把我的骨髓都给冻僵了。”

“唉,那是在刮风。”说着,约特紧紧地抱住她,“我会让人把靠床的墙面修补一下。可你不能再提跟死有关的话,孩子们在那边好好的,而且我比他们更需要你呢。”

没过多久,蕾可妮又生下了一名男婴。约特不停地问产婆们情况如何,得到的回答是一切都非常理想。可当她们把新生儿抱到父亲面前，却发现他长得很不健康，还劝说约特应该派人把他拿去扔掉，“因为他永远不可能长成真正的男子汉，只会是个可怜的瘸子，而且生活中也毫无乐趣可言。”

“如此行为可不妥当，毕竟我是一名基督徒，”约特回答，“我绝不会那么做。上帝也许会帮助这孩子，让他恢复健康的。”他给孩子施过洗礼，并取名为图尔比约恩。

蕾可妮得知消息后忍不住哭了，她也觉得如果孩子长不到成年反倒更好。他有唇裂的毛病，上嘴唇残缺不说，右手还小且萎缩，看着十分怪异。听她如此一说，约特却笑着回答：他觉得左手也不算大呢。

蕾可妮的身体恢复得挺快，第十天便下床活动了。可当晚她却又发起高烧，不得不再次躺回去休养。到了次日，她的情况依然不是很乐观。晚上约特陪坐在她的身边时，她突然开口说：

“恐怕结果还是像我一直担心的那样——尽管我已经祈祷咱俩不要现在就分开。让我感到悲痛的事情有两件：一是你坚持留下这个可怜的患病儿，二是此事没有发生在我不至于离你而去的时候。”

约特亲了亲她，回答道：

“我可不相信你那些空想和幻象，而且无论发生什么事，对于我来说，最大的快乐就是咱俩一起共度的美好时光。”

蕾可妮昏昏睡去，约特整晚陪坐在她身旁。天快亮时，她突然一下子从床上坐了起来，双手直指向门口。接着她又紧紧搂住他的脖子，拉着他一起向后倒下。不一会儿，她渐渐松开双手，四肢伸张着躺在床上，便已没了气息。

约特沉痛地哀悼妻子，但人们觉得他对于丧偶表现得很坚强，几乎毫无哀怨。他亲自照料小儿子，并且疼爱有加。他总说自己相信小男孩终究会摆脱病症的折磨，可其他人私下里都认为如果那孩子死掉反而更好。图尔比约恩好不容易活过冬天，然而春天尚未结束，一阵抽搐还是夺去了他幼小的生命。

当年的议会上，约特宣布自己想要卖掉庄园，接着便买下一艘船，离开了这座岛屿。在诺曼底，他辞别从家里一路随行的冰岛人。从那以后，冰岛上再也没有关于他的任何消息。

37

国王奥拉夫倒台后，“金毛伊鲁格”又回到了奥斯陆。由于效忠过所有北部人的豪杰，他便再也不肯受任何其他首领的差遣。此刻他非常想定居下来，然后娶妻成家，于是又一次向维格迪丝提出求婚。维格迪丝热情地接待了他，不仅准备一场盛宴，同时还请来格里夫森的卡雷。对于这两个男人，她都表示出崇高的敬意。

某日，她邀两人跟她一起去库房，因为他想单独跟他们讲会儿话。只听她说：

“你们俩都向我求过婚。要知道，有两个如此勇敢又尊贵的男人愿意娶我为妻，这实在是远远超出我的预期。可我不愿嫁人，只盼望儿子生活富足，又有一定的社会地位，不会由于缺少父亲和家属而感到太难过，而且也不用跟其他嫡子共享我的财产。再说，你们俩一直对我这么好，我也决不能厚此薄彼。因此我的建议是：你，卡雷，应该把你的妹妹海尔格许配给伊鲁格为妻，而伊鲁格则应该买下山脊那边的保格斯塔迪尔①。同时，卡雷应该

① 现今的博格斯塔德，位于奥斯陆城范围内，与沃伊恩西北数英里处的一个同名大湖毗邻。

向我的女亲戚拉娜·格里约加德斯达特求婚——也就是你们今天在这儿见过的那位。两人都是本地最美丽、最富有的姑娘，一旦与之结盟，你们郎舅俩便能联手掌控整个乡下地区。现在，我恳求你们听我良言相劝，并说说你们的想法。”

卡雷率先发话：

“假如伊鲁格肯照你说的办，我会很乐意让他当我的妹夫。我相信，如果我俩缔结这等联姻，它对于我们双方都很有好处。毕竟，我嫁妹妹时绝不会表现得太吝啬的。”

伊鲁格则回答：

“那么，在我跟海尔格喝订婚酒的当天，你也得同拉娜结亲。”

卡雷并未回应，而维格迪丝则说：

“相信我，我是绝不会嫁人的。现在如果你们能达成这一协议，双方的财富和势力都将大大增加。你们可能认为彼此旗鼓相当，谁想压倒另一方都不容易。可若是团结一致，你们的实力将会翻倍。”

卡雷向伊鲁格伸出手去，对方一把握住。随后两人还就此事进一步达成共识。

突然，维格迪丝转向一旁，打开了一个装满贵重物品的大箱子，并让他们取走自己看中的东西。

“今后就让我好好享受你们俩的友情吧。我还有个不情之请：希望你们能训练欧瓦尔使用武器，培养他的男子汉行为，好让他长大后能像你们当中的一个。”

两人满口答应，又感谢了她赠送的贵重礼物。不仅如此，其他所有出席盛宴的客人在离开时也都获赠昂贵的物品，而维格迪丝也由此赢得无比的尊重。

38

在维格迪丝修建的教堂里有一位来自丹麦的牧师，名字叫做埃里克。维格迪丝挺喜欢此人，因此他时常出入瓦丁。

某日傍晚，牧师又来造访。大伙儿吃过晚餐，一起围坐在壁炉旁。维格迪丝便让他讲个故事，因为他见多识广。

于是牧师开口道：

“曾经，在奥丁索[①]有位名叫托拉的女子，人长得非常漂亮，却惨遭被诱奸的厄运。为了隐藏自己的不幸，她将产下的婴儿抛入了大海中。

“后来，她嫁得不错，生活体面、备受宠爱不说，还养育着许多孩子，且每一个都令她十分疼爱。这时，她突然患上一场重病，昏迷不醒，活像是死人一般。就在她这样躺着的时候，她感觉自己真的死了，并且还被穿上寿衣、梳妆打扮，埋入坟丘里。然而，她却依然可以听见幼小的孩子们在家中为自己伤心啼哭，因此极其渴望想办法赶回家去，好抚慰一下他们。接着，似乎有什么人钻进了坟丘。只见他从头到脚都裹着一件黑色斗篷，拉着她的手说：‘起来，托拉，快跟我走。’此刻她已不再觉得自己是个死人，于是恳求对方让自己回家，因为孩子们正在哭泣呢。裹着斗篷的男子点点头，便牵着她一起走。‘可这并不是我们要走的路哩。’托拉说。‘没错，就是这条路。’男子回答。

“两人步行了很久，最后来到一条又深又幽暗的山谷前。只见一条黑水河在谷底流过，一面峭壁直触水面，而河对岸也有一

---

① 即现今丹麦菲英岛北部城市欧登塞，以北欧神话中的主神奥丁(Odin)命名。

面峭壁。山顶矗立着一座纯金打造的城堡，像太阳般发出耀眼的光芒。其外面守卫着金甲武士，里面则有人在唱歌并弹奏竖琴。托拉从未想过世间竟会有如此美妙的景象，于是便询问黄金城堡的主人是谁，男子却回答：'我就是那里的主人，托拉，你愿意跟我去参观一下我的宅子吗？'好吧，她当然很乐意，不过随后还得回到家里的孩子身边。

"两人开始沿着山坡往下走。这时，她觉得山谷中仿佛挤满了白色的小羊羔。它们像在羊圈中那样站得密密麻麻，纷纷蠕动着向前爬行，试图从深谷两边上去。然而，等她走近些才看清楚，原来那竟然全都是些小孩子，有成千上万之多。他们才刚刚出生，全身赤裸裸的，可面孔却十分苍老。有些到处是伤，鲜血淋漓，而有些身上还很湿润。他们竭力从山谷两边爬出去，可很快又滚回原地，因为他们实在太幼小、太虚弱了。这在托拉看来无疑是一种无比悲惨的景象，于是她又问斗篷男子这是怎么回事，可怜的小家伙们怎会出现在那里。'是他们的父母把他们丢在这里的，'男子说，'父母们希望如此。''我简直难以置信。'托拉说。

"孩子们具备说话的能力，只听他们开口道：'是真的，因此我们现在只能待在这儿。如果能爬上山顶去看看这世界，看看山谷对面远处的另一个世界，我们会非常高兴。可惜我们太幼小，只能继续留下。这儿光溜溜的难看得很，而且我们感觉冷极了。'

"托拉赶紧脱下自己的斗篷，将它撕成许多小块，然后裹在最近旁的那些孩子身上。见此，他们立刻全都聚集在她的周围，于是她只好又脱下外套，将它分发出去。如此这般，直到最后她也变得跟他们一样赤身裸体为止。然而，还是有那么多孩子什么也得不到，毕竟谷中的孩子成千上万。他们一直不停地往前走，纷纷拥挤在她的身边，乞求她能抱起他们，好让他们看看世界到底是什么样子。‘唉，看了它也真没什么乐趣可言。’她说。‘然而，来这儿的那些人非常不情愿结束生命。’孩子们说，‘他们全都渴望再次回去——你也不例外。’‘我只想回到家里孩子的身边。’托拉说。

“此刻，男子和托拉已经到达水边。水中也全是小孩，河水漫过了他们的脖子。他们像一群鲱鱼般挤在一起，一个个冻得瑟瑟发抖，还拼命抓住托拉不松开。她替他们感到非常难过，终于忍不住哭了起来。她将他们一把搂入怀中，能抱多少是多少。她询问男子自己可否带着他们去黄金城堡，对方回答说当然可以。很快，她再也无法抱起更多，便让男子借她斗篷一用，好将他们裹在其中。在他应声脱下时，托拉这才发现他里面穿着一件华丽的金甲，胸前镶有一枚宝石雕刻的十字架，头上还戴着一顶光闪闪的王冠。然而他的面孔更是熠熠夺目，令托拉感叹自己从未想过世间竟会有如此英俊、高贵的男子。

“只听他说：‘这里的斜坡非常陡峭，除非让我抱着你，否则你根本上不去的。我是先抱这些孩子，还是先抱你呢？’

“‘先抱孩子吧，’她说，‘如果您没法将他们同时抱走，我可以坐在这儿一直等下去。’

“‘那需要很长时间呢，’骑士说，‘你瞧瞧这里有多少人——而且还有不断涌过来的。你不仅想去参观我的黄金城堡，之后还渴望回到家中孩子的身边。可是，你也许会一直坐到世界末日，我才能把这些孩子全部带回家。’

“‘那我也得等，不管会等上多久。’她说，‘我实在不忍心把这些可怜的小孩丢在这儿。好歹我自己的孩子在家安然无恙，而这些孩子却更需要我们的帮助。’

“金甲男子说：

“‘托拉，此刻躺在你怀中的便是你的长子。所有这些小孩，在他们得以生存于世并学会通往我房子的路径之前，都被剥夺了生命。’

“托拉一下子跪倒在地，惊恐地问道：

“‘您到底是谁，首领，能否告知您的尊姓大名呢？’

“‘我的名字叫基督。’首领回答道。突然，他浑身散发出耀眼的光芒，仿佛太阳刚刚从山谷中升起，令所有孩子暖洋洋的。可托拉在它的荣光面前却只能紧闭双眼。然后，等她再次睁开眼睛，竟然已经回到了家中，正躺在自己的床上。

“她赶紧让人把丈夫和亲属叫来，又将自己的幻觉如实相告，不仅没有继续隐瞒以前遭受的耻辱，而且还把私生子的事也公之于众。她的丈夫怒火中烧，全然不顾已是午夜，大声命令她爬起来，然后马上离开这个家。

“于是托拉开始了穿越城镇的逃亡之旅，所有的狗都冲着她吠叫。她觉得自己非常悲惨，同时又罪孽深重，根本就不该苟活于人世。最后她抵达海岸边。突然，她听见两块大圆石之间传来一阵啜泣。她循着声音找去，终于发现一名新生男婴躺在墨角藻中，而且竟然还活着。她拿自己的衣服裹住他，将他抱入怀中吸吮乳汁，并当即决定要收养这个孩子。她在树林里前行了很久，好不容易来到一处不会被人认出的地区。她给自己修建了一间小木屋，便带着孩子住在那里。之后，她设法将原本属于自己的金银全部拿到手，又宣布自己愿意收养一切可能会被遗弃在户外的婴儿。她变卖掉所有的财物，给收养的孩子们买吃的，可自己却只能以泥土里的草茎果腹、以小溪中的冷水解渴。当修士们来到乡下讲道，才万分惊讶地发现了她——不仅知道耶稣基督之名，还在日常生活中进行膜拜。于是，她和那些孩子们都受了洗礼，并且因为忏悔之故，她在死后被尊称为‘圣妇’。”

维格迪丝感谢牧师讲了这个故事，听完后她整晚都坐在那里沉思。临睡前，家人都准备离去，而她却突然叫住欧瓦尔。此时他已经长到九岁，非常喜欢自己的母亲。他坐在母亲膝头，一把将她搂住。

“妈妈，您也会坐在山谷中等我，直到世界末日的对吗?”他问，“我几乎认为您会那样做。”

维格迪丝紧紧抱住他说：

“就像托拉一样，某个夜晚我也明白了这一点。当你真的需要妈妈的时候，我也会赶到世界的尽头去救你的。”

小男孩对她又是亲吻又是爱抚，过了好一阵子才说：

“您永远也不肯说出谁是我的父亲。”

“当我心情好的时候，你不应该在我面前提起他。”母亲回答，“而且你也不该向我询问他。”

“等我长大了，”小男孩说，“我就要去寻找他，然后逼迫他娶您，否则定会叫他后悔的。”

维格迪丝勉强挤出一丝微笑：

“我的儿，你长大可不是一时半会儿的事，而且一时半会儿我也不能让你离开。咱们再也不要提起他，他也绝不可能见到你、伤害你。你会得到我能给予的一切，而我也会忘掉那不堪回首的往事。”

39

欧瓦尔快速成长，转眼已是一名英俊又有出息的小伙子了。他身材高大，可躯干和四肢却相当纤细，一张窄长脸，浅蓝色眼睛,乌褐的长发中夹杂着些许红发。他很早就颇具男子汉气概,因为还是个小男孩的时候,母亲便和他一起商量所有与农活及福利相关的事务,并征求他的意见。她对待他的方式,就好像他已经完全成年,而且掌握的知识足以让她依靠似的。这不禁使他变得有些严肃,也不怎么爱说话,可他性情温和,举止得体,非常讨人喜欢。他和母亲住在一起,感情无比深厚。

然而,每次他询问自己的父亲是谁,她却从来都不肯回答。她说,关于那个男人自己没什么好说的,并且再也不想听到他的名字。之后,她总会显得很忧郁,因此欧瓦尔也不敢进一步问下去了。

卡雷、伊鲁格和维格迪丝仍然是好朋友,三人每年都会相互举办宴会。他们悉心照料着欧瓦尔,并训练他各种适合男子的运动。更多的时候他是待在格里夫森,只因那里离家更近;不过最令他高兴的事却是骑马去保格斯塔迪尔,因为伊鲁格见多识广,讲的故事全都是他喜欢听的。

某日傍晚,恰逢欧瓦尔在保格斯塔迪尔的时候,牧师埃里克也来了,于是伊鲁格便让他讲点什么好打发时间。随后,埃里克讲了个圣格里戈里厄斯在坎佩杜斯屠龙的故事。伊鲁格说:

"仅次于基督之征服魔鬼,这可算得上最英勇的壮举了。恐怕也只有两个人能与之相比:一个是杀死巨蛇法夫尼[①]的西格德·西格蒙德森[②],另一个则是在斯沃德湾[③]面对三支敌军都不曾

① 实为巨龙法夫纳(Fafnir),北欧神话中赫瑞德玛(Hreidmar)的儿子,杀死父亲而得到了受安德瓦利(Andvari)诅咒的宝藏。他变成了龙,在保卫宝藏时被西格德所杀。

② 北欧神话中的屠龙英雄,以武力从巨龙法夫纳那里夺回了尼伯龙财宝。

③ 位于波罗的海边,大概在鲁根岛附近。

逃跑的奥拉夫·特吕格弗森。从古老的传说开始，世上就再没有出现过像他这般人物；沧海桑田，北部地区的人几乎再也找不到像他这样的杰出首领。”

埃里克回答说，奥拉夫的确是那个地区最伟大的首领，不过眼下他要给他们讲讲圣战烈士的勇气以及南部地区人民为信仰而勇于承受的痛苦。并且，为证明忠实者的英勇，他还会讲到一位年轻姑娘的坚韧个性。随后他便讲了圣阿加莎[①]的故事。

伊鲁格说：

“这姑娘确实心胸豁达，而且她的名誉也绝不会被淡忘。不过，我要给你们讲讲我认识的一名最勇敢的女子。欧瓦尔，这个故事你肯定听到过一些，但我敢保证你听的绝对不完整。”

接着，他便讲述了瓦丁被烧毁的那个夜晚，维格迪丝如何穿过森林的一段艰辛旅程。他并未提及她的名字，不过结束时却对小男孩说：

“你知道我讲的是谁吗——或者你知道哪个女人的左手少了三根手指?”

欧瓦尔点点头，还紧握住对方的手。伊鲁格说：

“如果你能以你的母亲为榜样，总有一天我们会听到你扬名立万的。”

次日，当欧瓦尔骑马返回自家庭院时，维格迪丝正好在那里用面包喂小马驹。他跳下马背，跑过去一把抱住她。她笑问他这是怎么了。

“没什么，”他回答，“我只是觉得，我的妈妈是无与伦比的。”

---

① 三世纪西西里岛的基督教徒，因拒绝贵族求爱，年仅二十岁就殉教。她生前受过割乳酷刑，是乳腺癌患者、奶妈、消防、地震的守护神。

说着，他抬起她的左手，亲了亲三处残根。

“伊鲁格又对你说些什么了？”母亲问，再次笑了起来。

“您知道我脑海中在想什么吗？”欧瓦尔继续说道，“假如您接受了奥拉夫·特吕格弗森，那应该会是一桩美满的婚姻。你们俩其实挺般配的。”

维格迪丝脸色通红，并没有吭声。她亲了一下儿子的脸颊，便让他进去吃东西。

40

某日傍晚，两名打算去往滕斯贝格的冰岛商人来到瓦丁，请求借宿一宿。维格迪丝热情地欢迎了他们，并给予慷慨的款待。这些人都有着良好的教养，且举止文雅。维格迪丝跟他们一直坐着聊到深夜。

最后，她问他们是否听说过一个叫做“维加－约特”的人，以及他是否还活着。

他们回答说确有此人，之前曾听说过劳达桑德[1]的“维加－约特”，可他在他们长大之前就被人杀死了。

维格迪丝说不可能那么早，“因为我还能记得他来挪威的时间。”

这时，其中一名商贩对同伴说：

“人们不也是这么称呼斯科梅山谷的约特·基瑟尔森吗？当他替父亲报仇之时，还不过是个小孩子，正替艾尔－图尔比约恩放羊呢。”

---

① 冰岛地名，原文为“Raudasand”。

维格迪丝说：

“我所问的那个人，名字就叫约特·基瑟尔森。你们知不知道他是否还活着？”

欧瓦尔一直坐在条凳上，此时则急忙向桌子探出身去，还恳求道：

“快告诉我们吧……那个给父亲报仇时还是个放羊孩子的人到底是谁！”

维格迪丝瞟了一眼儿子，却并未说什么。其中一位男子劝道：

“赫尔格，既然女主人想听，你就讲一讲呗。”

“我们确实想听听。”维格迪丝低声说，还垂下了眼帘，“你一定得给我们讲讲这个故事，如果你还不困的话。”

赫尔格便开口了：

“这个约特乃是基瑟尔的独生子，而基瑟尔则是被格耶塔山丘[①]的有钱人刚纳及其亲属所杀害。当时，跟刚纳一起的还有八个人，其中就数阿恩·科尔森出手最狠。之后刚纳倒是支付了赔偿金，而且人们其实也觉得这个案子处理得挺公正。他们还纷纷为刚纳出庭辩护，只因那时他们的势力与刚纳及其亲属相比简直太微不足道了。可同样地，也没有人能够对阿恩提出起诉。那年约特才不过两三岁。

“后来的一个冬日，约特已长到十三岁了。他和一些男孩爬上荒山，去寻找一只遗失的绵羊。男孩们坐在一块突出的岩石下面吃东西，都自我吹嘘身怀绝技。约特宣称自己如今非常擅长投掷短矛，而且从未偏离过目标。于是，其中一位少年指着远处说：

---

① 冰岛地名，原文为“Gjeitaabakke”。

‘你瞧见豪克峰下山谷里骑上来的那伙人了吗？我已辨认出是阿恩·科尔森在穿过荒野。约特，假如你能一击命中，这对于你父亲的死，可比刚纳的金子有价值多啦。’

“男孩们总共带了三支短矛。约特全部拿在手里，马上越过长满苔藓的平地直奔北边而去。山路延伸至谷中已变成狭窄的小道，到最窄处只好绕着岩脊走，一边是笔直的围墙，有三四个成年男子那么高；另一边则是陡峭的碎石坡。约特迅速跑过去，隐身于一块略高过岩屑的大石头后面。这时，阿恩从岩脊处出现了，同行的还有四骑。小道越往上越险峻。当那些人刚好来到约特的下方，他突然跃上大石头，用力投出了第一支矛。阿恩身边的男子应声倒地，而约特却再次闪身隐藏在石头后面。对方甚至根本没看清矛是由何人发出，只好停下来四处观瞧。于是，约特又跳上大石头，连续投出了另外两支矛。一支落空，另一支则刺死了立于阿恩身前的男子。约特大声喊道：‘阿恩，我可比我父亲幸运些，因为你们曾有八个人对付他，而现在却只有三个人来对付我。’他的腰带上还别着一把小小的伐木斧，眼看阿恩从石头背后爬过来，便居高临下朝他脑袋劈落，由于用力过猛，斧刃直没入下颚处才停止。有个敌人向小男孩投出一支长矛，可他却伸手在空中一把抓住。随后，他再次冲上碎石坡，隐藏在石堆后面，令对方无法对他发动攻击。接着，他又悄悄来到石头边沿，只用矛杆在地上一点，人已纵身从缺口处越过。他再沿着峭壁的边缘一路奔跑，直至离开小道为止。他找到一些无人骑的马，抓住其中一匹的辔头跳上去，便骑回了当时在艾尔的家中。

“所有人都觉得这是一个男孩所能完成的最了不起的壮举，而且许多人都预言他将成为一名出色的战士，因此他们开玩笑地送了他一个‘维加－约特’的外号。”

过了片刻，维格迪丝才问：

"赫尔格，你可知道他后来怎样了？"

"哦，"赫尔格说，"最近几年里几乎没有他的消息。据说，他自从结婚后就变得更加温和了。"

"他现在已经结婚了吗？"维格迪丝低声问。

"是的。"赫尔格回答。

"你认识他的妻子吗？"她又问。

"我曾见过，仅此而已。"赫尔格说，"她被视为当地最漂亮的姑娘，既富有又善良。自从娶了她为妻，约特便一直安闲地待在农场上的家里。"

维格迪丝沉默了好一阵子，才又问道："你知道他还有孩子吗？"

"有的，我听说他们有三四个。"赫尔格回答。

维格迪丝终于不再吭声。

冰岛人已上床休息后，维格迪丝一直站在壁炉旁，呆呆地盯着余烬出神。欧瓦尔则依然坐在条凳上。突然，她看也不看儿子一眼，便开口道：

"你都听见这些人说的话了吧？现在你已经得到关于你父亲的消息了。"

欧瓦尔惊得一跃而起，叫道：

"他就是我的父亲吗？当他和我现在差不多大的时候，竟然能在山口杀死三名男子！"

"那便是你的父亲，他娶了一位美丽的妻子。"维格迪丝回答。

欧瓦尔说：

"妈妈，不管他对您做过什么，他必定是个有男子气概的家伙。将来某一天我会很乐意与他相见，那时他就能发现有个很像自己的儿子。”

维格迪丝却回答：

“假如你真的像他，假如你还是我的儿子，那么见面的结果必定是你提着‘维加－约特’的脑袋回来，然后把它搁在我大腿上。”

欧瓦尔脸色苍白，接着才说道：

“从未听说过有儿子亲手杀死父亲的。”

维格迪丝抬起双手，紧紧地按住胸口，回答说：

“你不愿意为我报仇吗，就像我为我父亲报仇那样？你一定知道，由于他的缘故，我遭受了难以言喻的痛苦。他以那样的方式对我，如果我告知一切，你在血洗旧仇之前恐怕是不会得到安宁的……又或者你对我的爱根本没有我想象的深。可我真的无法再次提起它。”

欧瓦尔走过去抱住母亲，而她却将脑袋搁在条凳上，开始哭了起来。于是，小伙子只好回答：她大可放心，自己定会始终遵照她的意愿去做每一件事。

41

时光荏苒，转眼欧瓦尔已经十七岁了。他对母亲说，自己非常渴望出国旅行，好去见见世面。维格迪丝认为有道理，便答应给他配备一艘上好的大船。不过她希望他能找些年长且经验丰富的水手做伴。

伊鲁格得知这个消息后，立刻表示自己乐意再次出海。由于他的妻子已经离开人世，这件事商讨得非常多。

冬季快要结束的某一天，伊鲁格又来到了瓦丁。他单独坐在大厅里和维格迪丝交谈。她问他们有哪些计划。

伊鲁格说：

“我毫不怀疑，欧瓦尔首先想走的线路必定是去往冰岛。”

维格迪丝并未回应，于是伊鲁格又接着说道：

“我相信你能猜出他想去那个国家的动机是什么。可我压根儿就不想陪着他前往，想必你对此也不会感到意外。”

维格迪丝突然压低声音：

“欧瓦尔跟你待的时间多，也跟你聊过许多事情。他可曾提起他的父亲？”

“提到了很多次，”伊鲁格回答，“他似乎已经下定决心要去会他一会，看看那究竟是个什么样的人。你怎么想的呢，难道是你建议他这么做吗？”

“不是。”维格迪丝说。过了一会儿她又开口道：“约特根本不知道我有个孩子。我宁愿欧瓦尔放弃这次航行。”

此刻，欧瓦尔刚好从门口经过。伊鲁格叫住他，并在他进门的时候说道：

“你母亲和我正在谈论你的冰岛之旅呢。”

欧瓦尔马上脸红了，慌忙说：

“妈妈，您一定不会感到意外。我很想去见见那个是我生父的男人，看看他是如何接待我的。”

“他从未打听过我们的消息，”维格迪丝愤怒地说，“而且他在自己的国家也有妻儿。一旦你去找他，除了嘲笑再不会有任何别的收获。”

“如果我会任由他人嘲笑，”欧瓦尔也被激怒了，“那就不配当您的儿子。我记得之前您怂恿我去报仇，还说只有把‘维加－约特’的人头放在你的大腿上，才能弥补他所做过的一切。”

丢下这句话，他又出门而去。维格迪丝烦躁地说：

“我宁愿再也不要听到他的名字。”

伊鲁格看着她，回答道：

“想必之前你对这个约特爱得非常深，因为到现在你还是这么痛恨他。我差点要以为你仍然还爱着他呢。”

“我爱他就像爱森林里的狼一样，”维格迪丝说，“如果我们还能见面，两人必定会死掉一个。”

伊鲁格问：

“你真的这么愿意找约特报仇吗？”

“真的。”她斩钉截铁地回答。

伊鲁格便说：

“我将陪同欧瓦尔去冰岛，而且会像对待自己的儿子一样照顾他。不过，等我们平安归来，我就要让你嫁给我。”

维格迪丝并没有马上回答。伊鲁格又继续说：

“难道你不觉得，自己守活寡并为这个男人犯下的过错而伤心，时间已经够长了吗？你仍然年轻貌美，也许还有很多幸福的日子呢。你心知肚明，我会善待你，并且会用全部的力量帮助你的儿子。”

这次，他的求婚终于被维格迪丝接受，他亲吻了她，然后一切有关婚礼的事情都被决定下来。维格迪丝把这个消息告诉了欧瓦尔，而他则说母亲应该自己拿主意。

42

结果欧瓦尔并未抵达冰岛。在北海，他们遭遇大雾和逆风天气，接着又刮起一阵猛烈的狂风。为了活命，他们只好把大部分财物都扔进海里。最后，他们还丢失了船舵。在如此恶劣的天气下，他们根本无法让船保持航线，而是朝下风方向漂往一条岩石海岸——伊鲁格推断那是苏格兰。他们挂起一些帆，并通过划桨来控制方向，才得以在小岛之间艰难地穿行。那里风势较弱，且海面也较为平静。到了傍晚，他们将船停靠在一处海湾。只见河口有一面沙质陡坡，周围高山环绕，却寻找不到任何房屋。

夜间，风力大大加强，而这也导致船脱锚并搁浅。不过所幸全体人员都安全上岸。伊鲁格说，一旦那些掌握着停泊权的人赶到，大伙儿肯定会死于非命。因此他建议务必把船修好，然后赶紧离开。

他们为此忙活一整天，直到傍晚时分才做好出海的准备。可由于食物不足，欧瓦尔赞成去内陆进行一次抢劫。海湾对面是一条有人居住的山谷，他们沿着山谷走，在第一片大农场上便停住了脚步。他们把那里的人全部赶出去，再拿走自己想要的食品和衣物。自始至终没有任何人做出抵抗。

然而，等他们返回岸边，却发现船上挤满了人。伊鲁格说那必定是苏格兰人，不仅从另一条路绕道而行，且已经制服了船上的留守人员。就在此时，他们又瞥见一大帮人马从山谷中追了过来，走的还是他们返回时的那条路。伊鲁格说：

“欧瓦尔，你对本次短途旅行有何感想？”

“至少，这种运动方式要比浑身浸透海水强多啦。”欧瓦尔笑着回答，“可眼下，在这股更强的兵力追来之前，咱们得赶紧爬上船，将那儿的敌人扔出去。”

伊鲁格则认为，相比起再次回船，先把山谷里追来的苏格兰人赶走要容易得多。“因为咱们从侧面爬上去的时候，手会就被他们砍掉。可即便那些骑士人数占优，咱们也不必太担心。”

“我可不怕他们，”欧瓦尔说，“但如果他们夺去咱们的船，然后把它开走，情况只会变得更糟。那样的话，咱们就好比困在陷阱里的狐狸一样难以脱身了。”

接着，他跟大部分水手都跳进水中，一边朝船蹚过去，一边用盾牌抵挡从上面射下的箭矢。然而，他很快意识到要攻上船并非易事，因为苏格兰人可以居高临下地乱砍乱射。尽管挪威人奋勇前进，将投向他们的矛迅速抓在手中并反投回去，却丝毫未能占得上风。与此同时，那些苏格兰骑士也正跃入水里，令他们腹背受敌。而且，他们还置身于齐腰的海水中，处境十分艰险。欧瓦尔这才对伊鲁格说：

“养父，还是您之前的建议最可行。”

“欧瓦尔，你一个能顶俩，”伊鲁格回答，“只可惜维格迪丝恐怕要失去这么好的儿子了。”话音未落，他猛冲到船的侧面之下。站在舷墙上的是一名满头红发的高个子，他便是这群苏格兰人的首领。伊鲁格扔掉盾牌，一跃而上，就将这家伙的双脚抓在手里。可紧接着对方也劈中了他的脑袋。两人双双跌落水中，欧瓦尔立刻将苏格兰人杀死。刚开始，这的确让他的部下陷入混乱，有些人很快撤离舷墙，而其他人则跟随着首领向船外跳下。因此，许多挪威人终于成功冲上船去。

欧瓦尔负责殿后，因为他很想扶起伊鲁格。可伊鲁格却说：

“没用的。不过你务必保留自己的性命，因为我还靠你给你母亲捎个话呢，好让她知道我究竟是怎么死的。”

“假如我不能带您一起回家，她肯定高兴不起来。”欧瓦尔回答着，人已来到舷墙下。大伙儿好不容易把伊鲁格也拉上船去，可他却向前栽倒在甲板上，早已没了气息。欧瓦尔这才跟着上船。他还剩下十三名水手，但每个人都受了伤，而且苏格兰人的数量多达五十有余。他们将船团团围住，一些人对着船侧一阵乱砍，让海水直往里灌；而其他同伙则用盾牌给他们作掩护，同时一波接一波地朝着挪威人射箭。

突然，欧瓦尔瞥见小岛附近有一艘大船快速逼近，直奔他们而来。他向自己的水手们喊道：

“虽然本次航行很短暂，但咱们应该可以对傍晚的表现感到满意了。”因为苏格兰人伤亡非常惨重。

此刻，那艘来历不明的船抛了锚，上面的人纷纷跳下船，直朝欧瓦尔这边冲过来。走在最前面的是一名皮肤黝黑的高个男子，他甩手将多爪钩钉入舷墙，身子一荡便上了甲板。见欧瓦尔就站在桅杆旁，他跑上前去用挪威语喊道：

“打得漂亮啊，年轻的首领！能帮助如此勇敢的小伙子真是我们的运气！”

一会儿的工夫，船上挤满了他的人，而此时的战局已对苏格兰人极为不利。他们都跳入海中，拼命朝岸上逃走，可大部分人却未能如愿。

战斗结束后，陌生男子将死掉的苏格兰人扔下船，并且让人把欧瓦尔的船拖到一边。大伙儿这才发现，它已损坏得十分严重，根本无法漂浮。于是，陌生男子邀请欧瓦尔带着同伴上了自己的船，然后挂起风帆，径直驶入大海。随着狂风逐渐减弱，他们终于迎来一阵宜人的和风。

陌生男子替欧瓦尔及其同伴包扎好伤口，又听说了战斗的整个经过。他说自己名叫乌斯帕克，出生于冰岛，不过如今居住在诺森伯兰郡[1]，他的全体船员则是来自该国的挪威人和丹麦人。

---

① 英国英格兰最北部一郡，东临北海，北接苏格兰，首府为纽卡斯尔。境内多罗马时代建筑遗迹，其中以哈德良长城最为著名。

眼看夜幕降临，他们于一处海峡抛锚休息。乌斯帕克和欧瓦尔在甲板下同塌而眠。欧瓦尔一直无法入睡，因为伤口令他疼痛难忍，于是乌斯帕克便陪他聊天：

“欧瓦尔，今天你打仗的样子倒挺像个男子汉，想必是来自一个很好的家族。你家在挪威什么地方？父亲又是谁？”

欧瓦尔回答：

“我家在温古尔马克[①]，福尔登上的瓦丁便是我们的住宅。”

乌斯帕克突然转向他，急急地问：

“欧瓦尔，那么你的父亲……你父亲叫什么名字来着？”

“不瞒您说，首领，其实我是个私生子。”欧瓦尔回答，“因此随母亲姓，他们都叫我欧瓦尔·维格迪森。”

乌斯帕克沉默了许久，好几次他都想要说什么，却欲言又止。然而欧瓦尔并未留意到这些。最后，乌斯帕克终于问道：

“欧瓦尔·维格迪森，你今年有多大？”

“仲夏过后就要满十八了。”他回答。

陌生男子又倒头躺下，半天都没有吭声。可接着他又开口问：

“你的母亲，瓦丁的维格迪丝，她还健在吗？是否依然单身未嫁？”

欧瓦尔回答说是。乌斯帕克又说：

“我真高兴能听到更多关于你母亲的消息。她一定是个非常有魄力的女子，才独自把你抚养成现在的样子。你的母亲很疼爱你吗？”

欧瓦尔回答道：

---

① 奥斯陆附近地区，原文为“Vingulmark”。

“在我十五岁的时候，她就把瓦丁和一半的财产送给了我。因此，尽管我是个私生子，再也没人敢当面说我贫穷或软弱了。她在森林北边为自己开垦出一片农庄，取名为贝尔格，不过依然住在瓦丁。您说得没错，她真可算得上是最有魄力的女子。我觉得没有任何人能与之相比，同时我也觉得自己并没有因为见不到父亲而缺失任何东西。”

接着，欧瓦尔又讲起了母亲的故事。他越往下讲，对方问的问题也越多。于是，乌斯帕克又获悉了贡纳之死、维格迪丝复仇，以及此后所发生的一切。当晚的大部分时间都是在欧瓦尔的讲述中度过。当他结束时，乌斯帕克说：

“你母亲对你恩重如山，理应受到你最深的爱戴。在我看来，她的勇气和智慧无与伦比，而且没有哪个女人比她更疼爱自己的儿子。”

“那倒是事实，”欧瓦尔回答，“希望有一天我能报答她的大恩。”

乌斯帕克说：

“眼下你已损失船只和财物，可假如今年夏天你肯跟我待在一起，等秋天你回到挪威时就不会穷困潦倒了。你将和我共同指挥这艘船，并得到首领份额的一半。”

欧瓦尔对此表示衷心的感谢。过了一会儿，他才说自己最初的意图其实是驶往冰岛。乌斯帕克便问他在那里是否有事要办，欧瓦尔没有回答，却问道：

“乌斯帕克，既然您也来自冰岛，可认识斯科梅山谷有个名叫维加－约特·基瑟尔森的人？”

“难道你有口信要捎给他？”乌斯帕克顿了顿才问。

“可能会吧。”欧瓦尔回答。

“或许他是你母亲的一位故人？”年长的那位又问。

“他可不是什么故人，”欧瓦尔说，“我们也从未指望从他那儿得到什么好处。我只想看看他会以何种方式欢迎我，因为人们说他就是我的父亲。”

“他必定是个怪人，”乌斯帕克微微一笑，“假如他见到这么优秀又勇敢的儿子还不高兴的话，而且他也几乎不可能忘记像你母亲这样的女子。”

“但他从未打听过我们的消息，”欧瓦尔回答，“而且我知道他在冰岛另有妻儿。我只想替母亲带给他一声问候——他将她诱奸然后在她危难时弃之不顾。”

乌斯帕克沉默片刻，才说道：

“约特早已不在冰岛，有人告诉我他在多年前就离开了那个国家。他的妻儿全都没了。”

“他是您的朋友吗？”欧瓦尔问。

“不，”乌斯帕克说，“比起跟你母亲的交情，他跟我的交情也好不到哪儿去。”

欧瓦尔到此刻才镇定下来，想要睡一觉。过了一会儿，他感觉对方在轻拍自己，并且用手抚过自己的脸。他睁开眼睛，却发现对方已打开了舱口。照射进来的晨曦倾洒在他身上，而乌斯帕克则俯身坐在近旁。

“你在睡梦中抖动了一下，欧瓦尔，”他说，“我想摸摸你到底怎么了。快躺着继续睡吧。”

43

欧瓦尔跟着乌斯帕克一直待到秋末。他们伙同丹麦海盗一路抢劫了英格兰、荷兰和法国的海岸地区,并获得大量财富。欧瓦尔·维格迪森表现出非凡的勇气,也因此赢得了声望。

这个秋天,乌斯帕克和欧瓦尔住在诺森伯兰郡的西格瓦德伯爵家中。他是乌斯帕克的朋友,不仅热情地接待欧瓦尔,还以贵重礼物相赠。

某日傍晚,乌斯帕克陪欧瓦尔在自己的住处喝酒,突然问道:

"欧瓦尔,你是不是真的很想找到你父亲?"

"在家的时候,"欧瓦尔回答,"那曾是我最大的心愿。私生子的身份令我悲伤不已,而且我觉得自己比不上那些能以父亲为骄傲的人。因此,我总想着去找他,要求他为我和母亲赔罪,并弥补她所遭受的一切冤屈。"

"你或许能够找到他,"乌斯帕克低声说,"可假如他热情接待了你,并为自己有这么个儿子而欣喜万分,又该怎么办呢?"

"那并非属于他的功劳,"欧瓦尔回答,"我也不会为此心怀感激。除了赤裸的生命——之前我竟然多次认为它很了不起,我真不知道还欠他什么。如今来到国外,我终于明白自己没有他也一样活得好好的。当然,这主要是多亏了有您,乌斯帕克。我根本不需要自己的父亲,也用不着他的关爱。对于我来说,无论他是个懦夫或别的什么,都已经毫不重要。"

乌斯帕克一边聆听,一边用双手捂住脑袋。过了片刻,他才问:

"对了,你的母亲……万一他得知你们的消息,前来向维格迪丝求婚怎么办?"

"老实说,"欧瓦尔回答,"我觉得他还是免去麻烦的好。因为母亲曾说过,除非她能捧着他血淋淋的人头,否则之前遭受过的痛苦将无法治愈。她通常都不愿意提起他,因为这会让她情绪低落很长一段时间。就连我准备前往冰岛找他，母亲也并不乐意。”

乌斯帕克一直呆坐在那里，最后终于开口道：

“欧瓦尔，那么说未免太无情了。”

欧瓦尔则回答：

“当他驾船离开，将我那怀有身孕的母亲丢下不管时，他带给她的才是艰难的[①]遭遇。更何况此后他从未打听过她的消息。”

“你确定他没有打听过她的消息吗?”乌斯帕克问。

“母亲多次告诉我，”欧瓦尔回答，“他是个最下流、最狠心的男人。”

“欧瓦尔，这些话从儿子嘴里吐出来未免太无情。”乌斯帕克又说道，不禁叹了口气。

“可惜他没把我教育得更好，”欧瓦尔哈哈一笑，“当然这或许也是像他吧。”

乌斯帕克呆呆地望着他，既没有回应，也不再说什么。不过，一晚上他都沉默寡言，显得若有所思。临睡前，他从箱子里取出一件红色丝质斗篷——上面有金线和细丝完成的精美刺绣，交给欧瓦尔，并恳请他接受这件礼物。欧瓦尔自然对此表示感谢。

眼看秋天就要结束，欧瓦尔终于准备回家了。乌斯帕克送给他一艘装备齐全的大船，外加不少丰厚的礼物，包括一套带金盔的长款铠甲、两只雪白的猎鹰、一件三层镀金的紧身褡——让欧瓦尔转交给他的母亲以示友好，以及一件配有黄金扣钩、以昂贵皮毛作衬里的绿色丝质斗篷。这时，他突然说希望收回之前的红色斗篷，因为它并非新品，不再适合作为礼物赠送。

---

① 上句的原文中乌斯帕克用了“hard”一词，意思是冷漠、无情；这里欧瓦尔玩了个文字游戏，也借用了“hard”一词，意思是艰难。

欧瓦尔感谢对方一直以来的关爱，并拿出自己在那趟夏日之旅中缴获的战利品，让他挑走任何看中的东西。

“我的财物已超出自身所需，”乌斯帕克回答，“不过，如果你愿意的话，我倒是想要你左臂上佩戴的饰环，好作为对你的留念。”

欧瓦尔立刻取下来递给他，说：

“这并没有什么价值。我之所以戴着，就因为它是母亲送的，而她又是从我外祖母那里得来的。可它作为礼物实在太寒碜，您还是拿点更好的东西吧。”

“别的我什么都不要，”乌斯帕克回答，用它轻轻敲打着自己的手，“因为我喜欢它。而且，你在苏格兰峡湾里英勇抗敌的时候，手臂上就曾戴着它。”

于是欧瓦尔说：

“在瓦丁，虽然我们的住宅无法跟伯爵的相比，但如果您肯去我母亲的家中看望我，我们都会感到无比开心。”

“我肯定要去，”乌斯帕克答道，“而且过不了多久咱们又会再见面的，因为如果你们没有发出邀请，我便有可能主动前往。”

他将欧瓦尔拥入怀中，又亲吻了他的嘴唇和额头，这才依依不舍地跟他道别。随后，欧瓦尔便向挪威返航，并于第四天在福尔登登陆。

44

维格迪丝兴高采烈地迎接儿子，而且不厌其烦地听他讲述沿途经历。首先，欧瓦尔提到了乌斯帕克，说自己觉得他是最了不起的男人，也是最值得结交的朋友。维格迪丝则说，尽管对于这个救了儿子性命并给予厚爱之人，她永远不知道该如何充分表示感谢，但若能有机会款待他，那将是令她最开心的一件事情。

可得知伊鲁格罹难的噩耗，她不禁陷入深深的悲痛，还准备一场丰筵来祭奠他。她承诺会替他抚养孩子，将奥拉夫和英格比约格视如己出。于是从此两人便留在瓦丁。

这一年逐渐接近尾声，很快迎来了尤尔节[①]盛宴。在平安夜，亦即我们的主降生之时，整个地区的人都赶到小教堂去听弥撒，而维格迪丝和欧瓦尔也骑着马，带领一大群人从瓦丁前往。因尤尔节之前下过很大的雪，圣日期间的天气格外寒冷，而且夜空有一轮满月。

当维格迪丝跟儿子跨过门槛时，尽管圣像前点着一些蜡烛，可由于月光实在太强，相比之下小教堂内反倒显得有些阴暗。牧师在祭坛前的吟唱十分悦耳，而唱诗班的少年们则不断地挥动香炉，好让香气四处蔓延。进去的人纷纷跪倒在地，一边祈祷，一边用圣水在胸前画十字。

维格迪丝抬头站起来，突然瞥见有个男子站在门口的墙边。他裹着一件深色斗篷，不仅用手抓着领口处，而且脑袋稍稍前倾。因此，除了耷拉在前额的深色头发，以及下面的那双眼睛，维格迪丝完全看不清他的面容。不过，她还是很快认出了他就是约特！他目不转睛地盯着她，可两人的目光刚一交接，她便发现他的手在开始哆嗦，最后终于无力地垂了下去，并且面如死灰。

维格迪丝也是浑身颤抖不止，整个人只好倚靠在门柱上。她感觉眼前的地板开始摇晃，那仿佛已不是地板，而是流经男男女

① 古斯堪的纳维亚人的冬至节日，时间为 12 月 24 日至次年 1 月 6 日。自从该地区皈依基督教后，它也变成了圣诞季的名字。

女之间的红水河，并且在祭坛前面形成了一个血湖。就在这时，欧瓦尔忽然起身，不仅开心地微笑着向陌生人鞠了一躬，还跟他热情地握手。至此，维格迪丝总算猜出他便是自称乌斯帕克的那个人。她试图往前迈步，却根本没有力气走向过道。于是，她只好沿着墙根挪动，靠用手抓住墙面的木料来保持平衡。最后，当她好不容易到达一处角落时，差点没跪倒在地上。旁边的妇女们立刻给她腾出空间，好让她走上祭坛。可她一回头，却发现约特依然伫立在门口，就连目光也始终没有离开过自己，而欧瓦尔则站在他身旁。她继续奋力向前，终于瘫倒在祭坛的围栏边，便让脑袋靠在墙上，又用双手捂住了脸。

随着周围的吟唱此起彼伏，维格迪丝感觉似乎有一阵阵冰与火透过全身，不禁对这次意外重逢恐惧得直发抖。回想起两人初次见面的那个夜晚，以及随后他们之间发生的一切，仿佛都还是昨天的事。就好比山崩将坡面的树木和草本全部挖掉，直至露出光秃秃的石头那样，这些年里滋长的一切都已渐渐离她远去。她觉得，多年以来自己其实一直在等待两人之间能作个了断。

她跪在地上的时间越久，就越是不敢跟约特讲话。身边的墙根处有个缺口，而且木栓已被拔出。她不仅能瞧见外面皑皑的雪光，还能听到附近马儿的嘶鸣及辔头发出的叮当声。于是，趁着弥撒尚未结束，她拼命从地上爬起来，便迅速逃出了教堂。

外面，月亮依然高挂在空中。维格迪丝穿过雪地，找到拴住的马群并牵出自己的那匹。她刚拉着马儿走近教堂庭院的栅栏，就看见两名男子急匆匆地追到面前。他们连教堂的门都顾不上关，因此灯光和吟唱声也随之飘了出来。

她正要骑着马离开，可约特却一把抓住了辔头，说：

“请允许我跟你说说话，维格迪丝……”

她轻蔑地瞟了他一眼，回答道：

“约特，难道你是因为作恶太多吗，如今居然不得不隐姓埋名？”

不等约特做出回应，她猛地一抖缰绳，而他也只好撒手，任由马儿以最快的速度直奔北边而去。回到瓦丁，她依然没有停下，却调转马头继续赶路，直至最后抵达贝尔格为止。在那里，除了一名看守夫妻及少量农奴，便再无他人居住。维格迪丝走入大厅，只觉它空空如也；因为房屋才修好不久，墙边只有光秃秃的条凳，外加一张方桌。她命人点燃壁炉并闩上大门。结果，这个尤尔节之夜，她是独自一人坐在那儿度过的。

45

约特和欧瓦尔呆立了好一阵子，目送维格迪丝骑马离去。突然，约特张开双臂抱住欧瓦尔，亲吻着他并说道：

“愿上帝保佑你，我亲爱的儿子，因为如今我不知道咱们还能否重逢。”

欧瓦尔也握住他的手，边亲吻边说：

“我不明白您的意思……假如您真是我父亲，现在为何又要离开呢？”

约特则回答：

“看样子我再也别指望和你母亲讲话了，而你曾经说父亲的那些言辞也不算太无情。那晚我本来要说出自己的真实身份的，可后来突然又想，在喊你一声儿子之前，我还是应该再跟维格迪丝聊一次。不过必须告诉你的是，我也是听你叫她母亲时才知道你的身份。现在你可以去告诉维格迪丝：她已经成功地报仇了，因为我即将失去你，而且自从上次跟她分开后我就再也没有快乐过。”

欧瓦尔一把将他抱住，再三苦苦哀求，希望他能跟着自己去瓦丁，还说维格迪丝绝不会忘记他曾救过自己性命并给予这些充满慈爱的帮助。最后他同意了，于是两人骑着马朝瓦丁赶去，只可惜维格迪丝并不在那里。约特颓然趴在马脖子上说：

“你现在瞧见了吧，欧瓦尔，没有用的……我还是给自己改名为乌斯帕克的好，因为任何人的行为都比我慎重……眼下我想要弥补自己犯下的过错已经太晚了。”

欧瓦尔跳下马，恳求约特进屋：

“妈妈一定是去了贝尔格。不过还是先进来吃点东西，然后休息一下吧。”

由于约特看上去很痛苦，欧瓦尔便把他领进去，让他坐在高椅上。可他几乎连尝都没尝一下食物，也不说一句话。眼看时候不早，欧瓦尔只好说，他将骑着马去贝尔格跟母亲讲，并让约特暂时留在瓦丁。

可约特却站起来说：

“命中注定，如今这件事必须作个了断，因为再不会有别的结果出现了。我要亲自去对她说，毕竟这十七年里我一直都渴望这么做。”

话音未落，他走出门去，跳上自己的马，然后两人以最快的速度赶往贝尔格。

到那里之后，他们才发现大门被闩上了。欧瓦尔走上前去敲门，并大声喊：

“开门啊，妈妈，我有要紧的事跟您讲。”

“你是一个人吗?”过了好一会儿，维格迪丝在里面问。

“我父亲跟我在一起。”欧瓦尔回答。

“我不想搭理他。”母亲还是那句话。

欧瓦尔又喊道：

“妈妈，我请求你们告诉我，为什么我没有父亲……在您开门之前，我是不会走的，而约特也决不会离开此地。”

维格迪丝只好拉开门闩，让他们进屋。欧瓦尔的目光在两人身上游移不定，然后开口道：

“妈妈，如今我父亲已是头发花白，而您的眼睛下面也长出了皱纹。自从上次离别后，你们两人都经历了太多。假如之前犯下的过错还能弥补的话，我愿意竭尽全力，因为我同时深爱着你们。”

维格迪丝扬起脸说：

“约特，我的眼睛都是因为哭泣才变老的，而且再没有人比你带来的伤痛更多。”

他则回答：

“你的命运还是要好些，维格迪丝，至少有儿子陪你住在这里……我明白，自从我以那种方式辜负了你，你就绝不可能再爱我，当然也不会牵肠挂肚。而我每踏出一步、每跨越一片海都是万箭穿心，只因它根本无法让我向你靠得更近。”

维格迪丝苦笑道：

“你的妻子怎样了……对于你跑到国外来看望情妇这件事，她又会作何感想呢？”

“她可算得上是最好的女人，最值得去疼爱。”约特说，“如今她已不在人世，而且我们的结合对于她来说是一段悲苦的日子。但我心里始终念念不忘的人却是你，很少对她表示出关爱。她令我的心情无比沉重，因为她并无任何过错，却被夺走了所有幸福。当然，你应该感到欣慰，毕竟你算是彻底报仇了。要知道，正如你所祈祷的那样，我亲眼目睹可爱的子女不幸毙命，并失去了所有的亲人。”

听闻此言，维格迪丝不由得将斗篷紧抓在手中。由于用力过猛，胸口处的扣钩竟一下子断成几截。她大叫道：

“约特，你怎会知道我的愤怒有多深？还有你，我的儿子，又怎会知道我报仇的渴望有多么强烈？因为我从未听说哪个男人被女人强暴。你们也根本不明白什么叫做力不从心，感觉肚子里的孩子在不断长大，却巴不得看到那个男人被野马撕成碎片。当我没有其他办法摆脱悲惨境遇时，在漆黑的冬夜里苦苦寻找逃生河道的人可不是你们。对于某晚我躺在森林里的石头上生下的这个男孩——当我剧痛难忍时周围却无人给我哪怕一滴水，你认为他应该对你怀有很深的爱吗？当他们将鲜血淋漓的贡纳送回我面前时，他身受致命的重伤，还因为违背我意愿而施加于他的耻辱被当面嘲笑，而你却四处航行，划着船并想念我，这对我能产生多大帮助？在瓦丁和我父亲被大火吞噬的那个晚上，我为了逃命而踩着滑雪板带你的儿子穿越大森林，被狼群一直追入亡命之徒的老巢，那时你所谓的爱又给我们带来了多大益处？

“你或许以为，过后你再赶来，非常好心地提出要把我带回冰岛，你就能完全弥补一切……一旦我没有满怀感激地接受，你便会另外娶一位对你而言足够富有又美丽的姑娘，然后折磨并榨干她的生命……而我呢，当受到我父亲奚落或孩子问起自己的父亲时，我却坐在这里不知如何回答，因为关于你曾对我做过什么我根本无法启齿。对待那些关爱过你的人，你的回报竟是如此恶毒。老实说，约特，你真是个最愚蠢、最下流的男人。”

约特的脸像地上的积雪一样惨白，回答道：

“你的言语比我们上次交谈时的那把刀子还要锋利。我甘愿丢掉性命，如果这能让你感到安慰的话……但我还是要告诉你，维格迪丝，我的悲伤跟你的一样沉重，因为你根本不知道为心上人牵肠挂肚的日子有多痛苦。”

“的确，”她说，“除了那晚你在高地上教会我的，我完全不懂得什么叫爱，而且从那以后，每个追求者都会令我胆战心惊。”

这时，欧瓦尔突然插了一句：

“你们俩的相识确实是件倒霉事……可是别忘了，妈妈，他曾救过我的命，而且没有哪位父亲对儿子的爱能像他对待我那样。”说着，他不禁放声大哭。

维格迪丝盯着儿子问：

“你还记得自己曾答应过替我报仇吗？”

约特说：

“我原以为，看在欧瓦尔的份上，咱们有可能达成和解……现在我终于明白，你根本不可能原谅我，因为那件事我让你遭受了太深的屈辱。眼下我就要回到自己之前来的地方，不过欧瓦尔将获得我全部的财产。”

维格迪丝叫道：

“你曾经夺走我的一切，现在又回来抢劫。我将你强迫我怀上的孩子丢弃在野外，任由狼群和老鹰吞食，可我们的农奴却找到并养活了他。后来，我逐渐对他心生怜悯，因为他就像我在面对你的时候一样无助。我不仅救下这个孩子，而且在此过程中自己还变成残废。我辛辛苦苦把他抚养长大，疼爱了他十八年，如今你竟然跑来要把他从我身边抢走。”

“我是不会把他从你身边抢走的，”约特说，“他得跟随着你，孝敬你，因为我实在不配拥有他……可是，想必你不会由于我也同样爱他，或者说我可能尽力帮他，就对他心生怨恨……我以后再也不会和他相见了。”

“我不跟你共享任何东西，”说着，她突然举起那只伤残的手，“也不要属于你的孩子。现在你自己选吧，欧瓦尔，你是要跟我们当中的哪一个?”

“我无法做出选择。”欧瓦尔含泪回答。

“那么你选的便是约特了。”母亲说着，朝门口走去。欧瓦尔跑上前一把抱住她：

“妈妈，您要去哪儿?”

她回答：

“我也不知道。与其让我变得残废又衰老，还眼睁睁看着你跟随陌生人离我而去，或许那晚在森林里我们未能脱险反倒更好。你确实很像你的父亲，因此也难怪你会选择他。”

“妈妈啊，”儿子喊道，“您很清楚我会完全照您的愿望去做，而且我再也不和他见面了。”

“我真怀疑自己到底是不是你的妈妈，”她回答，“我怀着仇恨和愤怒生下的那个男婴决不会表现出你这种性格。你倒更像艾莎和那些农奴，一旦面对比你强大的人就会马上做出让步。”

这时，约特也走了过去，一开口声音直打颤：

“我不确定他是我的儿子，还是格里夫森的卡雷的儿子……不过，就照她的意思去做吧，欧瓦尔。”

维格迪丝猛地转向约特，可他已抓住欧瓦尔的手臂，拉着他匆匆出了门。

46

约特和欧瓦尔骑着马穿过森林，彼此都不看对方一眼，也不吭声。最后还是欧瓦尔先开口道：

“我从未想过您离开我妈妈时只会受一顿辱骂——鉴于以前您对待她的方式是那么可耻。”

“唉，那正是她想要的。”约特回答，“她总算随心所欲了一回，倒也公平合理。”

话音刚落，他便跳下马背，将它拴好。然后，他又取出剑和盾牌，还吩咐欧瓦尔也照做。他说高地就在附近，如果去那儿将不会受任何干扰。欧瓦尔并不回应，只是默默地跟着他。两人在雪地里走了一小段距离。

到达高地后，约特选择一处看起来适合打斗的位置。他率先出击，可剑却砍在了欧瓦尔的盾牌上。于是欧瓦尔说：

“约特，我看您以前的进攻可比这强多啦。”

“我身体疲惫，又正在斋戒期，”他回答，“而你不仅年轻，还从未经历过哪怕一场搏斗的磨炼，因此我们算是扯平了。全力进攻吧，我可没打算对你手下留情——维格迪丝挑起的这场打斗定会合她心意的。”

欧瓦尔朝他一剑刺出，可就在此时，约特突然扔下自己的盾牌，用双手紧紧地抓住剑刃。如此一来，欧瓦尔便刺中了他的左肩，不仅使他无力地垂下手臂，还踉跄着后退到一棵树下，将脑袋靠在树干上。眼看约特的伤口处鲜血如注，脸色也变得苍白，欧瓦尔赶紧丢掉手中的剑和盾牌，并说道：

“够了，我不想再跟您打下去。”

“哦，还没完呢。”约特回答着，人却突然跪倒在地。由于欧瓦尔刚好转过身去，眼睛又被太阳晃着，他根本没看清接下来所发生的事。而约特则趁机抓住他的剑，将剑柄抵在一块石头上，又让剑尖对着自己的心窝。然后，他身子猛地往前一扑，便滚倒在一旁的雪地上。

欧瓦尔赶紧窜到他跟前，俯身扶着他坐起，并让他背靠在一块石头上，这才开口道：

“要不是您像那样说到格里夫森的卡雷，我绝不会对您拿起武器的。”

约特惨然一笑，回答说：

“我当时那样想，于是就那样说了出来。不过别为这个伤心，因为都是我自己的过错，就必须像这样了断。愿上帝保佑你，儿子，不要继承我们的命运。现在就照你母亲的愿望去做吧，我一直都渴望将自己的脑袋搁在她的大腿上。”

不一会儿，他的身子蜷缩在一起，便没了呼吸。

47

大厅里，维格迪丝心神不宁地走来走去。尽管天气如此严寒，连室内的墙面都挂满闪闪发光的白霜，可她刚把斗篷裹在身上，却跟着又脱掉了。她时而坐在壁炉旁，时而又站起来，走到门口张望，如此反反复复。最后，眼看太阳渐渐隐入霜雾中，只剩一团朦胧的红色，她索性站在那里不动，眼睛直盯着门外。

突然，她发现有一名男子骑着马出了森林。她知道那是欧瓦尔，只见他独自一人，并且前进的速度就跟步行差不多。她的双膝开始打颤，于是她立刻回转身，再次坐到炉火旁。

当她感觉欧瓦尔开门进来时，甚至都没有勇气抬起头。他手里提着一个包裹，将它重重地放在她的腿上，便一言不发地从旁边走过，直接钻进卧室并反锁上了门。

维格迪丝依旧坐着未动，只是用手轻轻抚摩膝头的那包东西。它被一件红色的丝质斗篷包裹住，而她也立刻认出，这便是很久以前自己缝制并赠送给维特莱德·格卢姆森的礼物。它已经冻得十分僵硬，当她试图抓住边角将它打开时，竟然还出现了破裂。于是，她只好又停下来，继续呆坐在那里。然而没过多久，包裹开始逐渐解冻，接着便有血水渗出，还弄湿了她的膝盖。维格迪丝赶紧把斗篷拿开，却清楚地看到约特的脑袋正被自己拿在手中。

首先映入眼帘的是颈根。她将它翻转过来，好让脸部朝天，就见他的头发都耷拉在前额处，还紧贴着皮肤。她便扯开这些头发，用斗篷的边缘擦掉血污。她的手一度轻抚过他的嘴唇，顿时感觉它们依旧向外凸起，只是更显消瘦、皱缩，而且对比起灰暗的面孔，苍白中还透着乌青。她又撑开他的眼皮，注视那双眼睛，可它们却显得呆滞又麻木，因此她只好再次将它们合上。

她不禁又回想起自己站在埃约夫·阿恩森身旁的情景。当时，由于体验到杀人见血的快感，她内心的伤痛竟瞬间有所缓和。然而，此刻她注视着约特的脑袋越久，心里就越是悲伤，因为他的那张脸是如此苍老，显然饱受过折磨。在她看来，这个可怜又讨厌的灰色脑袋根本无法弥补自己的不幸。她甚至觉得根本不值得说出口，自从她的父亲去世后，为等到这一刻她努力并劳累了整整这么多年。

维格迪丝再次把他的脸盖好，又将包裹放在脚旁的地板上。之后她便站起来，朝欧瓦尔的房门走去。然而，对于她的呼唤，里面却并无任何回应。她再等一会儿，然后又喊了一遍，可依然毫无用处。她只好回到原地坐下，将双手搁在血迹斑斑的膝盖上。

就这样，夜晚过去一大半，欧瓦尔才终于开门，并径直穿过大厅。由于炉火几乎已经熄灭，他根本没有发现自己的母亲。他穿着一身行装，人已来到了庭院内。这时，维格迪丝也起身跟在后面。眼看欧瓦尔从马厩里牵出他的马，又装上鞍具，她赶紧走上前去。

皓月当空，母亲从未想过欧瓦尔和维加－约特竟这般相像，正如自己刚才看到的那样，脸色跟死人一样惨白。她本想问问打斗的情况，却又不敢去问。最后她只是开口道：

“你必须要走吗?”

“是的，必须。”儿子回答。

“是不是准备去瓦丁?”母亲又问。

“明天我还要去更远的地方，因为我不想留在这一带。”他说。

维格迪丝抬头注视着他的脸，再次问道：

“你是不是再也不想跟我待在一起?”

“现在我已经报答您的爱了，妈妈，按照您吩咐的方式。”欧瓦尔回答，“我不知道您还需要从我这儿得到什么安慰，因此您完全可以让我离开。”

“别这么说。”母亲恳求道。过了片刻，她又继续说：“如果你真的不愿看见我，你想让我在贝尔格待多久，我就会待多久，只是请你不要在这隆冬季节里离开。”

“我在这儿根本没法待下去了，”欧瓦尔说，“此刻我脑海中浮现的全是这个地方的惨状。我知道自己留在这儿绝不会开心的。”

维格迪丝双手搂住马脖子，整个人都倚靠在它的身上。她不敢继续挽留欧瓦尔，而她的心也像一块笨重的石头般开始不断下沉，因为她明白这一切终将无可避免。她唯有死死抓住马儿不放手。这时，她又回想起生下儿子的那个夜晚，以及那匹马——那个成为她唯一依靠的生物。

“难道你不再爱我了吗，儿子？”她低声问。

“我当然爱您，”欧瓦尔回答，“可现在您必须让我走，妈妈。”顿了顿，他又说：“我恳求您看在我的份上，务必将约特厚葬。”

“我会这么做的。”维格迪丝回答。

欧瓦尔又说：

“您不必为他的死而感谢我……他其实是自杀身亡的。”

他把缰绳抓在手中，突然问道：

“老实回答我一个问题，妈妈……您曾经爱过维加－约特吗？”

维格迪丝终于忍不住放声大哭，还把脸贴在马脖子上，回答说：

“我不可能恨了他这么久……那才是最痛苦的事。我宁可自己爱的一直都是他而不是别的男人。”

欧瓦尔在马鞍上探出身子，捧起母亲的脸，又亲了亲她的嘴唇。这时，母亲问：

“以后你还会回家来看望我吗？”

“只要我活着，”欧瓦尔回答，“总有一天我肯定会回来的。可现在请让我走吧，妈妈。”

维格迪丝只好把马松开，让欧瓦尔疾驰而去。

48

此后，维格迪丝·贡纳斯达特一直居住于贝尔格。她让人把约特·基瑟尔森的尸体埋葬在自己修建的小教堂外，并且比他多活了十年。她总是独自坐着，也不见任何人。可在她最后的一年里，由于体弱多病，英格比约格·伊鲁格斯达特还是赶了过来，一直陪伴她离开人世。奥拉夫和英格比约格共同替她接管了瓦丁，这也是她的决定，不过一旦欧瓦尔归返，他们还得把庄园交还于他，或者他的合法继承人。

然而，有关欧瓦尔·约特森的消息从未传到奥斯陆乡下。因此人们都认为，既然他曾答应母亲要回来，却无人听说过他的半点音讯，那么想必他多半是在国外的某个地方丢了性命。奥拉夫和英格比约格便继续管理着庄园。在木建筑的小礼拜堂被烧毁后，两人还一直向修建于弗里加河边山上的石建筑教堂及大湖北面的石建筑教堂捐赠礼物。这么做是为了纪念圣玛格丽塔[①]，而且从此以后，湖边的那条山谷也被改名为玛格丽塔山谷。维格迪丝·贡纳斯达特死后就长眠于教堂附近。

（杨巍　译）

---

① 三世纪安提俄克（古叙利亚首都，现土耳其南部城市）的殉教未婚女子，因拒绝违背独身的誓言而遭到地方官奥利布里乌斯的迫害。